過ぎ去りし王国の城

宮部みゆき

角川文庫
20974

目次

「かわいそうな、知らない人たち」あたしは言った。
「いろんなことをこわがらなくちゃいけないのね」

——シャーリイ・ジャクスン
『ずっとお城で暮らしてる』

第一章　古城のデッサン

1

城だ。

それはどう見てもお城だった。

国産品ではない。中世ヨーロッパの古城——って、中世って何世紀ごろのことを指すんだったか、ちゃんと覚えていない。ヨーロッパの、あるいはヨーロッパ風のお城といっても、時代や地域によっていろいろ様式が違うのだろう。

昼下がりの銀行のロビーである。〈昼下がり〉というのは、そう表現できるくらいの午後の半端な時間帯だという意味であって、この表現が持つ〈長閑《のどか》な〉あるいは〈気怠《けだる》い〉雰囲気の方はあてはまらない。

げんなりするほど混んでいる。

今日は二月の二十日。いわゆる五十日《ごとおび》だ。しかも金曜日である。一年のうち、二月と八月は経済活動が低下するとかで、商売人はこれをニッパチ枯れという。それでも週末の五十日の銀行は、こんな首都圏の一角の何ということもないベッドタウンの銀行であっても、きっちり混雑するのだ。客用の椅子は満席で、各種の書類を記入するカウンターのまわりにまで、順番待ちの人たちが所在なげに佇《たたず》んでいる。ロビーの右手のＡＴＭコーナーにも長い行列ができていて、案内係の女性が頻繁に「こちらが空きました、どうぞ」「お待たせして申し訳ありません」などと声を張りあげている。

尾垣真《おがきしん》は、手にした薄っぺらい番号カードを見た。一四九番だ。カードというよりレシートみたいな頼りない紙だが、そこに印刷されている番号は厳然たる事実を示している。五つある窓口は全部開いていて、フル回転しているにもかかわらず、表示されている番号――現在受付処理中の番号は一三一番。まだまだ待たねばならぬという事実である。

順番待ちの人たちはみんな居心地悪そうで、ちょっと苛《いら》ついているか、疲れていて眠そうだ。半分方はマスクを付けている。そういえばインフルエンザの流行はまだ収まらない。

ほんの一週間ほど前だったら、真は自分の立場を盾にして、こんな状況下の銀行には絶対に近寄らずにいられるはずだった。

ボクは受験生です、と。風邪やインフルのばい菌やウイルスがうようよしてるに決まってる人混みのなかなんか、行くもんか。受験生の大事な一人息子を、そんな場所へ使いに行かせる親がいるもんか、と。

しかし、今の真は受験生ではない。なくなった。先週、第一志望の県立高校への推薦入学が決まったからである。

ポスト受験生。郵便受けのあのポストではなく、〈ポストプロダクション〉とかの方の、あのポスト。それはどういう存在であるか。

暇である。

真の通《かよ》っている花田《はなだ》市立第三中学校からは、第一志望では県立高校を目指す生徒が圧倒的に多い。私立受験組は全体の二〇パーセント程度だし、県立の推薦枠に入る生徒はもっと少ない。

つまり、クラスメイトたちの大半は、まだ受験生だ。最終コーナーを回ってゴールが見えてきているところで、そのゴールへどういう形で駆け込むことができるか、息を詰めて勝負をかけているタイミングである。これからが本番なのだ。

学校の方も臨戦態勢だ。短縮授業が多いし、授業があっても自習になるか、ぎりぎりの念押しと度胸試しを兼ねて、県立高校受験者向けの模擬試験（いわゆる過去問というやつだ）をやるか。

だから、ポスト受験生は暇になる。学校にいてもやることがない。今日も、午後からの授業は二つとも自習だというから、給食だけ食べて早退《はやび》けしてきてしまった。

「暇なら手伝ってちょうだい」

というのは、尾垣正子《まさこ》――真の母さんだ。

「家庭内バイトのつもりで働いてよ」

真の両親は小さなカレーショップを営んでいる。フランチャイズのカレー店ではない。自前、オリジナルのカレー料理を出す店だ。カレーライス専門店ではなく、ドリアとかグラタンとかも出すが、メインはカレー料理なのでカレーショップとしか言いようがない。そういう店だ。

これが繁盛している。稼ぎ時のランチタイムには、夫婦二人では手が回りきらないほどだ。五年前、父・富夫《とみお》が勤めていた食品加工会社の早期退職勧奨制度に乗っかって脱サラし、始めた店だった。店名は〈パイナップル〉という。但し、店で出すカレーにパイナップルは入っていない。甘味はカレー料理の隠し味として大事なものだが、富夫はチョコレートもフルーツも嫌って使わない。黒糖を入れている。

で、身びいきを抜きにして、何を食ってもけっこう旨《うま》い。富夫は、まずは脱サラ勝ち組の人生だと言っていいだろう。

さて、今日も〈パイナップル〉は忙しい。カウンターとボックス席を合わせて十二人しか入らない店に、外まで行列ができていた。そこへ早退けしてきた真が帰宅したので、さっそく手伝いを命じられた。

仕方がない。家業だ。真は黙々とウエイター役をした。皿洗いもした。午後二時までのランチタイムの客足が一段落してほっとして、富夫が賄い飯のオムライスをつくり始めたと思ったら、レジにいて何やら書類をいじっていた正子が大きな声をあげた。

「これ、今日が振込期限だった！　真、銀行へ行ってきて。ちゃんとした振込票の控えがほしいから、ATMじゃなくて窓口で払ってね」

請求書を二、三枚、真の目の前に突きつける。自分で行ってよと言い返そうとしたら、ドアが開いて新しいお客が入ってきた。若い女性の二人組である。常連のお客さんで、いつも制服姿だから、どっか近所にある会社に勤めているのだろう。そのうちの一人が真のタイプで――なんて中坊が言うのも生意気だけれど、とにかく笑顔が可愛くて性格のよさそうなお姉さんなので、そのヒトの前で口を尖《とが》らせて母親に反抗している姿を見せたくはなくて。

結果、真は銀行にいる。

今やっと、一三八番が呼ばれた。さっきから右端の窓口をひとつ、一人のお客が占領したきり動かない。窓口係の女性だけでなく、奥から年配の男性も出てきて、二人がかりで応対している。

椅子にあぶれた順番待ちの人びとは、何となく互いに互いが煙たいような、視線を合わせてはいけないような顔をして、それぞれあさっての方向を眺めている。真もそうしていた。立ったままでは雑誌も読めないし、そもそもこれだけ混み合っていると、ロビーの雑誌はあらかた出払っている。

――こういうとき、ケータイがあると暇つぶしになるんだろうなあ。

実際、ロビーにいる人たちはてんでに携帯電話をいじっている。真のすぐそばの椅子に座っているサラリーマン風の若者は、さっきからメールを打ったり受けたりを繰り返している。

高校生になったら、携帯電話を買ってあげる。中学生のうちは駄目。志望校に（しっこく言うが推薦で）受かったとしても、中学を卒業するまでは、駄目。母・正子の最高裁判決である。卒業式まで、あと一ヵ月ぐらいはお預けだ。

暇だ。ホント暇だ。誰とも目が合わないように、あさっての方向ばっかり見ているというのも疲れる——

という状況で、それが目に入ったのだ。

ここのロビーには、折々に様々な展示物が飾られる。〈町の皆様のコミュニケーションスポット〉というのがこの支店のキャッチフレーズだからかもしれない。近所の団地の写真愛好会が撮った風景写真とか、地元の小学生の描いたお父さんお母さんの絵とかを、ロビーの端に立てた大きなパネルに展示するのだ。

今日は本当に混み合っているから、ついさっきまでは、パネルの前にも三、四人の人が立っていた。真がいるところからは、椅子の列を挟んで二メートルほど離れているだけなのだが、そっちに目をやると、そんなつもりがなくても、パネルの前に立っている人たちの顔をじろじろ見ているみたいな恰好《かっこう》になるので、できるだけ視線をそらしていた。

それが今、続けて二人の人がどいたので、視界が開けて、何となく目が向いた。

現在の展示物は、幼い子供たちが描いたカラフルな絵だ。縦に三列、横に五列、きちんと並べて貼り出してあり、パネルの上の部分には、銀行の誰かが書いたのだろう、丸っこい字でこうタイトルが記してあった。

〈ぼくのうち　わたしのうち〉

彩りは鮮やかできれいだけれど、幼い筆致の絵ばかりだ。クレヨンを使った、タイトルどおりの〈おうち〉の絵。形も大きさも様々だ。二階家もあればビルもある。マンションってことだろう。一階部分が店舗になっている絵もある。この作者の子は真と同じく、商売をしている家の子供なのだ。

そうした可愛らしい絵のなかに、一枚だけ場違いな絵が交じっていた。

正確に言うと、縦に三列横に五列のなかに交じっているわけではない。絵の列の向かって右下に、あとから慌てて足したみたいにぶらさがっている。だから、その絵の下半分はパネルからはみ出してしまっていた。

さらにその絵は、一見しただけで、他の十五枚の絵とはまったく違っていた。

まず、色がない。エンピツ描きなのだろうか。デッサンというやつか。

そして上手《うま》い。

これだけは、大人が描いた絵だ。誰が見たってそう思うだろう。担任の先生の絵なのかな。だとすればその先生は、お城に住んでいるということになるわけだが。

新しい番号が呼ばれて、パネルの前から、また一人どいてくれた。真は椅子の横を通ってパネルに近づいた。

そう。これは城だ。屋敷とか邸宅のレベルじゃない。規模も構えも違う。対になった尖塔《せんとう》を戴《いただ》き、その中央にはドーム。ドームのまわりには彫刻が飾ってあるようだ。尖塔の両脇には三角屋根が二つ。窓は優美なアーチ形だ。手前にあるのはバルコニーだろうか。

城の下半分ぐらいは描かれていない。こんもりとした森に囲まれて、見えないのだ。お城に比べて森の描き方はあっさりしていて、さっとエンピツを走らせてあるだけだが、木立の葉が生い茂る、緑濃い森である感じがよく表現されている。

子供たちの絵には、すべて作者の名前が書いてある。〈あおきまどか〉〈かんのしょうた〉。たどたどしい字だ。だが、この場違いなお城のデッサンだけは、名前がない。

それに、子供たちの絵はみんな画用紙に描かれているのに、このデッサンだけはスケッチブックが使われている。スパイラル式というのだろうか、ぐるぐる巻きの金具みたいなもので束ねてあるタイプのやつだ。描いてから、そのページだけ破って外したのか。破って外してから描いたのか。長方形の上の辺に、紙のぎざぎざした部分が残っている。サイズも、画用紙よりひとまわり小ぶりだ。

子供たちの作品は、裏側に両面テープか何かを付けて、パネルに貼ってあるのだろう。だがお城のデッサンは、ぞんざいな感じにセロハンテープでとめてある。それも上辺の真ん中の一ヵ所を、一センチあまりのセロハンテープでくっつけてあるだけだ。真っ直ぐとまってないので、やや左下がりになっていた。

それにしても、きれいなデッサンだ。

真は指先でそっと、お城の尖塔の部分に触れてみた。粉っぽいような感触がして、尖塔の輪郭を描いた線がちょっと滲《にじ》んだみたいになった。指を見ると、うっすらと黒い粉がくっついていた。

申し訳ないことをした気がする。

――何だろう、この絵。

明らかに、ひとつだけ仲間外れだ。子供たちの絵のパネル展の端っこに、ぽつんとぶらさがっている。まるで、誰かがこっそりまぎれこませたみたいだ。うん、そうだ。担任の先生の作品であるという仮説は撤回。先生の絵なら、子供たちと同じ画用紙で描くだろうし、同じように丁寧に貼り出されるだろう。

誰か。ここに勤めている銀行員？　あるいは利用客か。絵を描くことが好きで、腕に覚えもある。自分の作品を他人《ひと》に見てもらいたい。そこで〈ぼくのうち　わたしのうち〉展示に便乗することにした。こっそりまぎれこませるから、あんな雑な貼り方になった――

「お待たせいたしました。一四九番のお客様、三番の窓口へどうぞ」

真の順番だ。慌てて三番窓口に行く。振込先は三件あって、みんな端数がついたややっこしい数字だ。窓口係の女性がてきぱきと計算してくれて、真は預かってきた封筒からお金を出す。

手続きが終わるまで、二分かそこらだったろう。封筒とおつりをパーカーのポケットに突っ込み、真は窓口を離れた。窓口が閉まる午後三時が近づき、店内も少しは空《す》いてきたようだと思ったら、自動ドアが開いてまた何人か入ってきた。

——え？

パネルから、あのお城のデッサンが消えていた。

パネルの前には、また人が立っている。その人の前を通り抜けてゆく人もいる。

椅子の脇を回り込むようにして、真はパネルのそばに戻った。ズボンの膝《ひざ》のあたりが、椅子に座って脚を組んでいた若い女性の靴にあたり、女性がさも嫌そうな顔をして真を睨《にら》んだ。その反応、逆だと思うんですけど。

なんてことはどうでもいい。あの絵、どこへ行った？

きょろきょろ見回し、パネルの裏側も覗《のぞ》き込んでみる。ない。何でないんだ？

そして、見つけた。パネルの脇に並んでいる、書類記入用のカウンターの足元に落ちていた。何であんなところに？　パネルから剝《は》がれ落ちて、床を滑っていったのか。

——あ、ボクのせいかも。

番号を呼ばれてパネルのそばを離れるとき、袖《そで》か肘《ひじ》で触っちゃったのかもしれない。いや、呼ばれたとき、紙の端っこを指で触っていたような覚えもある。どっちにしろ、短いセロハンテープでいい加減に貼ってあったものだから、真が動いたはずみで落ちてしまったのではないか。

拾おうと、足を踏み出した。ちょうどそのとき、真の反対側から、背広姿にコートを引っかけた大柄な男性が、アタッシェケースを提げてカウンターの前にやってきた。窓口が閉まる前の駆け込みで、急いでいる。

で、その男の靴が、まともにあのデッサンを踏んづけた。

足元に何があるか、まるで気にしていない。気づいてもいない。だから、真上からど真ん中を踏んだ。よく磨き込まれた黒い革靴。爪先《つまさき》の尖ったお洒落《しゃれ》なデザインだ。

アタッシェケースをカウンターに載せ、蓋《ふた》を開け、中から書類を取り出し、それを横目に見ながら、男は窓口用の書類を書いている。殴り書き。横顔だけでも、不機嫌そうなのがわかる。このクソ忙しいのに、何で俺がこんな雑用をしなきゃならねえんだよ。

気持ちはわかるけれど、もしもしおじさん、あなた、絵を踏んでます。

男が書類を書き終えた。アタッシェケースを閉め、身体の向きを変えてカウンターを離れる。やっぱり急いでいる。

恐れていたことが起こった。男が勢いよく歩き出したので、ただ絵を踏んづけるだけでなく、踏みにじる形になった。

男の靴底から離れたあのお城のデッサンは、ふわりと位置を変えて、三〇センチほど真の方に近づいた。

半分口を開けて、真はしゃがんで絵を拾い上げた。

見事な靴底の跡がついている。踏みにじられたところに皺《しわ》が寄り、線が歪《ゆが》んでしまっている。せっかくきれいなデッサンだったのに、台無しだ。

手にしてみて、わかった。この絵をパネルに貼りつけていたセロハンテープは、短い上に粘着力が弱っている。触れてみると、ほとんどぺたぺたしない。これじゃ、元通りにくっつくかどうか。

——ていうか、くっつけていいのかな。

そもそも、これは正規の展示物ではなさそうなのだ。

どうしよう。案内係の人に渡そうか。これ、落ちてましたよ。

それはいいのだが、靴底の跡のことを訊《き》かれたらどうしようか。君が踏んだの？　君がこの絵を汚したの？

まあ、そこまで詰問的に訊かれることはなかろうが、何だか後ろめたいじゃないか。踏んづけたのはボクじゃないのに。

また、新しい客がカウンターに近づいてきた。派手な身形《みなり》のおばさんだ。案内係が付き添って、忙《せわ》しげに何かやりとりしている。

「こちらの伝票にですね、ご記入いただきたいのですが」

「いちいち書かないと駄目なの？　なんで機械でできないのよ」

「申し訳ありません。規則でして」

三分の二秒、善後策を考えた。残りの三分の一秒で、真は行動した。拾ったデッサンをパーカーのポケットに突っ込んだのだ。預かってきた請求書とお金の入った封筒を突っ込んだのとは反対側のポケットに。

そして立ち上がると、足早にロビーから外に出た。銀行の脇には一方通行の道があり、それを渡ると美容院があって立ち食いそば屋がある。

その前で足を止め、おそるおそるポケットから取り出してみた。

美しいお城のデッサンは、今度こそくしゃくしゃになっていた。

助けるつもりだったのに。

真はこっそり、肩越しに後ろを振り返った。事実はまったくそんなことではないのに、万引きしてきたみたいな気がするのは何故だろう。

立ち食いそば屋の自動ドアが開き、蕎麦《そば》つゆの甘い匂いが漂ってきた。

2

くしゃくしゃになった布はアイロンで伸ばせるが、くしゃくしゃになった紙は、そうはいかない。布の染み抜きはできるが、スケッチブックみたいな紙の染み抜きは不可能だ。

真は自分の部屋にいる。机の上にあの絵を載せ、自分は机に肘をついた上に顎《あご》を載せて、さっきから鼻息を吐くこと三度目だ。

ここのところカラカラ陽気が続いているのに、不機嫌そうに書類を殴り書きしていたあの男性は、銀行のロビーに入る直前、どこかで水溜《た》まりでも踏んできたらしい。ハンコでも押したみたいにくっきりとついている靴底の跡は、ただ汚れているだけでなく、ちょっぴり湿っていた。それがなおさら事態を悪くしている。

真には、この絵を元通りにすることはできそうにない。すみません。どこの誰が描いたのだろう。何であんなふうに〈展示〉していたのだろう。作者は、これをこっそりパネルに貼りつけておいて、ときどき様子を見にきていたのだろうか。だとしたら、失《な》くなったら驚くだろう。でも、靴底マークばっちりの状態の自作を発見するよりはマシか。

——これ、どうしよう。

とっさに持ってきてしまったものの、修復することはできない。さりとて捨てることもできない。勝手に持ち出してきて勝手に捨てるなんて、そんな失礼なことはできない。

じゃあ、何で持ち出してきたのか。

——勢いです。

としか言いようがない。

何か考えがあったのか。

——ありません。

としか答えようがない。しょうがないので、また鼻息を吐く。

真は格別、絵が好きなわけではない。むしろ苦手だ。ヘタっぴなのである。小学校から現在まで、お絵かきでいい点をもらったことがない。

内申書がものを言う今度の推薦入学でも、いちばん不安だったのが美術と音楽の成績だ。ただ作文なら得意なので、どっちも、いかにも優等生的な鑑賞文を書いて乗り切った。市立図書館で見つけた各種の「鑑賞の手引き」的な本から大量にパクって、つなぎ合わせただけの作文だった。

そんな変則技でも何とかなったのは、花田市の教育委員会がそういう方針をとっているからだ。美術や音楽みたいに、ある程度は天賦のセンスに左右されてしまう科目を、実技オンリーで評価すると不公平になる。実技以外の鑑賞力や本人の努力も充分に加味した評価法をとろう、という考え方だ。ちなみに体育ばかりは鑑賞文というわけにはいかないが、運動神経が鈍くても熱心に授業に取り組み、団体競技では協調性を発揮したという評価さえもらえれば、そしてその生徒が他の主要科目でいい成績をとっていれば、内申書で疵《きず》になるような点はつけません、ということになっている。

それはともかく、真は美術愛好家ではない。自分がヘタだから、興味もないのだ。なのにどうして、今日はこのお城のデッサンに目を惹《ひ》かれたのだろうか。

場違いだったからか。その存在が不思議だったからだろうか。

実際、不思議な絵だ。この城はどこかに実在するのだろうか。この絵の作者は、退職金をがっぽりもらって悠々自適の団塊の世代のおっさんで、つい最近、ヨーロッパ古城巡りの旅から戻ったばっかりだとか。

――古城、か。

この絵の城も、古めかしい雰囲気がする。城ならみんな古いに決まってるだろうという思い込みを超えて、その佇まいが年月を感じさせるのだ。それくらいの描写力が、このデッサンの作者にはある。

ある、と思う。パクリばっかりで鑑賞文をでっちあげといて、おこがましいが。

実在するなら、どこの国にあるのだろう。名称は？　いつごろ建てられたものだろう。建築物に詳しい人が見れば、建物の構造や尖塔のデザインなんかから、ある程度の推測がつくのだろうけれど、真ではどうにもならない。こんなに汚れて傷んでしまった状態では、他人《ひと》に見せるのも気が引ける。

森に囲まれているせいか、にぎやかな都市部にある城のようには思えない。そこまで行くのにある程度の手間がかかる、鄙《ひな》びたところに建っているような気がする。これも単なる印象に過ぎないが。

寂しい。

このデッサンのなかには寂しい風が吹いているような感じがした。

荒涼——というほど、広いのかどうかはわからない。ただ、人の気配は感じられない。

空虚を絵に描いたら、こうなるのかな。

どこの国の、どんな土地のお城なのか。真はデッサンを手に取り、あらためて見入ってしまった。

そのとき、ある言葉が頭をよぎった。

——kingdom gone

〈過ぎ去りし王国〉と訳せばいいらしい。

真がそらで考えた言葉ではない。机の引き出しのどこかに入っているはずだ。一昨日の英語の授業のとき、担当の前島《まえじま》先生が、真を含めてクラスに三人いるポスト受験生にくれたリストである。

「おまえたちヒマだろうから、ちょっと小説を読んでみろ」

英語で書かれた文学作品を、原文で読んでみろというのだった。普通、公立中学の三年生に与えられる課題ではない。

「今月末までに、このなかの一作を選んで翻訳しなさい。英文和訳は、実は日本語の文章表現力を問われる作業でもあるから、国語力のアップにもなって一石二鳥だぞ」

そして、先生お薦めの短編小説のリストをくれたのだ。原題と著者名の一覧表で、十作挙げてある。著者のなかにはエドガー・アラン・ポーとか、O・ヘンリーとか、有名な名前がある。まるで知らない名前もある。

「邦訳が出ている作品ばっかりだから、本屋か図書館に行ってアンチョコを探していいぞ。ただ、せめて原題から邦題の見当をつけないと、それもできないけどな」

そのリストのなかに、「The Princess of Kingdom Gone」というタイトルがあった。プリンセスという言葉に目が行ったのは、十五歳のお年頃の男の子としては仕方がない。

作者は〈Alfred Edgar Coppard〉。アルフレッド・エドガー・コッパードか。全然知らない名前だ。同じエドガーでもポーとは違う。

「これ、有名な作品ですか」

手を挙げて質問すると、前島先生は嬉《うれ》しそうな顔をした。

「コッパード。知ってるか？」

「まるっきり」

でもタイトルがいいですねと言うと、先生はさらに嬉しげに笑った。

「いいだろ？　私は若いころからこの作家が好きでね。邦訳が少ないのを残念に思っていたんだ」

前島先生は五十歳を過ぎている。

「最近、手頃な文庫でいい新訳版が出たんだ。そうでなきゃ、さすがにいきなり中学生には薦めないよ」

先生、アンチョコ使用を前提としている。

「コッパードはイギリスの作家で、手っ取り早く言うなら幻想小説を書いた人だ。ミステリーと違ってはっきりした起承転結はないが、怪談っぽい作品も多いし、面白いから読んで損はない」

「このタイトルはどういう意味なんでしょうか」

「まずは自分で訳しなさい」

「……行っちゃった王国のお姫様」

先生は吹き出した。静かな教室で、過去問に取り組んでいるこれから本番の受験生たちが、うるさそうな顔をした。

先生は声をひそめた。「〈行っちゃった王国〉はないよなあ。この場合〈gone〉には、〈過ぎ去った〉という訳語がいい」

「過ぎ去ってしまった王国、ですか」

「英語圏の文化――というかキリスト教圏の文化のなかには、〈kingdom to come〉つまり〈来《きた》るべき神の国〉という概念がある。このタイトルには、その逆の意味が込められているんだろう」

「神が行ってしまった国ですか」

神のいない国。神がいなくなってしまった国、かな。

「まあ、読んでみなさい」

そうですね興味がわいてきました、という気持ちにはならなかった。はっきりした起承転結がない、つまり話が面白くなさそうな小説なんて、面倒《めんどう》くさくて嫌だ。結局、リストのなかからコナン・ドイルのシャーロック・ホームズものの短編を選び、原文のコピーをもらった。前島先生も、三人のポスト受験生の選択がそういう方向に行くことはわかっていたらしく、「何だよ、つまらんなあ」なんて粘られることはなかった。

で、そのまま全部、机の引き出しに突っ込んであるというわけだ。一応、月末が提出期限だけれど、これで成績がどうなるわけでもなし、先生もポスト受験生のヒマつぶしに出してくれた課題だ。もともと前島先生にはこういう趣味というか、授業を楽しんでしまうヘキがあり、一部の保護者から不興を買っていた。

そんなこんなではあったが、真の頭の隅には、意味深なタイトルの断片が引っかかっていた。〈kingdom gone〉。それが今、ふっと浮かんできたのだ。

この古城のデッサンにふさわしい言葉のような気がする。過ぎ去りし王国。神が、繁栄が、あるいはその国の存在そのものが。

過ぎ去りし王国の城。置き去りにされ、忘れられた国の城。だからこんなに寂しくて、空っぽな感じがするんじゃないのか。

それともこれは、惨めに踏んづけられたこのデッサンへの同情なのかな。

結局、真はお城のデッサンを、前島先生の課題同様、机の引き出しにしまいこんだ。

真は、友達が少ない。

実のところ、友達らしい友達はいないと言ってもいいかもしれない。学校はもちろん、三年生になってから通い始めた進学塾でも同じだ。

いい意味でも悪い意味でも、目立たない。

目立つようなことはしない。人気者ではないし、それが理由でいじめられるほど、凸《デコ》にも凹《ボコ》にも突出した個性がない。何をやってもそこそこで、自慢できるほど得意なこともない。外見も同様。まずくはないが、良くもない。平均よりちょっと小柄だが、うんと小さいわけでもない。

三年生の五月で引退するまで、ずっと軟式テニス部に所属していた。真面目に練習して試合にもいくつか出場したが、これという成績は残っていない。部活の先輩たちからは〈壁〉と呼ばれていた。真と打ち合っていると、壁打ちしているのと同じ感じがするからだという。

綽名《あだな》といえば、小学校六年生のときの担任教師（男性）に、〈タンタン麺《めん》〉と呼ばれたことがある。

「尾垣は、どんなときでも淡々としてるからな」

面白い洒落ではないが、相手が小学生だから、その日一日ぐらいはウケた。翌日にはみんな忘れていた。当の先生でさえも。

今に至るまで、真には綽名らしい綽名がついたことがない。尾垣という字面も発音も珍しい名字のせいで、たまに〈オカキ〉と呼ぶ友達もいるが、みんながそう呼ぶわけではない。親しみを込めてではなく、悪ふざけで「おい、オカキ」と呼んで笑うクラスメイトは、真と一緒に笑うのではなく、自分の仲間たちと笑っている。

それを気にしたことは、真にはない。そんなことで笑うなんて子供っぽい奴らだなあと思うことはあるが、そう口に出したことはない。余計な面倒を起こすだけだから。

確かに自分は淡々としていると、本人にも自覚はある。そしてこれは親譲りだろうとも思っている。両親がそういう人柄なのだ。

客商売なのに、常連のお客さんにさえ愛想のひとつも言ったことがない。余計なことはしゃべらない。お客と親しくなったりもしない。夫婦のあいだでもそうで、真は二人の夫婦喧嘩《げんか》を見たことがない。喧嘩をしないわけではなく、これはちょっと険悪な雰囲気だな――と思うような局面は日常的にあるのだが、いつもぶすぶすといぶるだけで、炎があがることはないまま、いつの間にか収束している。

父・富夫の脱サラという一大事に際しても、夫婦のあいだでは、さして深い話し合いはなかったような気がする。母・正子が反対した様子はなかったし、会社を辞めることについて、富夫が悲壮感を抱いている感じはしなかった。「俺はやるぜ！　一国一城の主《あるじ》になるぜ！」的な勇躍感で、はずんでいた節もない。調理師の免許は脱サラを決める前にとっていたのだが、そのときも何か強い志があったわけではなく、たまたま会社の仕事が暇で、時間があったから、ただそれだけの理由だったらしい。

何となくだが、いい夫婦なんだろうなと、両親のことは思う。波長が合ってる。富夫は料理のほかにプラモデル作りも好きで、きれい好きの正子は、夫が作って飾る戦闘機や軍艦のプラモに、埃《ほこり》が溜まらないように毎日掃除している。それだけでも、いい組み合わせなんだろうと思う。どこでどう知り合って結婚したのか知らない（訊いたことがない）けれど、結婚前の正子はどっかの信用金庫に勤めていたそうなので、会社員時代の富夫とそこで出会ったのだろう。

尾垣家の三人のＤＮＡを分析してみると、どこかに共通する〈ＴＡＮＴＡＮ〉因子が見つかるのだろう。そういうことなんだから、それでいい。小学生のときは小学生を務めることで、中学生のときは中学生を務めることで、真は手一杯だった。本人としては手一杯なのに、他者の目からは淡々として見えるのなら、それが生来の特質なのだ。しかも損な特質ではない――少なくとも今日まで、大過なく過ごしてきた。いいじゃないか。たまに、これが〈淡々〉じゃなくて〈飄々《ひょうひょう》〉だったりすると、もう少し人気が出たりするのかなと思うときもあった。静かなる人気者だ。だが、どうしたらタンタンからヒョウヒョウに変化できるのかわからない。タ行とハ行のあいだにはナ行がある。

それに、先週以来ちょっとだけ、今まで経験したことのない感覚を抱いている。いち早く志望校に推薦入学を決めて、ポスト受験生になってからこっち、クラスメイトたちの視線が、心持ち冷えたような気がするのだ。

――楽しちゃってさ。

羨《うらや》ましがられているのではない。そこまでみんな、真なんかに関心を持っていない。やるじゃないかと見直され、感心されているのでもない。真の受かった高校は、そこまでたいそうなレベルのところじゃない。だから、

――尾垣ってやっぱ、つまんねえヤツだな。

と思われているのだろう。

担任の先生も進路指導の先生も、真が〈そこまでたいそうなレベルじゃない〉高校の推薦選抜を受けることを、止めもしなかったし褒めもしなかった。ただ、真の勘違いでさえなければ、ちょっとだけど、感謝されているような気はした。

——みんな、君みたいな手のかからない生徒だったらいいのに。

——君みたいな手のかからない生徒は、最後まで手がかからずにいてくれて、計算通りだ。ありがとう。

そんな印象を受けた。

そうですか。先生がそう思ってくれるなら、ボクも嬉しいです。

で、現状、真はちょっと気が抜けている。

少し、自分のなかに隙間ができたような気がしている。ポスト受験生になって、中学生を務めることに手一杯ではなくなったから。

その隙間が、今日は真に〈余計なこと〉をさせた。正規の展示物ではなさそうな、あんな正体不明の絵に気を惹かれて、結果的には盗んで持ち帰ってきてしまうなんて、いつもの真なら絶対にやらないことだ。

そう、みんな隙間のせいだった。


——明日、捨てよう。

寝る前に、机の引き出しを開けて、真はもう一度あの古城のデッサンを見ている。

今日拾ってきて今日捨てるのでは、申し訳ない。一晩経てば、少しは後ろめたさが減るだろう。一晩じゃ駄目だったら、明後日捨てるのでもいい。これは、富夫や正子が冷蔵庫のなかで消費期限が二、三日過ぎた食材を発見したとき、そのままほったらかしておいて、一週間か十日過ぎてから捨てる——という心理と似ている。やっぱり親子だ。

真は風呂《ふろ》上がりだ。洗いざらしのジャージの上下に、肩からバスタオルをかけている。いつごろからか、尾垣家では誰もパジャマを着て寝なくなった。みんな古いジャージ姿で寝る。母・正子が言うには、朝ゴミを出さなくちゃならないとき、慌てて着替えなくて済むので便利だそうだ。

真は両手でそっと、古城のデッサンを持ち上げた。こうして顔を近づけて見る方が、絵を踏みにじっている無礼な靴底の跡が気にならない。接近して、心の目で見るからだ——というのはちょっと大げさだが。

匂いを感じた。

鼻先を、風が撫《な》でたような気がした。

真は目を上げた。窓のカーテンは閉まっている。窓も閉めたはずだ。そうでなきゃ、この季節だから寒くていられない。

もう一度、デッサンに目を落とす。

やっぱり匂う。

不快な臭いではない。青っぽいような、水のような匂い。

——公園の匂いだ。

というより、森の匂いだ。緑の匂いだ。

思わず片手をあげて鼻を押さえた。ボディシャンプーの匂いがほのかに残っている。

まだ生乾きの髪が、ふわりと揺れた。

風が吹いている。

真は絵を置いて、椅子から立ち上がった。窓のカーテンを開け、戸締まりを確かめる。ちゃんと閉まっている。

この家は、築十五年ぐらいの一戸建てだ。五年前、富夫が〈パイナップル〉を開くときに居抜きで買った店舗付き住宅で、前の持ち主はここで居酒屋を営んでいた。当時のカウンターが、今も〈パイナップル〉のカウンターとして残っている。

店舗改装の際に家の内部にもいくらか手を入れた。窓枠は全部アルミサッシにした。それでも木造の一戸建てだから、どこからかすきま風は忍び込んでくる。

でも、外から入り込んでくる風が、森の匂いをはらんでいるわけはない。〈パイナップル〉の隣は美容室だし、その隣はクリーニング店。このあたりの町筋はバス通りに面しており、商店街というほどまとまってはいないが、住宅のなかに店舗が入り交じっている。尾垣家同様、自宅で商売している住民も多い。道を挟んだお向かいはラーメン屋である。日常、真はここにいて多種多様な匂いを嗅《か》いでいるが、森の匂いを感じたことは一度もなかった。いちばん近い公園でも二ブロック以上離れているし、近所には広い庭のある家なんかない。

森の匂い。今、手近に存在する森といったら――

窓のカーテンにつかまったまま、真は机の上のあの絵を振り返った。

そして、信じられないものを見た。

絵のなかの森が、かすかに動いている。風に吹かれて、木立が揺れている。

真はまばたきした。目の迷いだ。エンピツで描かれたデッサンが動くなんてことがあるわけがない。

でも、まだ匂う。それどころか風の音まで聞こえるような気がする。

忍び足になって、真は机の前まで戻った。真が絵が動いていることに気づいていると絵が気づいたら、（あ、やばい）と動きを止めてしまうような気がする――なんて考えるのもどうかしている。

森の手前、木立の背が低くなっていて、デッサンのタッチも変わっているところ、おそらく木の種類が違うのだろう、その感じがエンピツの線の濃淡と太さの違いだけでよく表されている場所が、さわりと揺れた。

真は手を伸ばし、その木立の動きを直《じか》に確かめようとでもするかのように、デッサンの上に指を置いてみた。

途端に、それは起こった。

いつだったか、テレビの洋画劇場で、ギリシャ神話を題材にしたハリウッド映画を見た。そのなかに、輝く甲冑《かっちゅう》や豪奢《ごうしゃ》なローブに身を包んだオリンポスの神々が、彼らが操る地上の人間たちの様子を見るために、大きな水盤を覗き込むシーンがあった。透き通った水を湛《たた》えた水盤は、今まさに困難な船路へ漕《こ》ぎだそうとする人間たちの姿を映し出していた。神様はこうやって地上の様子をご覧になっているんですよ——

それとまったく同じだった。真は、デッサンに描かれた古城の景色を眺めている。つい さっきまで、眺めていたのはただの絵だった。今は違う。本物の景色だ。森が動いている。木立が揺れている。風が吹いている。空は曇り気味で、その雲も流れている。感じる。匂いもする。その点では映画のオリンポスの神々とも違う。真はただ景色を見ているのではない。その景色が存在する世界のなかに、顔を突っ込んでいる。

小さいとき、真はなかなか泳げなかった。プールのなかで目を開けることができなかったのだ。消毒用の塩素が目に染みるからではない。ゴーグルをかけていても駄目だった。何だか怖くて、固く目を閉じてしまうのだ。

すると富夫が、風呂用のプラスチックの洗面器を持ってきて、そこに水を張り、

——ここに顔をつけてごらん。

その洗面器の底には、チューリップの絵柄がついていた。

——目を開けてチューリップを見てごらん。

練習を重ねて、ピンクと黄色のチューリップを見ることができたときは、嬉しかった。

あのときの感覚と似ている。ただ、この絵のなかに顔を突っ込むには、息を止める必要はない。絵に手を触れて、覗き込めばいい。それだけで、洗面器の底のチューリップよりもくっきりと、実在感のある古城の風景が見えてくる——

ハッとして、真は古城のデッサンから指を離した。すると接続が切れた。古城と森は

景色ではなく、ただのデッサンに戻った。

触れると、入れるのか。

真は自分の掌《てのひら》と指を検分した。何も変わった様子はない。さっきの現象を起こしたのは、真ではない。絵の方に変化が起こったのだ。

だけど、昼間は何も起こらなかった。何度も絵に触ったし、手で持ち上げたこともあるのに、こんな現象は起こらなかった。だいいち、もしもこの絵が触れるものをそのなかに招き入れる力を持っているのなら、これを踏んづけたおっさんに何事も起こらなかったのはおかしいじゃないか。

昼間と今と、何が違う？

——夜だってこと？

確かに、真のいるこっちは夜だ。でも、絵のなかの景色は昼間だった。

真は噴き出してしまった。何だよ、寝る前に寝ぼけるなんて。

そして、笑った顔のまま凍りついた。

音がした。口笛みたいだ。高く澄んでいて、よく通る音。

絵のなかから聞こえてきた。この、踏みつけにされたデッサンのなかから。

真はもう一度、今度は両の掌を広げて、そろりそろりと絵の上に下ろしてみた。その手のあいだに顔を近づけてみた。

城が、森が、空がよく見える。空気を感じる。そうだ空気だ。空気があるから、匂いも風も感じるのだ。

また聞こえた。口笛じゃない。あれは指笛だ。木立が揺れる。森がざわめく。真は身を乗り出す。もっと前に。もっと深く、絵の世界に入り込めないか。

入れない。これ以上は無理だ。首を動かし、目を動かして、届く範囲しか見えない。

でも、発見した。

森のなかを小道が通っている。きっと、あのお城に続く道だ。

顔を上げ、手を離した。今度はまざまざと、〈離れた〉感じがした。

心臓がばくばくしている。

どうしよう。

——って、どうするんだ？

何をどうしたくて、真はこんなにドキドキしているのか。

こんな絵、破って捨ててしまった方がいいんじゃないか。もしかして、幻覚剤が染みこませてあったりするのかも。これを踏んづけたおっさんは、靴を履いていたから無事だったんじゃないか。

おいおい、ちょっと待て。幻覚剤？　誰が何の目的でそんなことをするというのだ。

それに、無関係な第三者に、そこに描いてある絵のとおりの幻覚を見せることができる、そんな器用な薬物があるものか。

大きくひとつ深呼吸をして、ちょっと背中をそらして絵から遠ざかり、真は思った。

この絵のなかには、別の世界がある。

3

寝ぼけていたんだ。

翌日になると、そう思った。

入眠時幻覚というやつだ。昨夜の真は、風呂あがりで眠かった。机の前で半分居眠りをしていて、自分では起きているつもりでいながら夢を見たのだ。きっとそうだ。

〈パイナップル〉は土曜日も営業する。ブランチの時間帯から混み始めるので、真も手伝わなくてはならない。部屋を出るとき、あの古城のデッサンの端っこ、何も描かれていない部分をつまみ、机の引き出しに放り込んで、逃げるように背中を向けた。あんな現象、ホントに起きたはずないんだってば。

ランチタイムが過ぎると、店はぐっと暇になる。昼飯も済み、両親はのんびりしている。真は自室に戻るしかない。

ドアに背中をくっつけて、机を睨みつけた。あんなこと、ホントに起きたはずない――

でも、万にひとつホントだったら？

もう一度、確かめてみるか。

またデッサンの端っこをつまんで、机の引き出しから取り出した。全体をじっくりと観察する。古城と森の景色に変化はない。それを不粋に踏みにじる、おっさんの靴底の跡もそのままだ。

ズボンの腿《もも》に掌をこすりつけ、よく汗を拭《ぬぐ》ってから、森の木立にそっと触れてみた。

何も起こらない。

真はフンと息を吐いた。ほら、な？　何でもないじゃないか。昨日のあれは、やっぱり夢だったんだ。

――いや、ちょっと待て。

あの現象が起こるのは、夜間だけなのではないか。だから真が銀行のなかで触ったときには何も起きなかったし、絵のど真ん中を踏んづけたあのおっさんも無事だった。まあ、無事というのはちょっと大げさな表現かもしれないけれど。

「し～ん」

階下から正子が呼んだ。真は跳び上がりそうになった。

「今のうちに、少しは部屋のなかを片付けなさいよ～」

お片付け。よろしい。名案だ。掃除しようじゃないか。要らないものを片付けて、ゴミを出す。ついでにこの絵も――この絵も――

捨てるのはもったいないと思うのは、どうかしている。おかしい。昨日、捨てちゃ申し訳ないと思ったのはまだいい。今日になって、なぜ〈もったいない〉なんて思うのか。

だってこの絵は、別世界への入口で。

そんなことがあるわけないと思うのに。

ちょっとでも絵が動いたらすぐわかるよう、机の上に立てかけておいて、真は部屋の掃除をした。要らなくなった参考書や問題集を紐《ひも》で縛って、資源ゴミ回収の日に出せるようにした。高校の教材が入るように、本棚に空きスペースをつくった。古いノートも処分した。

いつもの時間に夕食を食べ、いつもの時間に風呂に入った。つまり昨夜と同じということだ。真の生活は規則正しい。

そして、ジャージを着て机に向かった。今夜は、バスタオルは先に片付けておいた。窓が閉まっていることは確認してある。カーテンも閉めてある。

真は、寝ている人を起こさないようにその肩に触れるような手つきで、そっと、そっと、古城のデッサンの上に掌を置いた。

森の匂いが戻ってきた。木立のざわめきが耳に忍び込んでくる。

陽が陰った。雲が流れたのだ。空は快晴ではなく、全体にうっすらと雲がかかっている。その奥に、溶けかけたアイスクリームのような輪郭の太陽がぼんやりと浮かんでいた。

古城は、森のなかに頭を突き出している。どれぐらいの大きさなのか、見渡すことはできない。城は森に取り囲まれているだけでなく、森の周囲は白いガスに覆われている。

霧が出ているのかな。それにしては空気感がないというか、のっぺりと白くて平らなだけで、雲のような動きがない。

――描かれてないから？

ただの空白なのか。

真はごくりと唾《つば》を飲み込み、息を止め目を開いて、身を乗り出してみた。絵のなかに入れないか。身体ごと、絵の向こうに入り込むことはできないか。

できない。つっかえてしまう。これってやっぱり、オリンポスの神々が水盤の映像のなかに入ることができなかったのと同じだ。

真は椅子を引き、腕組みをして考えた。オリンポスの神々は、地上の人間たちに近づくとき、どうしていたか。

人間と同じサイズになって、地上に降りていた。

そうだ。思わずぽんと手を打った。この古城が、実際にこのサイズであるわけはなかろう。画用紙よりも小ぶりの紙に描かれているから、この大きさなのだ。つまり縮尺の問題なのだ。

絵のなかの世界に入り込むには、真が絵のなかの縮尺に合わせなくてはいけない。

じゃ、具体的にどうすればいいの？

――絵のなかに、ちょうどいい縮尺のボクを描き込む。

合理的な仮説だろう。真はペン立てから2Bのエンピツを取り出した。それを握って、構えて、躊躇《ためら》った。

真は絵が下手だ。この美麗なデッサンに失礼じゃないのか。

エンピツで描けば、すぐ消せる。上手くいかなかったら消しゴムで消せばいいのだ。今はとにかく試してみたい。

それでも、もしもこの絵がまっさらのままで、あの無神経なおっさんの靴底の跡がくっついていなかったなら、真は踏み切れなかったろう。靴底の跡が一種の免罪符になって、真の手を動かした。

絵の下の部分、森の木立の、描かれていない根元の近くに描こう。空の部分に描いて、いきなり真っ逆さまに落下したら困る。地面に足がつきそうなところに描こう。

大きさは？

ちょっと前にテレビ番組で、女性レポーターがドイツの古城巡りをしているのを見た。彼女レポーターは、ちょうどこの絵の城の尖塔みたいな場所の窓から顔を覗かせていた。彼女は、まだ成長途中の真よりは背が高そうだったけれど、それだって一六〇センチ台だろう。あれを参考に考えればいい。

――あのアーチ形の窓の高さが、だいたいボクの身長と同じくらいじゃないのかな。

よし、ともかくトライしてみよう。真は震えるエンピツの先を動かして、もっとも簡潔な人形《ひとがた》を描いた。頭は○、棒のような手足。絵じゃなくて、記号だ。かえって後ろめたくなくていい。

エンピツを置き、両手を擦《こす》り合わせ、深呼吸してから、描いたばかりの人形《ひとがた》の上に、右手の人差し指を置いてみた。

出し抜けに、目の前が真っ暗になった。音も消えた。感覚のすべてが消えた。呼吸もできない。真は泡をくって指を離した。

もとに戻った。見える、聞こえる、自室の埃っぽい匂いもする。溺《おぼ》れかけたみたいに息が苦しい。何が起こったんだ？

あ、そっか。

何やってんだよ。思わず、自分で自分の頭をペンと叩《たた》いた。

のっぺらぼうの記号を描いたら、そりゃ何も見えないし聞こえないし、呼吸もできなくて当然じゃないか！

——でも、ということは。

試みとしては成功だったのだ。真は今さっき、自分で描いた人形《ひとがた》になって、この絵のなかに入り込んだのである。だから感覚が消えたのだ。

座ったまま身震いしてしまった。こういうのを武者震いというのだろう。

もっと上手く描けばいいんだ。ちゃんと顔を描いて、耳もつけて、手足も太くする。自分の足で地面に立てるように。

記号みたいな人形《ひとがた》を丁寧に消しゴムで消し、今度はもっとずっと人間らしいものを描いた。目鼻は点々ではなく、白目と黒目がある。耳らしい形を描く。鼻には鼻の穴もつける。

今度はどうだ。人差し指を載せる。

すとん、と落ちたような感じがした。

真は森のなかにいた。鳥瞰《ちょうかん》ではなく、仰ぎ見る角度になった。生い茂った木立の木の葉の隙間から、うっすらと青い空が見える。

やった！

と思った次の瞬間、どたんと倒れた。その衝撃で指がデッサンから離れ、真は自室に舞い戻った。

真の描き込んだ人間の絵のバランスが悪いのだ。だから立っていることができない。おそらく動くこともできないだろう。関節を描かなかったからな。

——めちゃめちゃ厳密なんだ。

自分の分身になる人間を描き込めば、とりあえず絵のなかに入ることはできる。だが、その分身がバランスのとれたリアルな人体画になっていなくては、何もすることができないのだ。

真はまた身震いしてしまった。ちょっと怖い。いや、かなり恐ろしい。

この絵のなかに入って活動するには、自分の分身を、絵そのものと同じくらい緻密《ちみつ》に描く必要がある。

考えてみれば当たり前の話だ。現実世界だってそうなのだから。現実の真の生活のなかに存在する事物も人間も、みんな同じ〈緻密さ〉を持っている。真の身体と、台所にある電子レンジは、物体としては同じものではないが、仮にこれが「神様の描いた絵」

であると考えた場合には、同じ密度に、同じスキルとテクニックで描写されていると言っていい。電子レンジだけが落書きレベルで存在したりはしない。

納得がいく。つじつまが合っていて合理的だ。それだけに難しい。

そんなレベルの分身——絵が下手な真には、どうやったって描けっこない。

それから数日、真は様々な試みをしてみた。絵に入ることができるのは夜だけだから、夢中になるとつい夜更かしして、机に突っ伏していつの間にか寝てしまったりした。自分で描けないならば、写実的な画風のコミックのキャラをコピーに取り、縮尺を合わせて貼り付けてみたらどうか。あるいは写真では？　サイズさえバランスが合っていればいけるのでは？

無駄だった。古城のデッサンは、そこに直接描かれたものしか受け入れないらしい。貼ったり載せたりしたのでは駄目だ。

少しでもマシな絵を描こうと、努力はした。お手本になりそうなコミックは片っ端から参考にしたし、本屋に行って『マンガの描き方』という入門書も買ってきてみた。だが、悲しいかなセンスがないと無理なのだ。少なくとも、二日や三日でこのデッサンのレベルに到達することはできない。

手が届かないと思うと余計に悔しく、もったいない気持ちでいっぱいになった。ため息をついてエンピツを置き、古城のデッサンに手を触れて、オリンポスの神々の真似をする。そんなことを繰り返した。見ることはできる。風も感じる。木の葉のざわめきが耳に心地よい。一度、古城の尖塔の奥にまで光が差し込み、何かが光ったのを目撃したときには、胸が躍った。あれは何だろう。鏡があるのかな。

でも、そこに行くことはできない。

週の半ばに、二時限目の数学がまた自習になったので、真は学校の図書室に向かった。小脇に挟んだノートのあいだに、クリアファイルに入れた古城のデッサンを忍ばせてある。

美術に興味がない真の手元には、画集なんかない。絵のお手本になりそうなものはコミックだけだった。ここはひとつ考え方を変えて、本格的な美術書を参考にしてみよう。図書室になら、よさそうなものがあるだろう。

図書室には誰もいなかった。自習時間にこんなところに来るポスト受験生など、真のほかにはいない。みんな、たいていは空き教室でたむろしているか、部室のある部活に入っていれば、部室に行く。

図書室を貸し切りにして、真は美術書を漁《あさ》った。『デッサンの基礎』という本が見つかったので期待してめくってみたけれど、エンピツで静物画のデッサンをしてみましょうという内容で、人体画は見当たらなかった。どっちにしろ、この本の指導に従って真面目にお稽古《けいこ》し、真が古城のデッサンのレベルに到達できるとしても、少なくとも三年後ぐらいの話になりそうだ。悪くすると三十年後かもしれない。

しょうがないじゃないか。苦手なものは苦手なのだ。

考えあぐねて疲れてしまい、その日の放課後、真は久しぶりに軟式テニス部の部活に参加した。下級生たちが、

「あ、オガキ先輩」

「合格おめでとうございま〜す」

なんて愛想いいけれど、陰では「壁が来た」「壁、カベ」と囁《ささや》いているのが、ちゃんと聞こえる。いいじゃないか、カベ。上等だ。

翌日も、真は部活で壁になった。その翌日も同じことをした。身体を動かしていると、とりあえず陽のあるうちは古城のデッサンのことを考えずに済むとわかったからだ。

そうやって、一年生部員のヒッティングパートナーを務めているときだった。校庭の端を、正門に向かって、一人の女子生徒が歩いて行くのが目に入った。

——城田《しろた》だ。

二年生のとき、同じクラスだった女子だ。城田珠美《たまみ》。あいつもポスト受験生だ。ただ、真よりずっとハイレベルの県立の推薦枠に通った。誰も驚きはしなかった。城田は成績優秀だ。ずっと、学年のトップ3に入っていた。

だが城田は、女子の嫌われ者だった。

真が直接知っているのは二年生のときだけだけれど、入学直後からハブられていて、三年でも同じ状態だったと噂に聞いている。真みたいな男子の耳にまでそんな噂が届くほどに、城田はハブられている。

成績がいいから妬《ねた》まれているわけではない。気が強くて、まわりと衝突するわけでもない。

城田は変わり者なのだ。あいつの成績表には、きっと担任教師のコメントがついているに違いない。「協調性に欠けます」と。

城田は笑わない。ほとんど口もきかない。中学生の女子たちは、用がなくても笑ったりしゃべったりしているイキモノだから、それだけでもう城田はアウトだ。

お高くとまっている、という悪口を聞いたことがある。目つきが悪い、まわりのみんなをバカにしているという評も聞いたことがある。そういえば社会科の平井《ひらい》先生が、授業中の城田の態度が悪いと、クラスメイトたちの面前で怒鳴ったことがあるという話も聞いた。何でも、先生の話を頬杖《ほおづえ》ついて聞いていたそうな。しかも、あからさまにせせら笑うような顔をして。それに気づいた先生が、

「城田、何か意見があるのか」と問うたら、これまたあからさまに、ぷいと目をそらしてしまったとか。

人目に立つこと、余計なことをしないのが身上の尾垣真にとって、そういうキャラの女子は地雷みたいなものだ。近づかないに限る。

近づく用件も、幸いなことになかった。

今までは。

今はしかし、あるような気がする。

なぜなら、城田は絵が上手いのだ。一年生のときから美術部にいて（その美術部でもハブられているらしいのだが）、県のコンクールにも何度か入賞している。校長室の前の掲示板に貼り出された作品を見たことがあるが、花瓶に活《い》けられたバラの花を描いた静物画で、ものすごく精密な画風だった。角度によっては写真に見えなくもないほどに。

そうだ、城田は絵が上手い。

写真みたいな絵を描く。

——自分で描けないのなら。

誰か、絵の上手いヒトに描いてもらうという手があるよな。

真の頭に、一年生が打った球がぶつかった。笑い声があがる。真は気にしなかった。正門を出て遠ざかって行く城田の姿を目で追いかけていたから。

ハブられ女子の城田は、口が堅いだろう。何を耳にしたって、それをしゃべる友達がいないのだから。

ハブられ女子の城田は、真に興味など持ってない。誰にも興味を持ってない。

でも、絵には興味があるだろう。何とか頼み込んで、城田に真の分身を描いてもらうことはできないか。

直接、あの古城のデッサンに描き込んでもらう？　話の持っていきようが難しい。別の紙に描いてもらって、真がそれを写し取るというのはどうか。トレーシングペーパーを使えば、模写するよりは上手くいくのではないか。

段取りを考えながら、真は城田の動向を探り始めた。城田は隣のクラスなので、これが意外と難しかった。自習になると、真と同様、早退けしてしまうか、どこか他の教室に行っているらしい様子はわかってきたが、どこにいるのかがわからない。図書室では会えたことがない。美術室は、一年生や二年生の授業で使われていることが多く、美術部には専用の部室がない。登下校の途中のどこかで捕まえるしかなさそうだった。

また週をまたいで、次の火曜日だった。午後の五時限目、真のクラスは国語の授業があったのだが、隣のクラスが何となく騒がしい。短縮授業になったらしい。

幸い、まだ先生は来ていない。真は鞄《かばん》を抱えて廊下に出た。隣のクラスの生徒たちが、ぞろぞろと帰ってゆくところだった。

城田は、クラスメイトたちからちょっと遅れて、一人で教室を出てきた。真は、自分も帰るようなふりをして、後を尾《つ》いていった。

階段を下り、ホールに出て外履きに履き替え、正面玄関から正門に向かう。誰も城田に声をかけない。城田も誰にも声をかけない。視線はずっと下向きで、横顔には表情らしいものがない。

城田は、女子にしては背が高い。真より一〇センチぐらい高いだろう。痩《や》せて骨張っていて、案山子《かかし》みたいだ。分類するならショートカット、としか評しようのない無造作な短髪で、度の強い眼鏡をかけている。校則どおりにきちんと折った白いソックス。校則どおりのスカート丈。先生たちがあんまりうるさくないのをいいことに、女子のほとんどはスカート丈を短めにしたり、色柄ものの可愛いソックスを穿《は》いていたりするというのに。

まるで電柱か標識のようにクラスメイトたちから無視されて、城田は歩いて行く。今、正門を出た。

真は尾行していく。

三中《さんちゅう》の学区は狭い。生徒の大半は半径五キロ以内に住んでいる。城田が真っ直ぐ家に帰るなら、そう長いこと尾行する必要はないだろう。しかも、ずっと一人で歩いて行く。それもこっちには好都合だ。

バス通りを歩き、次の交差点で右に曲がる。城田の左手には、重そうな学生鞄。まったくまわりを気にしていない。おかげで、真も普通に歩くことができた。たまたま同じ方へ行くだけさ。

城田は、今度は道を左に曲がる。一番町《いちばんちょう》の方角だ。市役所や保健所、市の主立った施設が集まっている地区で、住宅は少ない一角である。

花田市は昔、小さな城下町だった。城はもう影も形もないけれど、城址《じょうし》が公園になっている。一番町で、いちばん広範囲を占めているのがこの公園だ。全体に小高い丘になっている。

城田は、その城址公園のなかに入って行く。真も小走りになって跡を追った。

城址といっても、それらしいものが残っているわけではない。スペースは広いが、雑木林と植え込みがあるだけの緑地に、遊歩道がぐるぐると巡り、中心部に城の過去の佇まいを描いた図と謂《い》われを書いた看板が立っているだけである。子供が遊べるような遊具は設置されていないので、さらに何にもない。犬の散歩やジョギングの人が通り抜けるだけの場所だ。

城田は細い遊歩道を上り、丘のてっぺんに出た。件《くだん》の看板が立てられていて、歪んだ円形の広場があり、そのまわりに木が植えられている。これが桜ならせめて花見スポットになろうものを、公園担当の役人にはそんな洒落っ気がなかったらしく、煤《すす》けた常緑樹ばっかりだ。

城田は、広場の隅にあるベンチに腰掛けた。

少し離れた後方から、真はその案山子みたいな後ろ姿を見つめた。

おもむろに、城田は学生鞄を開けた。スケッチブックと筆箱を取り出す。こいつ、写生しに来たのか。

休日ならいざ知らず、平日のこんな時間帯に、城址公園を訪れる市民は少ない。現に今、あたりを見回しても誰もいない。もう少し暖かい季節なら、ベンチで昼寝するサラリーマンなんかがちらほらいる。だが、今はそんな陽気じゃない。おまけに今日は曇天で、夕方から雨になるという予報だった。

それにこの城址公園は、市民にとって残念なことながら、あまり治安がよろしくない。

痴漢が多いのだ。この数年、事件が絶えない。

三中でも、不審者が出没するから注意するようにと、プリントを配られたことがある。確か去年の秋だったか、夜、ジョギングしていた女性が襲われた事件もあり、それは新聞にも載った。

昼間とはいえ、そんな場所に一人で来て、悠々と座ってスケッチをする。城田、意外と剛胆だ。いや、それぐらい根性が太いからこそ、中学生活をまるごとハブられ女子として過ごしても平気だったのか。

しかし、参った。これだけ人気《ひとけ》がないと、かえってどう接近していいかわからない。

とりあえず、後方から密《ひそ》かに、ベンチの五メートル手前から、三メートル手前まで距離を詰めた。

寒い。今日は底冷えがする。

城田はスケッチブックに目を落とし、黙々と手を動かしている。もう描くことに集中してしまっている。今日、学校にいるあいだからずうっとここで描く絵のことを考えていて、やっと描く時間がきたからすぐそのモードに切り替わったという感じだった。

無駄がない。

それはちょっと、真の好みだった。

城田が顔を上げ、前方に目をやった。何を写生しているのだろう。広場の向こう側にも、雑木林が広がっているだけなのに。

それにしても寒い——と思ったら、鼻の奥がむずむずして、くしゃみが飛び出した。ベンチから跳び上がるように、城田がこっちを振り向いた。ばっちり目が合った。眼鏡がずれた。エンピツを握った手が宙に浮いている。

バツが悪いと言ったら、これ以上の景色はない——と思うそばから、二発目のくしゃみ。城田が手をおろし、また前方を向いた。

真は洟《はな》をすすり上げ、ちょっと肩を揺すって身体をほぐした。城田は作業に戻っている。真は地面を踏んでベンチに近づいた。

「えっと、あの、城田さんだよね」

声をかけながら、さらに近づく。ベンチの背もたれまで、もう手が届く距離だ。制服姿の城田はマフラーさえしていない。首筋が寒そうだ。

「んと、ボク、尾垣だけど。二年のとき同じクラスだった。覚えて」

覚えてない？　と言いかけて、挨拶《あいさつ》するようなつもりでちょっと頭を前に傾けたら、城田のスケッチブックが見えた。

素朴に驚いた。

そこにも、城址公園が存在していた。この殺風景な広場と、寒々とした雑木林が。

城田はここを描いている。ここ、この場を。そっくり写し取っている。空気感まで。

今、描き始めたものではない。既に何日かかけていて、仕上げの段階に入っている。

冷え冷えとしている。

スケッチブックのなかに、寒さがある。

「――上手いね」

それしか、言葉が出てこなかった。

城田は反応しない。手は動いている。よく見ると、握っているのはエンピツではなく、黒くて細い棒みたいなもので、握る部分に紙が巻いてある。

城田が今描いているのは、広場の地面の部分だった。影をつけている。いや〈陰〉と言うべきか。砂利と赤土の地面の質感を表すために、陰影をつけている。

真の存在は、まったく無視されている。

首尾よく城田とコンタクトできたら、どんなふうに切り出そう。シミュレーションして、準備してきたつもりだった。それがまったく浮かんでこない。城田の描いているスケッチのせいだ。

城田は上手い。あの古城のデッサンの描き手に引けをとらない腕前だ。タッチも似てるんじゃないか？

あっと思った。

もしかしたら、あれも城田の作品なんじゃないか。友達のいないハブられ女子の城田が、美術部でさえ仲間外れにされているらしい城田が、自分の作品を見てもらおうと、こっそり銀行のロビーの展示物に紛れ込ませた。あり得ることだ。

だったらもう、ぐだぐだ説明（言い訳）することはない。現物を見せよう。それがいちばん手っ取り早い。

「城田さん」

真は鞄を足元に置いた。蓋を開けて手を突っ込んだ。クリアファイルに入れて、大事に持ち運んでいる古城のデッサンを引っ張り出す。

「ちょっとこれ、見てくれないかな。城田さんが描いた絵じゃない？」

真の口調も動作も何も関係なく、城田はただ「絵」という単語にだけ反応した。手を止めて目を上げ、真の差し出したデッサンに視線を落とす。

数秒、沈黙。

「足跡がついてるね」と、城田は言った。

真は目を閉じた。

そうなのだ。そうなんだよ。何で忘れてるんだよ、オレ。この絵は踏んづけられてるんだよ。

「ボ、ボクが踏んだんじゃない」

不幸な偶然で——と、あわあわ言った。

「この絵、めちゃめちゃ上手いと思うんだ」

城田は自分の作業に戻ってしまった。真が差し出した古城のデッサンは宙に浮き、北風に吹かれている。

「なのに踏んづけるなんて、ホント失礼なおっさんだよね。おっさんだったんだ、踏んだの。ボク目の前で見てて」

城田は無関心。

「もうちょっとよく見てくれない？」

真は、クリアファイルから古城のデッサンを取り出した。

「この、陰影のつけ方がさ、城田さんとよく似てるなあって思うんだけど」

城田が手を止めた。顔はうつむいたままだ。

「デッサンだから」

千切って投げるような言い方だった。

「デ、デ、デッサンだと、みんなこういう描き方になるわけ？」

城田は答えず、スケッチを再開した。雑木林の部分に手を加えている。

「そんなことないよね？　デッサンだって、画家の個性が出るんじゃないの。よく見てみてよ。実はボク、これ描いたヒトを探してるんだ」

口からぺろりと、嘘が出た。どんな人間が描いたんだろうと思ったことはあるが、作者を探すつもりなんか毛頭なかった。

城田は、うるさい蠅《はえ》でもおっぱらうみたいにかぶりを振った。そのついでに左手を伸ばして、真の手から古城のデッサンをひったくった。まさにひったくりだった。真が手を離すのがあと十分の一秒遅かったなら、デッサンは破れてしまっただろう。

城田の手は、古城のデッサンの下の部分、お城を囲む森の部分をまともにつかんでいる。

ひと呼吸、間が空いた。

城田の痩せた肩がびくりと跳ねあがった。

右手から、黒っぽい棒が落ちた。その手がデッサンの右角をひっつかんだ。眼鏡が動いた。肩が震える。そして顔がデッサンにくっつく。まるで身を乗り出して——

絵のなかに入ろうとするかのように。

とっさに、真は城田の肩をつかんだ。つかんでぐいと後ろに引いた。強い力をかけたわけではないのに、城田は顎を上げて背中をそらし、体勢を崩した。同時に、古城のデッサンを手放した。

真は慌ててデッサンを拾い上げた。目の前に、城田の（女子にしてはデカいサイズの）外履きがある。

顔を上げると、城田が目を剝《む》いていた。

「い、今の、何？」

さっきまでとは全然違う、裏返ったような声だった。度の強い眼鏡のレンズの向こうで、大きな黒目が泳いでいる。

「何って、何」

真はゆっくり問い返した。ことさらにゆっくりと。これを訊かずにはおられないのだが、訊いてしまうと引き返せなくなる。だからせめて、ゆっくりと。

ハブられ女子の城田に、あんたアタマおかしいんじゃないの？　と笑われるとしても、訊かないわけにはいかない。

「もしかして、城田さん、絵のなかに入り込んだような感じがした?」

城田は目を瞠《みは》り、ついでに口も半分開いていた。そのまま、がくがくとうなずいた。

「これ、何よ」と言った。「何なの、これ」

真っ昼間なのに、夜じゃないのに、あの現象が起こったんだ。

「何だかわからないんだ」

余計なことをしないのが身上の尾垣真が、その身上に反することをしようとしている。

「わかんないんだけど、確かにこの絵、普通じゃないんだよ」

そう言って、息をついて立ち上がり、ハブられ女子の城田珠美と向き合った。

第二章　塔のなかの姫君

1

六時限目の社会科は、予想どおり自習になった。

「しっかり勉強しろよ」

先生がそう言い置いて教室を出ていくと、真は鞄《かばん》をつかんで教室を出た。廊下を静かに歩き、階段はリズミカルに下りて、ホールで上履きを外履きに履き替える。校庭では一年生たちが体育の授業でバレーボールをやっていた。それを横目に校庭の端を歩くうちにだんだん早足になり、校門を出ると、真は走り出した。そこからはずっと走った。

信号待ちにぶつかると、待っているのがもどかしくて足踏みした。

城田は昨日と同じ場所にいた。城址《じょうし》公園の丘の上、広場のベンチに腰をおろし、スケッチブックを広げて絵を描いている。

「城田さん」

ちょっと離れたところから声をかけると、手を止めてこっちを見た。真は息を整えながらベンチに近づいた。

「五時限目が、授業に、なっちゃって」

走ってきたので、真は息が切れていた。その息が白い。今日も寒い。

昨日、今日は午後イチにここで落ち合う約束をした。真のクラスも城田のクラスも、午後は自習になると踏んだからだ。ところが真のクラスの五時限目、国語の境《さかい》先生が今日に限って妙にやる気を出し、受験前の最終チェックをしますとか言い出したものだから、

「遅れちゃって」

小一時間も待たせたのだから、さすがの城田も寒かったろう。

「知ってた」

スケッチブックを閉じながら、城田は短く言った。

「サカイ」

「ああ、うん、そう」

先生を呼び捨てにするタイプだったんだなあ。それとも、これも単に愛想がないだけか。口数の少なさとあいまって、ホント、単語帳と話しているみたいだ。

「銀行、行ってきた」

真がその言葉の意味を解するまで、二秒ほどかかった。

「銀行って、どこの」

城田は無言で、顎《あご》の先で真の鞄を指した。真は思わず、手で鞄を押さえた。今日もこのなかに、あの城の絵が入っている。

「何しに行ったんだよ」

真はベンチの傍らに立ったままだ。城田はベンチの真ん中に座っている。場所を空けてくれる様子はない。真もそうしてほしいわけではゼンゼンなかった。

昨日の今日なんだから、仮にコクリコクられて出来たてのポスト受験生カップルであったとしても、ぎこちなくて当然だろう。ましてや真と城田はカップルなんかじゃない。カップルなんてものとは、銀河系の端と端ぐらい離れている。

では、二人はどういう組み合わせなのか。真にもわからない。わからないから、「遅れてごめん」とか「待たせて悪かった」とか「寒かったか」とか言えないし、隣に座るなんてとんでもない。

城田は言った。「絵のこと、訊《き》いてきた」

真は呆《あき》れた。「いきなり訊いたって教えてくれるわけないよ」

「知り合いがいる」

「知り合い？」

「外回りの人」

昨日は真の方がいろいろ説明したり、仮説を述べたりしていたので、城田の口数が少なくても困らなかった。だが、これは困る。

「それってつまり、城田さん家《ち》はあの支店と取引してて、担当の外務員がいるってこと?」

城田はうなずいた。

「じゃ、この絵のことしゃべっちゃったの、その担当者に」

城田はかぶりを振った。

「ホントに?」

うっとうしそうに目を細めて、城田は真の顔を見た。

「お城の絵は、子供たちの絵じゃない。ああいう企画で絵や工作を預かって展示するときには、紛失とかの間違いがないように、写真を撮っておくんだって。お城の絵なんかなかったって、佐野《さの》さんは言ってた」

何だよ、まとまった文章もしゃべるんじゃないか。こっちで補足しなくちゃならないことは一緒だけど。

「佐野さんっていう人が、城田さん家の担当者なんだ」

「うん」

「んで、城田さんはその佐野さんに、〈ぼくのうち　わたしのうち〉の展示のことを訊いた、と」

「今週いっぱいだって」

あの展示は今週いっぱいで終わるのだ。って、それはどうでもいい。

「じゃ、まあ……やっぱりこれは」

真は鞄をぽんと叩《たた》いた。

「勝手に貼り出されたもので、作者不明なんだな」

城の絵の出自について、これまでの推測が裏付けられたことになる。

「危ないと思う」

真はちょっと考え込んでいたし、城田の声は素っ気なく抑揚がないので、聞き逃した。

「ん？」

城田は小さく息を吐《つ》くと、両手の指を擦《こす》り合わせて、言った。「昨日の計画。危ない」

昨日この場所で、陽がとっぷり暮れきって丘の上が真っ暗になるまで、真は熱心に説明し、説得した。この城の絵のなかに入りたい。それには城田の協力が必要だ。絵のなかでちゃんと五感を働かせることができて、歩いたり何かに触ったり、その必要が生じた場合には走って逃げたりすることができるような人物を、真は描くことができない。だが、城田なら描ける。あの画力があれば。だから手伝ってほしいと、一生懸命頼んだ。

——考えてみる。

と、城田は例によって短く答えた。そして今日の約束をしたのだ。

なのに何だよ、危ないってのは。

「どういうことさ」

「目的がわからない」

城田は眉《まゆ》をひそめた。男っぽい、太い眉だ。クラスの女子はたいてい、眉を描いてこそないがきれいに整えている。城田のは天然だ。生えっぱなしだ。そういうところがハブられる理由なのだ。いや、理由のワン・オブ・ゼムかな。

千切って投げるように、城田は言った。

「おかしい」

しげしげとその顔を見つめて、思わず真は笑ってしまった。

「そうだよ、おかしいよ。そもそも絵のなかに入れるなんてこと自体がおかしいんだよ。フツーはあり得ないよ。だけどできるんだよ。そこがスーパーナチュラルなんだよ。そんなものを相手に、何か考えたって無駄だよ」

城田はにこりともしない。真は、城田を見つめるのをやめて、睨《にら》みつけた。

「もういいよ、自分で何とかする。だけど、このことを誰かにしゃべったら、ただじゃおか――」

途中でぴしゃりと遮られた。

「そんなことを言うべきじゃない」

城田の眼差《まなざ》しがちくりと尖《とが》った。睨み返されると怖い。城田って、いわゆる目力《めぢから》がある。

真はいたたまれなくなった。北風に凍えそうなのに冷汗が出る。

「言い切ってないだろ」

我ながら情けないほどしおしおの弁解が、北風にさらわれてゆく。

「尾垣君、テレビゲームやる？」

こっちは全力で決まり悪い思いをしているのに、城田は何事もなかったみたいに単調に、そんなことを訊く。

「ちょっとはね。マニアじゃない」

城田はまた指を擦って温めた。

「あたしもマニアではない」

言って、真が肩から提げた鞄に目を向ける。

「でも、その絵はテレビゲームと似てると思う」

仮想現実、と言った。

「テレビゲームは、プレイヤーを楽しませることが目的。怪物を倒すとかクエストをするにしろ、ただそのなかの世界でまったり暮らして友達をつくったりするだけにしろ、目的は娯楽」

「そんなのわかりきってるよ」

城田はまたちくりと視線を尖らせた。「じゃ、この絵の目的は何？　何のために人を呼び込むのか、尾垣君わかってる？」

真は口を尖らせた。「わからないよ。だってまだ絵のなかに入れてないんだから」

「入っちゃって、何かあったらどうする？　危険なものだったら？　戻ってこられなくなったら？　そういうこと考えてる？」

たたみかけておいて、城田はいっぺん、ぎゅっと口を真一文字にしてから言い足した。

「これが何かの罠《わな》だったら？」

わな。あまりにも非日常的な言葉だ。真は笑おうとしたのだが、城田は大真面目だった。

「スーパーナチュラルなんて言葉で片付けて納得しちゃったら、危険だと思う」

幻覚剤かもしれない、と言った。

「それは僕も考えた。昨日、言ったろ？　だけど、そんな都合のいい薬物なんかあるもんか」

「あたしたちが知らないだけかもしれない」

言って、城田は慎重に言い直した。

「中学生が知らないだけなのかもしれない」

今度は、真は笑うことができた。見え見えにわざとらしかったけれど、何とか笑い飛ばしてみせた。

「城田さんて、そういうタイプだったんだ。陰謀論者っての？　エイズは生物兵器だとか、政府が密《ひそ》かに国民をマインドコントロールしてるとかさ」

城田が目を細めた。北風が染みたのではなさそうだ。

「尾垣君こそ、そういうのに詳しいんだね」

一本とられた。

「尾垣君の言うとおり、この絵のなかに入るには、この絵にマッチしたアバターを作るしかないんだろうと思う」

アバター。仮想世界における分身。ネット社会ではそれを使ってゲームをしたり、ネットのなかの街に住んだりすることができる。プロフサイトでは文字通り、アバターが自分の〈顔〉になる。

「それ、危険だと思う。はっきり言うと、あたし怖いんだ」

表情と口調からは、城田が怖がっているようには見えない。むしろ、城田の今の顔つきの方が真には怖い。

「そんな深刻に考えなくたっていいじゃんか。ちょっと試してみるだけなんだから」

城田は小さくかぶりを振って、言った。

「絵は作者の魂を映すものなんだ」

たぶん無意識にやったのだろうが、城田はそのとき、膝《ひざ》の上のスケッチブックを軽く撫《な》でた。描きかけのあのスケッチ。荒涼として冷え切ったこの広場の景色。あれにも、城田の魂が映っているんだろうか。

だとしたら、真はまともにそれと向き合いたくない。こっちの城の絵の方がいい。よっぽど居心地がよさそうだ。

「絵のなかに入るってことは、作者の魂のなかに入るってことだよ」

おっと、いかにも美術部の中学生が言いそうな台詞《せりふ》だ。

「だから、それって大げさだって」

「お城の絵の作者が何を求めてるかわからないのに、好奇心だけでずかずか踏み込んで行くの、危ないと思わない？　どんな魂が支配してる場所なのかわからないんだよ」

ふと閃《ひらめ》いたので、真は攻め口を変えてみた。

「じゃ、城田さんは、たとえばフェルメールの絵のなかに入ってみたいと思わない？」

真は美術に詳しいわけじゃない。フェルメールのこともほとんど知らないが、たまたま去年の今ごろ、両親がフェルメール展を観にいって、そのとき買ってきたカレンダーを〈パイナップル〉店内にかけている。それで思いついた。

城田は、猫と遊んでいるつもりだったのに、よく見たらそれは猿でした――と気づいたみたいな顔をした。多少、真の僻《ひが》みが入った表現かもしれないけれど。

「フェルメールの絵なら、入りたい。フェルメールがどんな画家なのか、あたしなりに理解してるから。尾垣君はどう？」

きっつい嫌みが効いていた。はいはい、スミマセン。逃げるように目をそらした真に、城田は言い放った。「でも、この絵は嫌だ。そんなことに協力するのも嫌だ」

頑《かたく》なだった。見れば、城田は地面につけた足に力を入れて踏ん張っている。

「――だったらどうすりゃいいんだよ。警察に届けるか？　相手にしてもらえるかなぁ。FBIが相手なら、『Xファイル』があるからいいけど」

「『Xファイル』って何？」

真は顔の前でひらひら手を振った。「気にしないで。余計なこと言った」

この寒いのに、柴犬《しばいぬ》を連れた老人が、反対側の遊歩道から広場に上ってきた。分厚いコートにマフラーに帽子。着ぶくれている。犬は元気に引き綱を引っ張っている。

「確かに、危ないと思うよ」

城田の言うとおりだ。真は軽率だった。

「でも、この絵のことを調べるには、絵のなかに入ってみるしか手がない。ほかには何の手がかりもないんだから。それとも、もういっぺん銀行の佐野さんに頼んで、防犯カメラの映像を調べてもらう？　絵を飾りに来た作者が映ってるかもしれないからさ。ついでに、絵を拾って逃げてく僕も映っちゃってると思うけど」

その場合でも——佐野という銀行員があっさり事情を呑《の》み込んで頼みをきいてくれたとしても、防犯カメラに映っている姿を見ただけで、作者がどこの誰だかわかる可能性は極めて低い。人相風体の怪しいヤツだったら、城田の嫌がる材料を増やしてしまうだけだ。

「先生だろうが警察だろうが銀行員だろうが、大人に言うのはまずいよ。何の解決にも前進にもならずに、絵を取り上げられちゃうのがオチだ。僕も城田さんも、受験ノイローゼだって言われるかもしれないぞ」

二人ともポスト受験生なのだから、ノイローゼというのはおかしい。言ってしまってから後悔した。

「何かヘンなドラッグでもやってンじゃないかって疑われるかもしれない。下手すりゃ高校に行かれなくなったりして」

城田は黙っている。真が黙ると、沈黙が落ちた。柴犬がわんわんと吠《ほ》え、老人は広場を半周して出ていった。こんな寒くて殺風景なところを散歩するのに、どうして犬はあんなに楽しそうなんだろう。

「関わらない方がいいと思う」と、城田は言った。「あたしだったら、その絵を燃やして、忘れることにする」

冗談じゃない。

「もういいよ」

真は言った。自分で思っている以上に、怒気をはらんだ鋭い口調になった。

「もう頼まない」

手で鞄を押さえ、踵《きびす》を返そうとしたとき、城田がため息をつきながら、膝の上のスケッチブックを裏返した。硬い表紙をめくり、いちばん後ろのページを出すと、それを隠すようにスケッチブックを胸に抱いた。

「尾垣君を描くのは嫌だ。何かあったとき、走って逃げるの得意そうじゃないから」

はっきり言うなあ。自分だって体育の授業のスターじゃないくせに。

「だけど、これならいい。いいっていうか、まだマシ。小さいから目立たないし、空を飛べる」

城田は腕を動かし、スケッチブックをくるりと回して、真の方に差し出した。その白いページには、小さなスケッチがいくつも並んでいた。様々な角度から、様々な動きをしている小さな生きものを描いている。

小鳥だ。尾が長く、翼と頭のてっぺんが黒い。嘴《くちばし》も華奢《きゃしゃ》な、可愛い小鳥だ。

真は城田珠美の顔を見た。

「山ツバメ」と、城田は言った。「これで試してみるなら、描いてもいい」

この小さな一対の翼で風を切り、森の上を旋回し、古城の尖塔《せんとう》へと飛んでゆく——

古城のある世界で、真は小鳥になる。

「本当にいいの？」

城田は怖い顔のままうなずいた。「大人に知られたくないのは、あたしも同じ。もう巻き込まれちゃったから」

ついぞ考えたことのなかった台詞が、初めて真の口をついて出た。「ごめん」

城田のきつい眼差しが、ほんの少しだけれど緩んだように見えたのは、楽観的に過ぎるだろうか。

「一度試してみて、やっぱり危険だと思ったら、あたしは降りる」

「わかった。うん、わかった」

真が手を伸ばすと、城田はさっと手を引っ込め、スケッチブックを遠ざけた。

「今？　すぐ？」

「駄目」

簡潔にして容赦ないご裁断だ。それで真も思い出した。「あ、そうか。夜になるのを待たないと」

城田があからさまに軽蔑《けいべつ》的な横目になった。「忘れたの？　昨日はあたし、まだ陽があるうちに、ここで絵とアクセスしたんだよ」

そうだった。真は夜にならないと城の絵の世界を覗《のぞ》き込むことができなかったのに、城田は昼間でもオーケーだった。不思議だけど、もしかしたら人によって違うのかもしれないと、昨日ここで、自分で言ったんだっけ。

「あたし、昨夜《ゆうべ》ずっと考えてたんだ」

城田は、また天然ものの眉をひそめて言う。

「お城の絵にアクセスするための条件は、夜とか昼とか、時間帯の問題じゃない。個人差があるのでもないと思う」

そういえば城田は、昨日からこの表現を使っていた。〈お城の絵とアクセスする〉と。

「尾垣君の場合とあたしの場合と、ほかの共通点がひとつあるから」

「それ、何だ？」

真にはまったく思いつかない。

「静かだってこと」

静寂だと、城田は言った。

ゆっくりと、真は目を瞠《みは》った。なるほど、なるほど。城田は賢い。真のときも、昨日の城田も、どっちのケースでもまわりは静かだった。正確に言うならば、周囲から街の喧騒《けんそう》だの生活音だのが消えていた。

「――そうだな、うん」

静けさに包まれ、古城を囲む森の木立のざわめきを聴く。そうでなければ、絵のなかの世界にアクセスすることはできない。

それが鍵《かぎ》か。

「なら、今ここでもいいじゃんか」

「駄目だよ。また誰か人が来るかもしれないし、あたしだって緊張するんだから、ちゃんと道具を揃えて、できたらあの絵をイーゼルに載せて、山ツバメを描き込みたい」

となると、真の家に来てもらうしかないか。そりゃマズくないか、いろいろと。

真の考えを読んだみたいに、城田はまたぞろ〈ケーベツ〉的な目をした。

「尾垣君とあたしの二人きりじゃ駄目」

「ボ、ボクだってそんなこと」

「おかしな意味で言ってンじゃないの。もしも何か怖いことが起こったとき――それってつまり、こっちに残ってるあたしだけじゃ手に負えないようなことって意味だけど」

真は具体的に想像したくない。

「まわりに、誰か助けてくれる人がいなくっちゃ。非常事態だから、その場合はもう仕方ない、大人に頼るしかないから」

言い訳はあとから何とでもできると、城田は言った。意外と大胆というか、やるとなったら腹をくくって緻密《ちみつ》に考えるのが城田流のようである。

「ンじゃ、やっぱり僕の家」

自分の鼻の頭を指さす真を、城田珠美は正面から見つめた。

「尾垣君、あたしなんかが家に出入りしてるところ、誰かに見られていいの?」

率直な問いかけだった。

「クラスメイトの誰かにちょこっとでも見られたら、十秒も経たないうちに噂になるよ。それ、お城の絵のことをご両親に知られるよりも、もっとまずくない? 今さら、あたしはいいよ。だけど尾垣君までハブられたくないでしょ?」

率直過ぎて、真の方が辛《つら》くなる問いかけだった。なのに城田は真の目を見ている。その目に吸い込まれるようになって、真はあらぬ質問を口走った。

「――城田さん、何でハブられてるの?」

どうかしている。

「尾垣君には関係ない」

城田は塵《ちり》を払うみたいにあっさり言った。視線は揺るぎもしない。

真はこっくりとうなずいた。ちょっと間をおいてから、「ごめん」と言った。いっぺん口に出してしまうと、たちまち安くなる言葉だと、自分でも思った。

「で、で、でも、でも」

口がわななくので、拳骨《げんこつ》でくちびるを擦る。

「そんな都合のいい場所があるかな？　充分に静かで、だけどまわりには大人がいて、城田さんが絵を描きやすくて、同級生には見られそうにない場所なんてさ」

「あるよ」

城田は答えた。その目元が、初めて微笑したように見えた。

「あたしに心当たりがある」

2

〈今月のスケッチ広場〉

遊歩道の入口に立て看板が出ている。文章の横に小さな案内図が添えられていた。

はなだ市民公園は、十年ほど前、この場所に半導体製造企業団地を誘致する計画が頓《とん》挫《ざ》した後に造成されたものである。市の北側の高台にあり、天気のいい日は市街地を一望できるし、遠く秩父《ちちぶ》連山を望むこともできる。

駅前から市民公園行きのバスで三十分。土曜日の午前十時。東側ゲートのバス停で降りて、真は園内に入った。なかはだだっ広いけれど、城田がわかりやすい地図を描いてくれたので、迷わず目的地に着くことができた。園のなかにある梅林を見おろすなだらかな丘の上で、黄色いロープでくくられた一角に、早くも十人以上の人たちがいて、あちこちにイーゼルを立てている。

はなだ市民公園は、開園してすぐに、市内のスケッチ愛好家たちの人気スポットになった。桜や銀杏《いちょう》の森に囲まれた芝生のグラウンドや種々の花壇、豊富な地下水を使った人工池に、洋館風の市立図書館、それとは対照的に近未来的なデザインの文化ホールと、スケッチの素材になるものがたくさんあるからだ。

ところが、ほどなく、好き勝手に場所を占めてスケッチに熱中する愛好家たちと他の利用者たちとのあいだで、よくトラブルが起こるようになった。スケッチしている人のなかにボールが飛び込んだり、遊歩道を塞《ふさ》いでスケッチしている人と散策しに来たグループが喧嘩《けんか》になったり、とりわけ花見や紅葉の時季には小さな衝突が絶えない。そこで市役所側が、スケッチ愛好家たちのために、月替わりでスケッチ専用の場所を指定するようになった。それが〈スケッチ広場〉なのである。

――カルチャー教室じゃないから講師はいないし、みんなスケッチしに来てる人ばっかりだから、お互いに邪魔しない。土日なら、中学生だけで来ていても怪しまれない。

城田の説明を聞いて、真も膝を打った。まさにうってつけの場所である。屋外だから天候は心配だったが、幸い、よく晴れてくれた。

城田は先に来ていた。スケッチ広場の端っこにイーゼルを立て、その前に座っている。黒いダウンジャケットを着込み、赤いニット帽をかぶっていた。

「おはよう」

真は小さく声をかけた。城田はこっちを見てうなずいた。

「ここならぴったりだね」

両手を腰に、満開を過ぎた梅林を見おろす。深呼吸したくなるような景色だ。梅林の方にも、もうそぞろ歩いている入園者たちがいた。

「座ったら」

見れば、真の分も椅子がある。携帯用の折りたたみ、玩具《おもちゃ》のような椅子だ。

「僕もイーゼルを立てた方がよくないかな」

「持ってるの？」

持ってない。椅子を用意してくれたなら、そっちもあるかと思っただけだ。

「スケッチブックは持ってきたけど……」

買ったばかりの新品だ。スケッチブックなんかどうするんだと訊かれると困るので、両親に内緒で買いに行った。

「膝の上に載せればいいでしょ」

ですね。スケッチしているように見せかけるだけなんだから。

城田のイーゼルの上のスケッチブックには、市立図書館が描きかけになっている。やっぱり上手《うま》い。

「今、描いてたの？」

「前に描いたヤツ」

城田もアリバイづくりのために持ってきたわけだ。

また一人、愛好家が来てイーゼルを立て始めた。品のよさそうな銀髪のおばあさんだ。ほかの人たちも年配者ばかりである。

「じいさんばあさんがいっぱいだな」

「学生も来るよ。美大の人とか」

城田はすぐ言い足した。「でも、うちの学校の生徒は見かけたことない」

「美術部も？」

「遠いから」

城田はイーゼルの上のスケッチブックをめくり、出てきたスケッチを見て渋い顔をしている。これは銀杏並木、次のは噴水とベンチ。真の目にはどれも良いスケッチに見えるのだが、城田は気に入らないらしい。

「ここで城田さんの知り合いに会っちゃう心配はない？」

「知り合いはいない」

ああ、そう。

「始める？」

城田は、真の鞄に目をやった。

「うん。あ、でもちょっと待った」

真は携帯用の椅子の上で大きく息をした。

「心の準備なら、あたしが描いてるあいだにすればいい」

青空の下、いい景色を前にしても、城田の素っ気ないことに変わりはない。膝の出たジーンズに運動靴で、制服姿のときよりさらに地味に見える。眼鏡と赤いニット帽の組み合わせも、何となくおばさん臭かった。

真は鞄を開け、クリアファイルに挟んだあの古城のスケッチを取り出した。そう、デッサンではなくスケッチと呼んだ方がいいというのが、城田の意見だった。実物を見て描いてるのかどうかはわからないけど、これ、もう完成形だと思うから、と。

慎重に慎重に、紙の端をつまんでスケッチを取り出す。

「この上に載せて」

城田は自分のスケッチブックをめくり、白紙のページを見つけていた。

「風で飛ばされちゃうといけないから、端っこをこれでとめるけど」

城田の荷物は大きなリュックだった。そのポケットから、メンディングテープを出してみせる。

「うん、そうした方がいいね」

城田が几帳面《きちようめん》に四隅をとめ終えるまで、真は順番に絵の端っこを指先で押さえていた。

「よし」

度の強い眼鏡の奥で、心なし、城田の目の色が変わったように見えた。瞳《ひとみ》の色が濃くなったというか、深くなったというか。その目で、今さらのように古城と森を凝視している。

「気が散るから、描いてるとこ見ないで」

「じゃ、僕どうしよう」

「何か描いてたらいい。エンピツ持ってきた？」

「授業で使ってるHBだけど」

城田は身を屈《かが》め、リュックの別のポケットから筆箱を取り出した。

「これ、貸してあげる」

城址公園の広場でも使っていた、黒っぽい棒だ。エンピツの芯《しん》だけをエンピツの太さにしたみたいな代物である。

「何なの、これ」

「木炭」

真の質問を先取りして、

「消すときは練り消しを使う」

プロっぽい。

「ありがとう」

「脆《もろ》いから、エンピツみたいに握るとすぐ折れるよ」

もうちょっと早く言ってほしかった。木炭は真の手のなかで二つに折れた。

「そのまま使える」

「――悪い」

僕も緊張してるんだよ。言い訳したかった。

気がつくと、スケッチ広場にはさらに人が増えていた。イーゼルを使わず、立って描いている人もいる。

「こんな場所があるなんて知らなかったよ」

城田は古城のスケッチを睨んでいる。木炭を脇に置いて、腕組みしている。

こうしてみると、スケッチを踏みにじっているあのおっさんの不粋な足跡が、さほど気にならない。ていうか、少し薄くなったような感じがする。乾き切ったからだろうか。

「山ツバメ、どこに描く？」

返事なし。真は木炭を握ってそわそわした。

「――空の上は、まずい」

古城を睨んだまま、城田が言った。

「だって尾垣君、いきなり飛べる？」

ん？

「落書きみたいなニンゲンを描いて試してみたときも、頭の中身は尾垣君のまんまだったんだよね」

「うん」

形ばかりだが目と耳を添えたら、景色が見えたし音も聞こえた。

「尾垣君の頭のなかは空っぽになったわけじゃなかった。意識はそのままアバターに移るんだ」

そう、絵のなかのアバターは、身体という入れ物が変わるだけだ。だろうと思う。

「でも、身体は山ツバメでも、僕は飛び方を知らないから――」

「そう」

だからと、城田はスケッチのなかの森の木立を示した。触れないように注意深く、指先を浮かせている。

「ここのところに、細い枝が描いてある。ここにとまらせようと思うんだけど」

スケッチの向かって左側、ドームみたいな建物の下の方だ。顔を近づけてよく見ないと、城田のいう枝は見分けられなかった。

「こんなの、よく気づいたね」

城田の目は絵描きの目なんだ、と思った。

「けっこう高いところだよね。僕、とまっていられるかな」

この小さな鳥の脚で枝をつかんで。

「それもわからない」

頑張ってと、城田は言った。

「城田さん、僕、やっぱり最初から人間がいいや。手足の動かし方を知ってるからさ」

「弱気」

「いや、だって小鳥になる自信ないもん」

「人間は描きたくない」

「大丈夫だよ。なかに入るのは僕なんだし」

城田は指を引っ込めてまた腕組みをして、今度は真を睨みつける。

「弱気なのは城田さんの方じゃないの？　こんなきれいな絵の作者に、悪意があるとは思えないけど」

「悪意とは言ってない」

「けど、罠だって」

「目的がわからないから怖いって、何度言えばいいのかな」

ちょっと声を荒らげて、城田は首を縮めた。近くにいる人の視線が飛んできたらしい。ここではみんな自分のスケッチに没頭していて、おしゃべりする声は聞こえない。真は振り向いて確かめる勇気がなく、知らんぷりをすることにした。

城田はくちびるの前に人差し指を立てた。真もうなずいた。

「実は、絵のなかに人が入ってしまうって話は、珍しくない」

「マジ？」

「小説で」

何だ、作り話かよ。

「絵のなかから人が出てくるって話もあるし、絵が変化するって話もある。肖像画が歳をとっていくとか」

それとこれとは関係ないと思う。

「でも――」

「気づかない？　あたしの勘違いかな」

城田は囁《ささや》くような声を出した。

「絵を踏んづけてる足跡、少し薄くなってるよ」

真は驚いた。城田もそう思っていたのか。だからさっき、じっと見つめていたのだ。

「僕は自分の気のせいだと思ってた」

「じゃ、尾垣君も」

城田はまばたきをした。盗むように、古城の方を見る。

「そのうち、すっかり消えるんじゃないかと思う」

あの無神経なおっさんのデカ靴の跡。

「このスケッチ、自分で自分を修復してるんだよ。あたしはそう思う」

汚れを落としていると、城田は言った。

ちょっとのあいだ、真は固まっていた。それからゆっくりとイーゼルの上に目を移した。

「そんなこと、あるわけないよ」

あるよと、城田は簡潔に言った。「現にこの絵は、人を誘い込むんだもん。ほかにも何かできたって、ちっとも不思議じゃない」

「考え過ぎだって」

突然、城田は朗読するような口調になった。

「絵に描かれたものは、ひとつの世界。絵に描かれたものには、作者の思いがこもる。その思いは願望かもしれないし、祝福かもしれないし」

いったん言葉を切ると、息を詰めた。

「――呪いかもしれない。優れた絵画には、呪術的《じゅじゅつ》な力があるんだ」

そのとき、真は気づいた。城田がこんなふうに声をひそめたのは、スケッチ広場の人たちの耳を憚《はばか》るからではない。このスケッチに聞きつけられるのを恐れているのだ。

そんな、バカバカしい。絵に描かれたものに何ができるっていうんだ。どんな悪さができる？

――でも、この絵は人を誘い込む。そして絵のなかに入るということは、絵の作者の魂のなかに入るということだ。

真の動揺を、城田は見てとった。「もう少し待って、足跡が消えるかどうか確かめてみる？　絵のなかに入るかどうか決めるのは、それからでも遅くない」

「ちょ、ちょっと待ってよ。ここまで来てそんな」

「今じゃなくたっていい」

「僕は今すぐ試したいんだ！」

城田がぱっと下を向いた。真は手で口を押さえた。そのまま、しばらく二人でじっとしていた。

城田がまたリュックに手を突っ込んだ。今度取り出したのは、使い捨てマスクだ。用意がいい。真は素直にマスクをかけた。

「それでも駄目なら、猿ぐつわするからね」

「気をつけるよ」

マスクごしに、真の言葉はいっそうもごもごと気弱に聞こえる。

「ホントは城田さんだって試してみたいくせに」

城田の目が尖った。それ、やめてほしい。マジで怖いんだ。

「もしかしたら僕よりもっと、城田さんの方が、この絵のことを調べたいと思ってるはずだよ」

「何で」

「城田さんは絵描きだから。こんな絵を描く作者のこと、知りたいだろ」

あてずっぽうという以上に破れかぶれの発言だった。なのに、的を射たようだ。城田はひるんだように目をしばたたいた。その反応が真を勇気づけた。というより調子づかせた。

「城田さんさぁ、さっきみたいなこと、美術部でも言うんだろ。美術の先生にも」

「それが何よ」

「祝福とか呪いとか、聞かされた方はびっくりするよ。生意気だし」

「そうだね。だからあたしは先生にも嫌われる。でも、女子にハブられてるのはそのせいじゃないよ」

どうしてこんなやりとりになるんだ。話がこの方向に逸《そ》れると、ややこしくなるばっかりなのに。

「――確かに危険だと思うけど」

だけど、城田に頼むしかないのだ。協力してもらうしか、真には術《すべ》がない。

「僕の様子がおかしいと思ったら、城田さんがすぐ引っ張り出してくれたらいい。城田さんなら任せられるって、僕は思うから」

城田は見事に鼻を鳴らした。女子がこんなことをするのを、真は初めて見た。

「あたしのこと、よく知りもしないくせに」

「絵が上手いことは知ってる」

「バカにしてるくせに」

かちんときた。「そんな言い方されて、こっちは何て返事すりゃいいんだよ。この間、城田さん言ったよな？　僕が脅そうとしたら、そんなことを言うべきじゃないって。今の言葉も同じじゃない？」

城田の口がへの字になった。真も奥歯を食いしばった。

「――わかった」

携帯用の椅子の上で姿勢を正し、城田は木炭を手に取った。

「とにかく描いてみる。黙ってて」

真はおとなしく両手を膝に置き、それから慌てて自分も木炭をつかんだ。ぼやっとしているより、何かしている方が気が紛れる。

三十分ぐらい経ったろうか。横目で様子を窺《うかが》うと、城田は前屈みになって、森の木立の小枝にとまった山ツバメの尻尾《しっぽ》を仕上げているところだった。

真のスケッチブックの上には、梅林らしきものの輪郭——もわもわした雲のできそこないから幹と枝が生えたみたいなものが出現していた。梅林をそぞろ歩く人たちは、手足も身体もマッチ棒みたいだ。

そのままじっと見守っていると、城田が身を起こして手を離した。

「できた？」

返事の代わりに、深いため息。

「スケッチブックごと取り換えよう」

受け取ったスケッチブックを、真は膝の上に載せた。

「可愛いツバメだね」

古城と森に縮尺を合わせてあるので、豆粒のように小さな山ツバメだ。でも充分に精密だ。

城田は天然ものの眉を寄せ、また口をへの字にしている。そしてダウンジャケットの袖《そで》をめくると、腕時計に目を落とす。

「最初は一分間。一分経ったら引き戻すから」

真の喉《のど》がごくりと鳴った。「りょ、了解」

城田は時計の秒針を見ている。右手の人差し指を立てて、顔の脇に上げた。

「カウントダウン」

「うん」
十、九、八、七、六、五——
「二、一」

真は山ツバメの上に、そっと指を置いた。

次の瞬間、視界が緑に満たされた。きらきら光っている。ああ、木漏れ日だ。僕は森の木立のなかにいる。小枝にとまった小さな山ツバメ。その目で見ている。

その視界がくるりと反転した。そして真は礫《つぶて》のように落下した。

びくっとして我に返った。さっきと同じ恰好《かっこう》のまま、城田が目を丸くしている。

「どうしたの？」

「——落ちた」

ちゃんととまっていられなかったのだ。

「意識して脚に力を入れないといけないみたいだ」

城田が目をつぶって天を仰ぐ。「しっかりしてよ」

「ごめん。ツバメ、大丈夫だったかな」

スケッチのなかの山ツバメは、ちゃんと城田が描いた場所にある。

「これ、けっこう面倒《めんどう》だね」

ハードルが高いと、城田は言った。

「面白半分の野次馬じゃ、この絵のなかには入れないんだ」

「作者がわざとそうしてるんだと思う？」

「わからない。描いた本人には、そんな意識はないのかもしれない」

精密な絵だから――と、城田は囁き声を出す。また、絵に聞かれることを恐れるように。

「出来上がった世界も精密なんだよ。でも、それが作者の意図なのかどうかは、あたしにはわからない。この人、下手に描くことはできないんだろうし」

言って、城田は何度も首を振った。「ああ、それもわかんない」

焦《じ》れているようだった。

真はコートの裾《すそ》に手を擦りつけた。「もういっぺんやってみる」

城田が念を押す。「脚の指で、枝を、つかむ」

「わかってる」

森のなかの山ツバメに指を置く。同時にスニーカーのなかで両足の指を動かし、つかむ。

木の枝を。

――僕は、小枝にとまっている小鳥だ。

木漏れ日だ。木の葉が揺れている。森がざわめいている。風が吹いているのだ。

真は山ツバメになっている。森の木立の枝にとまっている。今度こそ、しっかりとまっている。

首をかしげてみる。視界が斜めになる。反対側にかしげてみる。バランスを崩しそうになって、脚で枝をつかみ直す。よし、大丈夫。

頭上を仰いでみる。真はとても小さい。森は周囲からわき上がる緑の雲のように真を包み込んでいる。森のなかでは、小鳥はこんなにちっぽけなのだ。目に入るのは木の葉の群れと、木漏れ日のきらきらした光だけ。

右の翼を動かしてみた。シャープなフォルムの黒い翼。小さくて華奢だけれど、間違いなく鳥の翼だ。左の翼も伸ばしてみる。城田の画力はすごい。

枝にとまったまま両の翼を広げても、ふらついたりしない。じゃ、翼をたたんでみよう。スムーズにできる。

一段上の枝に飛び移ってみるか。

鳥は枝から枝へ飛び移るとき、どうするか。ただ飛び移るだけだ。バカじゃないか、オレ。簡単じゃないか。そら、飛べ。

怖くて脚が動かない。

目をつぶったらどうだろう。ぱちぱちぱちぱち。忙《せわ》しなくまばたきしてしまう。

——頑張れ、オレ！

ぴょん。

上の枝をつかみそこねた。落ちる！　とっさに翼を広げてバランスをとる。できた。まるで生まれたときから山ツバメだったみたいに、自然にできた。

いいんだ。これでいいんだ。余計なことを考えない方がいい。真は鳥だ。鳥にできることは、普通にできる。できると信じれば、それでいいんだ。

さらに上の枝へ。そこから横へ。木の葉の密集していないところへ。少しでも視界の開けるところへ。

木のてっぺんが近づいてきた。風の音が聞こえる。枝が揺れる。

空が頭上に迫ってきた。

飛ぼう。枝を蹴《け》って翼を広げる。シンプルにやればいい。さあ、飛べ！

山ツバメの真は枝を離れた。左右の翼を思いっきり伸ばす。

また視界が反転した。さらに反転した。真は落ちてゆく。風が鳴る。駄目、駄目、駄目だ。身を起こせ。羽ばたけ、オレ！

羽ばたけ！

気がついたら木の葉の群れのなかに突っ込んでいた。それでも真は羽ばたきをやめなかった。木の葉の間を抜けてゆく。突っ切って、飛び出す。青空の下へ。

真は舞い上がった。森の上へ。青空の近くへ。流れる雲の隙間から陽光が差す。

目の前に、あの古城の尖塔とドームがあった。そこに存在している。確かに存在している。真と同じ空間に。

やった！

突然、引き戻された。気がついたら携帯椅子の上で喘《あえ》いでいた。肩が大きく上下している。城田の手が真の右腕をつかんでいた。

真はマスクをひっぺがした。呼吸が楽になった。口を開いたまま、城田を振り返った。城田は目を剝《む》いていた。

「――飛べたよ」

真の声を聞くと、城田の手から力が抜けた。「飛べたよ。飛べた。ホントに飛んだ。すごいすごいすごいすごい！」

突然、城田が真をひっぱたこうとした。平手打ちだ。真はとっさに身を丸めて避《よ》けた。城田の手が真の顔をつかんだ。

「し！　黙って！」

あ、オレ舞い上がっちゃって――ハイになっちゃって叫んだのか。

「わかった、わかった」

しゃにむに真の口を押さえようとする城田の手をつかみ、押し戻しながら姿勢を立て直した。

「わかったってば」

城田の手が冷たい。顔から色が抜けている。「安心して。オレ平気だから。ホント大丈夫だから」

城田が震えていることに、そのとき気がついた。真はまわりを見回した。近くにいるスケッチ愛好家の何人か――じいさんばあさんたちが、怪訝《けげん》そうに、あるいは腹立たしそうにこっちを見ている。真は立ち上がると、ぺこりと頭を下げた。

「すみませんでした。もう騒ぎません。静かにしています」

自分でもわかった。歌っているような上っ調子な声だ。顔のちょうつがいが外れたみたいになって、へらへら笑いがとまらない。

座り直そうとしたら、膝から力が抜けて地面に尻餅《しりもち》をついてしまった。一人では立ち上がれない。もがきながら、まだへらへら笑い続けている。

城田が手を引っ張ってくれた。

「ホントに飛べたの？」

かすれた声で、城田は訊いた。真は何度も何度も、目眩《めまい》がしそうなほど激しくうなずいた。すると城田に頭を押さえられた。

「やめてよ。こっちまで目が回りそう」

真は城田の手をつかんだ。強引に握手した。「やったよ。やっぱり城田さんに頼んでよかった。カンペキ！」

真の手を振り払うと、城田は安全確認でもするみたいに自分の手をさすったり指を動かしたりした。そのあいだにも、真の顔から目を離さない。

「――浮かれないでよ」

どうやら正気を疑われているらしい。真はバンザイと叫びたいのを堪《こら》えるために、ひとつ深く息をした。

「枝から枝へ飛び移って、森の上まで舞い上がったんだ」

ちゃんと飛べる。山ツバメの身体をコントロールできる。

「もう一度やってみる。今度は二分待っててくれない？　一気にあの古城まで飛んでいってみるから」

「無理だよ、そんないっぺんに」

「できるって。城田さんの描いてくれたツバメ、本物なんだから」

真は汗をかいていた。下着がわりに着ているTシャツが、胸も背中もべったりと身体に貼りついている。

「顔が真っ赤になってるよ。目も充血してる。心臓バクバクしてない？」

バクバクどころか、あばら骨の奥で踊っているみたいだ。そりゃそうだろう。真は踊り出したい気分なんだから。

「もうちょっと休んで。水飲む？」

城田がリュックからペットボトルを取り出した。何でも出てくるんだな、そのリュック。

水を飲み、呼吸を整える。そのあいだずっと、城田は怒ったような顔で見守っていた。

「マジですごいよ。オレ、鳥になっちゃった。ホントに飛んだんだ。目の下に森がずうっと広がっててさ、それ以外は全部が空って感じで」

子供みたいと、城田が言った。真は手で口を押さえて笑った。

「子供じゃないよ、小鳥だよ」

また〈ケーベツ〉の目つきながら、城田もやっと笑った。

「上手くいったんならよかったけど……」

「うん！　もう一度やる！」

「一分だよ。延長は駄目」

城田は指を上げ、腕時計を見る。真は指を伸ばし、目を閉じた。

三たび、森の木の葉と木漏れ日のなか。

枝から枝へ。さっきと同じルートだ。身軽なもんだ。山ツバメちゃんだもんな。木の葉の密度が薄くなる。空が見えてくる。

真は再び、古城の世界の空へと舞い上がる。さあ飛ぼう。今度は大きく飛翔《ひしょう》するんだ。翼を広げ、風をとらえる。そうだ、それでいい。羽ばたけ。周囲の景色が流れて溶ける。風と雲と青空と陽光。

真は急上昇してゆく。

ちょっと急すぎる。羽ばたこうとする。翼が動かない。何だこれ？　風に乗って、風を切って――

違う、違う！　気流に巻かれちゃったんだ。どんどん上昇してゆく。くるくる回って、コントロールがきかない。

どっちが上でどっちが下だ？　オレ、今どっち向いてる？　上空に吸い上げられているのか、それとも地面に落下しているのか。

うわわわわわわわぁ！

突然、空《くう》に放り出されたみたいになった。気流から飛び出したのか、はじき出されたのか。瞬間、無重力になって宙でとまった。

まわりに何もない。空ばっかりだ。雲が頭上の間近にある。森は？　城は？

無重力の刹那《せつな》が過ぎて、すうっと身体が下降を始めた。足元を見て、真は驚愕《きょうがく》した。

何だよ、あの城が下にある。飛び越えちゃったのか？

――オレ、やっぱ初心者だ。

またぞろ、礫のように落ちてゆく。焦って翼を広げようとしても、気圧にかなわない。バランスをとろうと必死になっても、重力にはかなわない。

山ツバメの真は、古城の尖塔をかすめるようにして落ちてゆく。

そのときだった。真の瞳、山ツバメの小さな瞳が、それを見た。十分の一秒ほどのあいだに通過した景色。

尖塔の小窓。頑丈そうな窓枠のあいだに、小さな顔が見えた。白い服。黒い髪。顔の両脇にあげた手も見えた。窓枠をつかんでいる。

真は叫びながら落下して、スケッチブックの前に戻った。真が、今度は城田の両肩をつかんでいた。痛いほど強くつかんでいた。

息が切れ、顔が汗で濡《ぬ》れていた。舌がもつれて口がきけない。胸が苦しい。

「し、しろた」

真は城田にしがみついた。二人で一緒に椅子から転げ落ち、地面にへたりこんだ。

「ひ、ひ、ひとが、いた」

あの古城の尖塔の窓から、幼い女の子が外を見ていた。

3

真と城田の意見は、真っ二つに割れた。

喧嘩ではない。感情の対立でもない。あくまでも意見の衝突だ。

「助けに行かなくちゃ」と、真は主張した。「あの塔のなかに小さい女の子が閉じ込められてるんだ。助けてあげなくちゃいけない」

城田は反論した。「本当にそんな女の子がいたの？　一瞬のことだったんだから、見間違いだったのかもしれないよ」

「確かに見たんだ！」

「もしいたんだとしても、閉じ込められてるって決めつけるのはどうかな」

「だって、両手でこうやって窓枠をつかんでたんだよ」

「小さい子供は、窓から外を見るとき、よくそういう恰好をするよ。その子、泣いたり、叫んだりしてたわけじゃないんでしょ」

　さんざっぱらそんな言い合いをして、

「じゃ、確かめてくれればいいんだろ？　もういっぺんあの城に行かせてくれよ！」

「駄目。これで打ち切り」

〈スケッチ広場〉の人たちに白い目で見られ、どちらが歩み寄ることもできず、二人ははなだ市民公園を後にした。同じ方向に、同じ路線バスで帰るのに、真が乗ったバスに城田は姿を見せなかった。

　午後の時間はたっぷり残っている。がらがらに空《す》いたバスは、少しずつ春めきつつある日差しを浴びて走り、その車内で真は、一人で怒っていた。城田との言い合いの一部始終が、頭のなかでぐるぐると再生を繰り返していた。

　——やっぱり、もうやめよう。このスケッチは捨てた方がいいよ。

　何が腹が立つって、結局のところ真は、城田がまたぞろそういう慎重論を出してきたことが悔しいのだった。

　そして、それに一分の理があることも。

　駅前のバスターミナルに着いたとき、座席から腰を上げて、真は目眩を起こした。とっさに前の背もたれをつかみ、目をつぶって堪えているうちに目眩は消えたが、胃の底が持ち上がってくるような不快感は残った。

〈スケッチ広場〉で三度目に山ツバメになり、あの女の子を目撃して帰還した直後から、ずっとこんな感じなのだ。寒気がして、手足に力が入らない。胸がむかむかする。頭がふらついて、瞬間的に視界がぼやけたりする。そういうときは動悸《どうき》も呼吸も速まった。古城のスケッチの世界に入ったことで、真の身体に無理がかかったからだと、城田は言った。

——尾垣君、自分の顔を見てないでしょ。幽霊みたいに真っ青だよ。

ただならない感じだ、という。

——あのお城に近づくのは、生身の人間にとっては危険なんだ。

天然ものの眉を険しくひそめ、妥協の余地はないという決然とした口調でそう言った。真がどんなに反論しても受け付けない。

女子だから意気地無しなんだ。城田なんか、女子っぽいところなんかいくらも持ち合わせてないくせに、怖がりなところだけはオンナなんだ。

心中でしゃにむに城田の悪口を言いながら、一人で家に帰る。駅前からは徒歩で十五分ほどの距離だ。そのあいだに、真は二度も休んでしまった。

そうすると、まっとうな認識と、苦い反省がこみ上げてくる。

それを強いて押し戻して呑み込み、また城田の言動を思い出して怒る。もうあんな奴をあてにするもんか。ほかをあたろう。絵の上手い人なら誰でもいい。考えてみたら、三中の生徒にこだわることなんかないんだ。またあの〈スケッチ広場〉に行って、好《よ》さそうな日曜画家をスカウトしたっていい。

塔のなかには、女の子がいた。絶対に見間違えなんかじゃない。窓の外を仰いでいた表情も、そりゃ確かに一瞬のことだったけれど、まだこの目の奥に焼きついている。あの子は好きであんな場所にいるんじゃない。閉じ込められているんだ。

助け出すには、小鳥なんかになってたら駄目だ。現実の真と同じアバターでも能力不足だろう。もっと大人の男。武装していて武器が使える、本物の戦士。いや、騎士か。あの古城にはその方がふさわしい。

〈パイナップル〉の看板が見えてきた。真の足取りは重い。足がなかなか持ち上がらない。と思ったらお腹が鳴った。なんだ、オレ腹が減ってるんだ。

出入口の扉には「準備中」の札がかけてある。裏手の、家の方の玄関に回らなくては。そのちょっとした遠回りが辛い。早く家に入って休みたい。真は泳ぐように店のドアに手を伸ばした。

ドアは動いた。鍵はかかっていない。スイングドアだから、どっち側からでも押せば開く。真はそのまま、前に倒れるようにして店内に身体を入れた。

「あら、お帰り――」

母・正子の声が聞こえた。両親は揃って厨房《ちゅうぼう》にいた。片付けか掃除か、あるいは新メニューを試しに作っているのか。

ただいまと言おうとして、声が出ない。いったんはドアの脇のレジ台につかまり、それも辛くなってしゃがみこんだ。

「真、どうしたの？　具合悪いの？」

正子が厨房から出てきた。カレールーのいい匂いがする。

「母さん、僕」

真の声には芯がない。茹《ゆ》ですぎの青菜みたいにへなへなだ。

「具合悪そうに、見える？」

厨房のグリルでジュウ！　という音がした。

「うん、顔色が悪いわよ」

母の手が額に触れた。すぐに、驚いたように声をあげる。「冷たい！　あんた、どこ行ってたの？　ずっと外にいたの？」

「駅前から歩いてきただけ」

「まるで冷蔵庫のなかに入ってたみたい」

そっか、体温が下がってるんだ。

「何か食べさせてよ」

「食欲はあるのね？」

「ぺこぺこ」

「じゃ、座って待ってなさい」

真は何とか自力で立って、手近のテーブルについた。口のなかに唾《つば》がわいてくる。

両親が手早く作ってくれたチキンライスとサラダを大盛りで、デザートにはチーズケーキを、真は猛然と平らげた。その様子は、二人が呆れて顔を見合わせるほどがっついていた。真はけっして食が細い方ではないが、平均以上の大食いでもない。こんなことは、両親にも初めてだったろう。

「朝、ちゃんと食べたわよねえ」と、正子が不審そうに呟《つぶや》いた。

お腹が満たされると、真は落ち着いてきた。体調不良の原因は、やはりエネルギー切れだったようだ。古城のスケッチから帰還した時点でもヘバッていたし、そこに重ねて城田と言い合いをして、熱くなってしまった。補給が必要だったんだ。

元気と一緒に分別も戻ってきた。まっとうな認識と苦い反省も、再び。

真がこんなふうにヘロヘロで、見るからに様子がおかしかったから、城田は心配してくれたのだ。だから、逸《はや》る真を押し止《とど》めるために、冷静な意見を提示してくれたのだ。

でも真は酔っ払って、興奮していた。鳥になって空を飛んだから。この現実ではない場所の空を。そこには寂寥《せきりょう》感を漂わせる美しい古城があって、塔のなかには小さな女の子がいて、窓枠にすがっていたから。

これで落ち着いていられるなら、男子と生まれた甲斐《かい》がなかろう。男はそんなもんなのだ。でもオンナは冷静で現実的だから、その逸る心に水をぶっかける。

それもこれも、真を心配してくれたから。

なのに真は腹を立てて、ひどいことを言った。

——あんなわけわかんない世界に、小さい女の子が一人でいるんだよ。ただそれだけで普通じゃない。誰か行ってやらなくちゃ。安全なのかどうか見てやらなくちゃ。

——そう思わないのか？　まるっきり思わないのか？

——城田、冷たいな。

——だからおまえ、ハブられるんだよ。

真の口からその言葉が飛び出した瞬間、城田は切れた。怒ってキレたのではない。真とのつながりが切れた。まだか細くても、真とのあいだに通い始めていたものが切れた。

——そう、ならいい。あたしは手を引く。

やるなら尾垣君、勝手にやって。

真にもわかっていた。だって手応《てごた》えがあったから。あの瞬間、確かに城田を傷つけた。本当に刃物で切ったり刺したりしたみたいな手応えだった。

それがすごく怖かった。ひどいことをしたと、自分でも思った。だから強いて怒り、城田の方が悪いんだと責めて、一人で空回りを続けて無駄なエネルギーを費やし、さらにヘロヘロになって、あの様《ざま》だ。

城田、もう家《うち》に帰ったかな。

両親が厨房にいたのは、やはり新メニューを試作するためだった。キーマカレーと野菜のスペイン風煮込みだという。

「今日の夕飯にするからね」

正子の声を背中に聞きながら、真は自分の部屋に引っ込んだ。荷物を置き、ベッドに座り込んでしばらくのあいだ頭を抱えた。

それから、古城のスケッチを引っ張り出した。

城田が描いてくれた山ツバメはそのままだ。古城の風景にも変化はない。

だが、クリアファイルごしにもわかった。ファイルを外してみると、もっとはっきり見て取ることができた。

靴底の跡が、いっそう薄れている。そのうえ、全体にしわくちゃになっていたものが、左端の方から三分の一ほどの範囲がきれいになっている。アイロンをあてたみたいに。

このスケッチは、自分で自分を修復する。

その修復を加速するために、今日、真はエネルギーを提供したらしい。

——いや、違う。

スケッチが、真からエネルギーを吸い取ったのだ。真がヘロヘロになるほどに。

もう寒くはないのに、今さらのように震えがきた。


週明け、真は普通に登校した。土曜の午後と日曜日をまるまる休み、たっぷり食べたので、体調は完全に戻っていた。

古城のスケッチに大きな変化はない。靴底の跡がまたほんの少し薄れたかな、という程度で、あちらもひと休みしているらしい。

あるいは、またエネルギー源がやってくるのを待っているのかもしれない。

――味をしめた、か。

その表現を思いつき、薄気味悪いので自分で打ち消した。

城田の様子はわからない。隣のクラスだし、学校内のあいつには透明人間みたいなところがある。まわりの人間たちからずっと無視され続けてきて、本人もそれに慣れてしまって、存在が消えてしまった。

ひと言、謝るべきだ。ちゃんと謝って、古城探索を続けたいから手を貸してくれと頼むべきだ。頭では、真もわかっていた。でも、具体的に行動するとなると話は別だ。真は自分から女子に話しかけた経験さえ乏しいのに、その女子がハブられ者だとなると、難度は足し算ではなくかけ算で跳ね上がる。

月曜日、火曜日、水曜日と、真は城田の姿さえ見ることができないまま、登校と下校を繰り返した。水曜日には、またそうやっていると城田が下校するところをキャッチできるかもしれないと恃《たの》んで、部活に出て下級生たちの〈壁〉役を務めてみたりもしたけれど、城田は通りかからなかった。

つまり、避けられているのだ。真の姿を見かけると、城田は近寄らないようにしているのだろう。三中も二十年ばかり昔はマンモス校だった時代があるそうだが、現在は三年生を全員集めても百五十人しかいない。そんななかで、たまたままったく互いを見かけないなんてことがあるものか。

もしかして、休んでるとか。

考えられないことではなかった。このままほとぼりが冷めるまで、真の頭が冷えるまで、城田はそうやって距離を置くつもりでいるのかもしれなかった。

電話をかける。メールを打つ。どっちにしたって番号やアドレスを知らないとできない。女子の誰かに訊けば教えてもらえるのかもしれないが、事はややっこしくなる。

——噂になるよ。尾垣君までハブられたくないでしょ？

真が逡巡《しゅんじゅん》しているうちに、事件は起こった。木曜日の三時限目が終わり、五分間の短い休み時間のときだ。クラスの女子たちが何人か、しきりと隣の教室と行ったり来たりして、何やらさざめき合って興奮している。そのうちの一人の口から〈シロタ〉という名前が漏れたのを、真の耳はキャッチした。

騒いでいる女子たちに、怯《おび》えたり怒ったりしている様子はない。むしろ浮かれているみたいだ。笑っている女子もいる。

「とうとうやっちゃったねえ」

「いいんじゃないの。しょうがないよ」

シロタがどうしたんだろう。教室の前列で、真は耳をそばだてる。

「でもさ、城田さんはともかく、江元《えもと》さんはまずいんじゃないの？」

「だけど手を出したのはカンナじゃないんだから。尾佐《おさ》が勝手にキレちゃったんだ」

真の胸は不穏に騒いだ。

江元というのは、江元栞奈《かんな》に違いない。城田と同じクラスの女子で、学年中で有名だ。人目を惹《ひ》く美少女で、一年生のころからの人気者なのである。

本人もそれをしっかり意識していて、学校生活のあらゆる場所でお姫様然とふるまってきた。また取り巻きがそれを煽《あお》るもんだから、最上級生となった今年は、向かうところ敵なしの女王様として君臨している。

尾佐は彼女のカレシである。江元には男子の取り巻きもいるが、彼は別格で、二人は常にカップルとして認められてきた。

そういう存在に対するやっかみを差し引いたとしても、真は江元も尾佐も好きではない。江元は確かに美少女だけれど、同級生たちに対してはふんぞり返って高飛車な一方、先生たちに取り入るのはすごく上手い。その裏表が嫌だった。これは真だけの偏見ではなく、少数ではあるが彼女に批判的な視線が潜在していることを、真は知っていた。軟式テニス部で、ちらっと耳にしたことがあるのだ。

――カンナって、ぴったりの名前だよね。あの人、鉋《かんな》みたいにまわりの子の神経を削るんだもん。

カレシの尾佐は軟式野球部のエースだった男子で、スポーツは万能だが騒々しくて嫌な奴だ。で、江元はその軟式野球部のマネージャーだった。

江元と尾佐のカップルに、城田が何かされたのか。

そのうちに休み時間は終わってしまい、真は気を揉《も》みながら次の授業時間をやり過ごして、昼休みになると廊下へ出た。運がよかった。部活で一緒だった隣のクラスの男子が、ちょうどトイレに行こうとしている。真は寄っていって声をかけた。

「お。尾垣、まだ学校に来てたんだね。高校決まったんだから、とっとと春休みなんだと思ってた」

真の存在感もこの程度のものなのだ。この久賀《くが》という男子には、真と組むとゲームが単調になるからつまらないと、ダブルスのペアを断られたことがある。ちらっと思い出した。

「さっき、ちょっと騒がしかったね」

うん？　と、気のない反応が返ってきた。

「うちのクラスの女子が、何かきゃあきゃあ言ってた」

「ああ、あれねえ」

バカなんだよと、久賀は言った。

「三時限目はオレたち自習だったんだけど、何か知らないけど江元が城田にキレちゃって、ぎゃあぎゃあ叫んだんだよ。そしたら城田も顔色変わっちゃってさぁ」

教室を出ていこうとした。すると、尾佐が横合いから足を出して、城田の足を引っかけた。城田が転ぶと、教室中が爆笑したそうだ。

「そンでも、城田は黙って起き上がろうとしたんだけどさ、そこを尾佐が蹴ったんだ」

真は自分の顔色も変わるのを感じた。

「蹴ったって――」

「顔。まともに」

久賀はいくらか痛そうな顔をした。

「きれいにケリが入っちゃってさぁ。城田が鼻血出して、大騒ぎ」

「それでどうしたの？」

「城田は保健室に行ったよ。後で三谷《みたに》がすっ飛んできて、オレらみんな叱られた。関係ないのにな」

三谷先生は隣のクラスの担任だ。

「城田さん、今は」

「戻ってこないから、帰ったんじゃないの」

まともに顔を蹴られて鼻血を出したのだ。怪我をしていないわけがない。しかも女子の顔だ。なのに、何だよその言い方は。

真の表情に気づいたのだろう。さすがに、久賀もやや真顔になった。

「城田の家、病院やってんだよ。だから家に帰れりゃちゃんと診てもらえるって」

真は知らなかった。

「城田さんの親って、医者なのか」

「城田外科病院って、古くて汚《きた》ったねえとこ。城址公園の裏っ方《かた》にあるんだよ」

それを聞けば充分だ。

〈パイナップル〉には、今も律儀に職業別電話帳が備えてある。ページを繰って、城田外科病院の代表番号を見つけた。

電話はすぐつながった。職業的に丁寧な女性の声が出た。

「すみません、僕は花田三中の生徒です。そちらの城田珠美さんの同級生です。今日、城田さんが怪我して早退したって聞いたので」

女性の声は職業的な丁寧さのまま、こちらは病院の代表電話なので、院長のご自宅の方にかけ直してくださいと応じた。

「自宅の番号を知らないんで――」

言い終えないうちに切られてしまった。

仕方がない。直接行こう。思い立って、真は急いで着替えた。制服のまま行くと目立ってしまってまずいような気がした。

「城址公園の裏っ方」というのは三中の側から見た表現で、城址公園の東側ということになる。史跡らしいものはないがスペースだけは広い公園のまわりを回るより、越えていった方が速い。

走りながら、真は息を切らしていた。一応は運動部員だったんだから、この程度で息はあがらない。不安のせいだ。

城田外科病院の建物は、すぐ見つかった。尾垣家には掛かり付けの医者がいて、必要な場合はそこから県立病院の各科に紹介してもらえるので、今までここにかかったことはない。このあたりには、図書館とかテニスコートとか、真の学生生活に縁がある施設もなく、オフィスビルばかりなので、ほとんど足を踏み入れたこともなかった。

久賀の言うとおり、古い病院だ。四階建てのコンクリートの壁は薄汚れており、屋上の看板もしょぼい。規模も小さい。

正面出入口の前には、〈医療法人　城田奉公会〉という看板がある。診療科目は外科、心臓外科、血管外科と整形外科。主にその四番目の診療科目のせいだろう、一階の総合受付前に座っている患者たちは、八割方が年配者だった。しかも混み合っている。

壁の〈施設案内〉を見ると、リハビリテーションルームや手術室もある。三階と四階が入院病棟だ。すぐ脇の掲示板には様々な広報ポスターが――「定期健診を受けましょう」「お薬は正しく服用しましょう」――貼ってあり、そのなかに看護師と介護ヘルパーの募集広告が交じっていた。

真は息を整え、今はいちばん忙しくなさそうな〈入退院手続き〉の窓口に向かった。カウンターの向こうに、淡いピンク色の制服を着てマスクを付けた女性看護師がいて、パソコンを叩いている。声をかけると、こっちを見た。

「すみません。僕、花田三中の生徒なんですが、今日、城田珠美さんが怪我をして早退したって聞いたもんですから」

女性看護師は無言のまま目をしばたたくと、ついとカウンターを離れて、すぐ隣の

〈会計〉コーナーへ行ってしまった。そこでワイシャツにネクタイを締めた中年男性に声をかけ、何か話している。と、その男性が真に近づいてきた。ワイシャツの胸ポケットに「事務局長　今定信《こんさだのぶ》」という顔写真入りのネームプレートを付けている。

真がまたあの口上を繰り返す前に、今事務局長は言った。「珠美さんのクラスメイトですか。わざわざ来てくれてありがとう」

真の膝から力が抜けた。

「珠美さんは」

「家で休んでいます。手当ては済んだし、怪我の方は心配要らないよ」

よかった。

「押しかけたりしてすみません。学校じゃ、先生が何も教えてくれないから」

「まあ、そういうものだろうねえ」

今事務局長の表情には、いわゆる訳知り顔の色合いがあった。

「お見舞いなら、自宅の方に行くといい。ロビーを出て右に曲がって、最初の信号をまた右に行くと、表札が出てるから」

真はぺこりとした。「ありがとうございます。あの、ここの院長先生が珠美さんのお父さんなんですか」

「院長は珠美さんのお祖父様《じい》にあたります」

それだけ教えてくれて、今事務局長はせかせかと会計コーナーに戻っていってしまった。忙しそうだ。さっきの女性看護師も、カウンターの後ろで今度は電話に出ている。

自動ドアを通りロビーから街路に出て、真は考えた。今事務局長は親切だったけど、このまま城田家に突撃してしまっていいものか。やり過ぎじゃないか。

――城田は、ボクの見舞いなんか喜ばない。

怪我の方は心配要らないという。鼻が折れたとか、目を痛めて失明の危険があるとか、そういう事態ではなかった。それがわかったんだから、引きあげよう。城田に会っても気まずいだけだ。

帰ろう。ただ、帰る途中に城田家の前を通ったって、別に不自然ではあるまい。そうだ、ただ通るだけなんだから。

右に曲がって、最初の信号を右。道路は一車線の一方通行になり、歩道もなくなる。その道筋で、城田家は病院の方より目立っていた。真は混じりっけのない驚きに打たれて立ち止まった。

城田、金持ちのお嬢さんだったんだ。

住宅会社のコマーシャルに出てくるような邸宅だった。敷地も広そうだ。道に面した、駐車場の出入口なのだろう、シャッターの下りた部分だけで、〈パイナップル〉の間口よりも広い。車が何台入るだろう。

口を開けて見上げていると、邸宅の正面玄関、フラワーポットに飾られたステップを三段あがったところにある観音開きのドアが開き始めた。真は近くの電柱の陰に隠れた。

ドアの内側から、きちんと背広を着た三谷先生が現れた。一人ではない。すぐ後ろに校長先生も続いている。二人でドアの方へ向き直り、深々と頭を下げている。

なるほど、事情説明とお詫《わ》びに来ていたわけか。これはそれほどの事態、事件なのだ。当然じゃないか。城田は足を引っかけられて転んだところを蹴っ飛ばされたのだ。城田からは何もしていない。一方的な暴力だ。しかも顔を蹴られたんだ。女子の顔だ。卑劣で粗暴で、尾佐に弁解の余地は一切ない。登校停止処分になってもおかしくない。直接手を下したわけではなくても、尾佐を唆したというか、尾佐が何かすることがわかりきっていて、それをあてにして騒ぎ立てたことがバレバレの江元だって同罪だ。

校長先生と三谷先生は、何度も頭を下げている。城田の両親が怒っているのだろう。でも先生たち、何で尾佐と江元も連れてこなかったんだろう。あの二人にこそペコペコさせるべきじゃないか。

自然と拳《こぶし》を握りしめながら見守っているうちに、観音開きのドアが閉じた。ドアが閉まり切るまで頭を下げ続けていた先生たちが身を起こし、踵を返してステップを下りてくる。

真は脱兎《だっと》の如く逃げた。逃げた先は結局、また病院のロビーだ。いったん受付の近くまで行ってから、そろそろと正面出入口の自動ドアまで戻って様子を窺っていると、校長先生と三谷先生が歩道を通り過ぎていった。

二人で何か話していた。表情は沈鬱《ちんうつ》と言っていいだろう。真には気づかなかった。

先生たちが行ってしまっても、真はその場から動くことができなかった。次々とわいてくる自問の重みに押し潰《つぶ》されそうだった。

どうして逃げたのだろう。どうして先生たちの前に出て、城田さんの具合はどうですかと訊かなかったのだろう。城田さんが心配だから様子を知りたくて来ましたと、なぜはっきり言えなかったのか。

——尾垣君までハブられたくないでしょ？

答えは簡単至極だ。

ボクは意気地無しだ。意気地無しは城田じゃない、ボクの方だ。

ほんの短時間だったけど、異世界に行ったのに。そこで見つけた女の子を助けなくちゃいけない、あんな小さな子を一人で放っておけないと騒いで、城田を困らせたのに。あんなのは勇気なんてもんじゃなかった。現実と関わりがないから、勢いに任せて何でも言えたし、どんなことでも思えた。だけど真の本質は意気地無しで、みんなにハブられている城田珠美と親しいと思われるのが嫌なんだ。怖いんだ。面倒なんだ。

自分の都合で、城田の腕を使おうと思ってるだけで。

ボクは、山ツバメよりもちっぽけだ。

翌日、城田は学校に来なかった。

それは不思議なことじゃない。だが、江元と尾佐が何事もなかったように登校していて、取り巻きや仲間どもといつものように笑ったりしゃべったりふざけあったりしているのは、不思議というより不条理だった。

あいつら、何のお咎《とが》めもないのか。昨日の出来事を、先生たちはどういう形で処理しようとしているのか。

一人で、それも内心で息巻いているだけでは誰にも伝わらない。現実には毛ほどの影響ももたらさない。さりとて、真が尾佐に喧嘩を売って勝てる見込みはまったくなく、江元に何か言ったところで言い負かされるのがオチだ。江元栞奈は屁理屈《へりくつ》と自分に都合のいい言い抜けが上手い。

そしてみんなに笑われる。へえ〜、尾垣は城田とカップルだったのか。ちょうどいいや、あの二人なら。

真がこんなに悔しいのだ。城田は、あいつは今、どんな気持ちでいるのだろう。慣れてるから、こんなことぐらい平気だよ。あの表情の乏しい顔で、平坦《へいたん》な口調で、千切って投げるみたいに言うのだろうか。

やっぱり、城田に会おう。城田がどう思うかなんてどうでもいい。どう思われてもいい。尾垣君には関係ないと言われてもいい。

真は会いたい。会って、僕は腹が立ってると伝えたい。城田さんがこんな目に遭わされて、江元と尾佐がケロッとしているのが許せない。こんなこと、許されちゃいけないんだと伝えたい。

何より、まず城田に謝りたい。

ちゃんと自宅を訪ねようか、いきなりじゃ何だから、またあの親切な今事務局長を頼ろうかと考えて、真は自分がとんでもないバカだと気がついた。

思わず、「あ！」と、声を出してしまった。英語の授業中で、教壇には前島先生が立っていた。過去問の答え合わせをしている最中だ。

「尾垣、どうした」

クラスメイトたちのあいだから、忍び笑いが漏れた。

「おまえにはもう用のない授業だろうが、これから試験を受けるみんなには大事なんだ。静かにしてろ」

「すみませんでした」

寝ぼけてンじゃねえよと、真の後ろで誰かが言った。いいねえ、安全パイを選んで受験を済ませちゃったヒトは。

じっとしていると、今にも立ち上がって駆け出してしまいそうだった。真は強く口を結んで堪えた。

確実に城田に会いたいなら、あいつとちゃんと話したいのなら、行くべき場所は自宅なんかじゃない。そんなのわかりきってるじゃないか。

城址公園だ。あいつは必ずそこにいる。あの殺風景な眺めを、スケッチブックに描いている。

4

城田は今日も、黒いダウンジャケットに赤いニット帽をかぶっていた。ベンチに座り、膝の上にスケッチブックを広げている。

真が近づいていっても、城田は木炭を動かす手を休めなかった。スケッチはほぼ仕上がっているように、真の目には見えた。

「出来上がったの？」

声をかけると、木炭が止まった。

真はベンチの脇に立った。テレビの天気予報で見た西高東低の天気図のとおり、城址公園の広場の上には青空が広がっている。

口を開くと、風が歯に染みるほど冷たかった。

城田は左目に眼帯を付けていた。子供用のマスクほどの大きさの眼帯で、頬の半ばまで覆っている。顔のほかの部分には目立った傷や痕跡《こんせき》はなく、それに安堵《あんど》するのが半分、眼帯の下がどうなっているのか心配なのが半分。

「もう完成してたんだけど」

いつもの城田の声だった。顔を上げ、雑木林に目を向けている。

「眼帯をして見ると感じが違うだろうと思って」

「違ってた？」

「うん。面白いから手直ししてた」

とことん、絵描きの台詞だ。真の心のメーターの針が、安堵の方にちょっと揺れた。

しかし、スケッチはやっぱり荒涼としていて、現実のこの場所よりも寒そうだった。

この前見たときより、もっと寒そうだった。

今の城田の心の温度だ、と思った。

「怪我、ひどかった」

城田は答えない。真も、わざと質問に聞こえないようなトーンで訊いた。

「ちょっとずれてくれる？　ボクも座って、城田さんの目の高さでこの景色を見てみたいんだけど」

城田は黙ったままひょいと右に寄った。空いたスペースに、真も黙って座った。

北風が吹き抜けてゆく。二人っきりで、広場には誰もいない。

「ボクにも、こうやって見ることはできるんだけどさ」

真も雑木林を見つめたまま、言った。

「見たものを描くことはできないんだ。きっと、目と手のあいだがつながってないんだね」

雑木林が騒ぐ。北風が強い。

「――よく、そういう言い方をするけど」

城田の声はくぐもっていた。あまり口元を動かさないようにしゃべっている。

「ものを見るのも、見たものを絵に描くのも、みんな頭がやってることだよ」

そっかと、真は言った。

城田はスケッチブックをたたんだ。そうして近くで見ると、表紙が手擦れしていた。城田は何度も、何度も、このスケッチブックと木炭をお供に出かけて、目に映るものを描いてきたんだ。

いつも一人で。

几帳面な手つきで、木炭も筆箱に戻す。足元に置いたよれよれのビニールバッグに、スケッチブックと一緒にしまいこんだ。今日は学生鞄ではない。学校には行かず、家から直接ここに来て、ずっといたんだろう。何時《いつ》からいたんだろうか。

道具を片付けてしまっても、城田はベンチから立ち上がらない。両手を膝に置いて、また雑木林を眺めている。

「頭のなかで暮らせたらいいのにね」

呟くようにそう言った。

「外に出ないで、ずっと自分の頭のなかにいられたら楽なのに」

でも、そこは寒いぞ——と、真は思った。おまえの頭のなかは寒すぎて、木炭を握る手が凍りついちゃうぞ。

「城田さんがそうやって描く絵も見てみたいけど」

言いかけて、真の喉が詰まった。乾燥した風のせいだ。そうに決まってる。目がしばしばするのも、風が目に入ったからだ。

そんなこと言うなよ、と言った。自分ではそのつもりだったけれど、実際に出てきた声は濁点まじりで、ぞんなごどいぐなよと聞こえた。

城田が笑った。口元というより、頬を動かさないようにしている。だから笑い声もくぐもっていて、短かった。

そして真に目を向けた。眼帯をしていない右目が、ちょっと細くなっている。

「尾垣君って、今時の男子だったんだね」

真は城田の右目を覗き込む。「な、何で」

「すぐ泣く。女の子みたいに」

また笑う。真は手の甲で顔を擦った。

「泣いてなんかないよ」

「へえ」

気の抜けたような声を出し、それで何かほかの栓も抜けたみたいに、城田は深々とため息をついた。

「あたし、くじ運がないんだ」

席替えすると、すごい高い確率で、嫌な奴の隣になっちゃう。

「向こうも嫌なんだろうから、先生に内緒で取っ換えたっていいのにね。何でか、みんな席替えのくじ引きにだけは忠実なんだ」

相手はおまえほど嫌じゃないからだろう。おまえをハブるのが楽しいんだから。そう思ったけれど、真は黙っていた。

「三学期の頭から、あたし、ずっと江元と尾佐に挟まれる席にいてさ」

城田は江元を、他のほとんどの女子がそうしているように、〈カンナ〉とか〈カンナちゃん〉とは呼ばなかった。

「別にかまわなかったんだけどね。あいつら、あたしなんか存在しないみたいにふるまってたから、こっちも気にしなかった」

城田を挟んでいながら、城田の頭越しにべたべた、いちゃいちゃしてたんだろう。

「江元って、自分からは何もしないんだよ。嫌なことは取り巻きにやらせる。アタマいいから」

「だいたいわかる」

「なら話が早い」

ずっとハブられていた城田には、その席替えで何か状況が変わるわけではない。かまわなかったというのは強がりではない。

だが、城田が高校の推薦入学に通ってポスト受験生になると、急に風向きが変わった。

「江元がとんがってきてさ。あたしに直《じか》に何か言ったり、したりするようになった」

大したことじゃない。「死ね」というメモを回してきたり、取り巻き連中に書かせた「城田さんが人間失格だと思う十の理由」という寄せ書きを机の上に置いておいたり、

城田の教科書を、わざと目立つようにゴミ箱に捨てて、城田が黙って拾いに行くと、

――もう要らないだろうから捨ててあげたのに。

なんて言ったりした。そういうとき、尾佐は必ず江元のそばにくっついていて、ニヤニヤ笑っていたそうだ。

「城田さん」と、真は言った。「それ、やっかみだよ」

城田はうなずいた。「くだらないよね」

あたし、不思議だったと言った。「江元みたいな子でも、悔しいとか思うことがあるんだなあって」

あんなに恵まれてるのに。

「そんな素直な気持ちじゃないよ。だってあいつ、高校は制服が可愛いところがいい、ぐらいにしか考えてないよ」

城田は驚いたようだ。「何でそんなこと知ってるの？」

「部活の女子が、けっこう江元の悪口言ってるから。取り巻きじゃない普通の女子は、江元に睨まれると面倒だから調子合わせてるだけで、ホントはあいつが嫌いなんだ」

江元は成績もいい方だし、ともかく先生たちに取り入るのが上手い。叱られたり注意されたりしても、うまく甘えて切り抜けてしまう。とりわけ、中年の男の先生にはめちゃめちゃ強い。みんなして江元にころころ転がされるもんだから、

「男はバカだって言ってたこともある。先生だからって例外じゃない」

ついでに付け加えるならば、男どもがそういうふうにバカだから、カンナみたいなオンナが結局おいしく世渡りするんだよねと、あの女子たちは嘆いていた。

「尾垣君って、意外と噂好きなんだね」

心外だ。「女子はおしゃべりだから、聞こうと思わなくたって耳に入るんだよ！」

そういうおしゃべりをして鬱憤を晴らす女子たちは、真を〈男子〉の勘定に入れてない。存在を意識されていないという意味では、城田に近いかもしれない。いや、逆か。城田は存在感があり、その存在感が江元みたいなタイプの女子の癇《かん》に障るからハブられたのだけれど、真はそもそも存在感そのものを欠いているのだ。

「昨日、何があったんだよ」

勢いがついたおかげで、あっさり訊けた。城田は真の問いかけが直接目にあたったみたいに、ぱっと避けるように顔をそらした。

「尾佐が手を出してきたんだから、よっぽどのことだったんだろ？」

正しくは、出したのは足だったが。

「あのとき、先生はいなくて、あたしたち自習時間だったんだ」

で、江元がエンピツを落としたのだという。

「足元に転がってきたから、あたし、拾っちゃったんだ」

拾って、江元の机の上に戻した。たったそれだけだ。

「あたし、考え事してたから」

「考え事？」

「あの古城のスケッチのことで頭がいっぱいだったんだ」

あれから、あのスケッチはまた変化しただろうか。塔のなかには本当に女の子がいたのか。もっと安全に、あの世界にアクセスする方法はないか。

城田は、考えていてくれたのだ。

「だからうっかりしてたんだ。いつもだったら、そんな不用意なことはしない。江元は、あたしと同じ空気を吸うのも嫌だって言ってるくらいだから、あたしがあいつの持ち物に触ったりしたら、絶対に許さないからね」

「じゃ、いつもだったらどうしたのさ」

「黙って立って脇に避けて、江元が自分でエンピツを拾うか、尾佐が拾ってやるまで待ってるんだよ」

バカバカしいにもほどがある。

「四の五の言うより、その方が早いんだってば。あたしも心得てたはずなんだけど」

あのときは、心が他所《よそ》を向いていた。城田の心の目は古城の風景を見ていた。耳にはあの森の木立がざわめく音が聞こえていた。

「だからほとんど反射的にエンピツを拾って、江元の机の上に載せちゃったんだ」

いけない、と気づいたときは遅かった。

「江元がいきなりキャッて叫んでさ。汚い、汚いって、まるで襲われたみたいに騒ぎだしたもんだから」

　とっさの判断で、城田はその場を離れようとした。席を立ち、廊下へ出ようとしたのだ。

　そこへ、尾佐が足払いをかけた。

「カンナに何しやがんだって、いきなり」

　机と机のあいだは狭い。しかも相手は体格のいい運動部の選手だ。城田には避けようがなかった。まともに喰《く》らって、転んで倒れた。

「でも、まさか蹴っ飛ばされるとは思わなかった。みんな笑ってたから、転ばされただけで済むと思ったのに」

　──調子こいてンじゃねえぞ、このクソ！

　尾佐の罵声《ばせい》と蹴りが飛んできた。城田の目から火花が出た。瞬間的に意識がブラックアウトしてしまったのか、我に返ったら、自分が教室の床に倒れたまま、だらだら鼻血を出していることに気がついた。

　真は胸苦しくなってきた。

「城田さんの何が調子こいてんだよ」

「だ、か、ら」城田は辛抱強く解説する口調になった。「あたしが江元に──」

「エンピツを拾ってやっただけじゃないか。親切でやったことだろ！」

「あたしが江元に親切にするなんて、やっちゃいけないことなんだ。そんなこと、あいつらには認められないいんだよ」

「だって」

「尾垣君、わかってるようでわかってないね。まあ、仕方ないけど」

城田は肩をすくめた。まとまったことをしゃべったせいか、左目の大きな眼帯が上にずれた。城田がその位置を直す前に、真は見た。頰の半ばにまで青あざがついている。

「尾佐のヤツ、城田さんの目を狙って蹴ったんだな」

「違うと思う。本人としちゃ、あたしの顔のど真ん中を狙ったんじゃない？」

ちょっと外れたし、あんまりいい蹴りじゃなかった。

「尾佐がサッカー部じゃなくてよかったよ」

そんなこと言ってる場合か。

「ああ、それとね、事実としては〈蹴った〉んじゃなくて、〈足があたった〉ってことになってるから」

真は絶句した。

「尾佐も江元も、先生にそう言い訳してた。あたしが急に転んだんでびっくりして立ち上がったら、たまたま足があたっちゃったんだってさ」

「——三谷先生、それで納得したのか」

「したんじゃない？　尾佐は先生には謝ってたし、江元は泣いてたから」

嘘泣きだ。

「そんなら、城田さん家《ち》の玄関先で、校長と三谷が何であんなにぺこぺこしてたんだよ」

言ってしまった。

「見ちゃったんだ。僕、昨日――」

城田は驚いていない。「病院、来てくれたんだってね」

真の方が驚きだ。「知ってたの？」

「今さんが教えてくれた。あの人、あたしが小さいころから勤めてるし、あの人とは、うちではいちばん話がしやすいんだ」

真に親切だった今事務局長は、城田と親しいのだ。

「ともかく、あれは事故だったんだ」と、城田は続けた。「事故でも、学校のなかで生徒が怪我をしたから、校長先生と三谷先生が謝りにきたんだよ。ねえ、尾垣君」

ぴしりと咎めるような口調になった。

「先生のこと、呼び捨てにしちゃいけないよ。尾垣君らしくない」

この局面で、そんなこと気にしてられるか。

「僕が城田さんの親だったら、納得しない」

「あたしの親は納得した」

「騙《だま》されてるからじゃないか。事実は違うのにさ。城田さん、どうして自分でちゃんと言わないんだよ？　親に心配かけたくないとか思ってンのか？　そんなのバカだ。どんな些細《ささい》なことだって、お父さんとお母さんは城田さんのこと心配してるに決まってて」

途端に、城田が身をすくめた。怯えたように、痛そうに。

——何で？

城田は、自分がそんなふうに反応してしまったことを悔しがるように、下くちびるを嚙《か》んでいる。血の気が失《う》せるくらい強く。

「うちの親のことは、いい」

そのまま、押し殺した声でそう言った。

いつもワンテンポ遅い真の洞察力が、本体に追いついてきた。

さっき、城田は言っていた。今事務局長が、うちではいちばん話しやすい、と。

お祖父さんが院長だというのだから、城田外科病院は家族経営なのだろう。自宅も近い。なのに、そこで勤務している職員の一人が、城田にとって〈うちではいちばん話がしやすい〉相手なんだ。

それって、ヘンだよな。

どう尋ねればいいのか。尋ねていいことなのか。真の判断力は洞察力よりもさらに足が遅く、まだ胃の底のあたりでうろうろしていて、頭にまでやってこない。

「よくないよ」

だから、きわめて平凡、常識的な反論しか出てこなかった。

「城田さんの親なんだから、ほかの誰よりも城田さんのことを思いやって——」

「ああ、もうヤダ」

突然、城田が大きな声を出し、ニット帽をとると、髪をくしゃくしゃに搔《か》きむしった。

「ヤダ、ヤダ！　これだから嫌なんだ。ひとつ話すと、結局は全部話さなくちゃならなくなる。あたし、そういうの嫌いなんだ」

一人で怒っている。無事な右目がつり上がっている。その勢いでぎゅっと真を睨み据えると、

「あのねえ」

片手で胸をとんとん叩き、鼻息も荒く続けた。「あたしは連れ子なの。父親の連れ子。あたしが小学校三年生のときに、お父さんはあたしを連れて城田の家に婿養子に入ったんだ。だから、あたしは母親と血がつながってない。あの人は城田の家の一人娘で、跡継ぎでさ。何だか知らないけどコブ付きのお父さんのことを気に入って、結婚したんだよ」

真はちょっと後ろに引いた。「じゃ、お、お父さんも医者なの？」

「そう。ずっとあの病院にいる。今は外科の医局長」

雇われの身から、跡取りの一人娘の夫になった。腕を買われたのか、見初められたってことか。

「城田さんの実のお母さんは――」

「死んだ。交通事故。しょうがない」

城田はいちいち嚙み切って吐き出すみたいに言った。実際に歯を食いしばっている。

「お母さんが死んだとき、あたしはまだ六歳だった。お父さんは、それでなくたって忙しいのに、一人じゃあたしを育てられなかった。だからしょうがない」

真はただ、うなずいた。

「お父さん、今大変なんだ。あの病院、古いでしょ？　市内の別のところに土地を買って、新しい病院を建てる計画が進んでるんだよ。人手を増やして総合病院にして、設備も最新式にするんだって。そっちの資金繰りに走り回ってて、患者さんもいっぱい抱えてて」

城田は、そんな父親に心配をかけたくない。心配をかけられない。

そして母親の方は——

さっき、〈あの人〉って言い方をした。

真の逡巡を、見逃す城田ではない。

「あの人には子供が三人いる。あたしのお父さんとのあいだに生まれた子」

「う、うん」

「その子たちが元気なのかどうしてるか、あたしは知らない。家のなかで顔を合わせないから」

真はとうとう、「うん」さえ言えなくなってしまった。

だから、今事務局長がいちばん話しやすい相手なんだ。

「城田の家って、この土地じゃ旧家なんだよ。ひいお祖父さんは市議会議員もやったことがあるんだって。政治家は医者より儲《もう》からないって、すぐ辞めちゃったらしいけど」

城田の口調には、かすかな軽蔑が交じっていた。

「そういう家なんだ。偉いの。あたしはそこにくっついたコブ。わかった？」

「――わかった」

校長先生と三谷先生が謝っていた相手は、城田家の誰だったのだろう。〈あの人〉か。忙しいお父さんが、あのときばかりはそこにいられたってことは――なさそうだ。

誰であっても、城田にとって大した差はない。〈家族〉じゃないいんだ。むしろ今事務局長の方がよかったくらいなんだ。

城田は不恰好なショートカットの髪を撫でつけると、赤いニット帽をかぶり直した。たったそれだけの動作で、拭《ぬぐ》ったように今の激情を消し去って、平らな目になった。

北風に、雑木林が騒ぐ。空は知らん顔でどこまでも青い。本日の城址公園広場は真と城田珠美の貸し切りだ。

ふと、ここも異世界なんじゃないかと思った。真と城田はいつの間にか現実から切り離されて、この寒くて殺風景でただ青空ばかりが美しい場所に、肩を並べて座っている。

かなり長いこと、二人で風の音を聞いていた。

「尾垣君」

呼ばれて、真は城田の横顔を見た。

「まだ、あの古城に行きたい？」

城田は遠くを見ていた。

「行きたいなら、いいよ」

深く息を吐き、真に向き直った。

「但し、今度はあたしが行く。行って調べてくる」

ここで会えてちょうどよかった、と言う。

「試してみようって、相談したかったんだ。あたしが無事に帰ってこられたら、次に尾垣君が行けばいい。だからそばにいて見てて」

もう、まどろっこしい手は使わない、と言った。

「最初から人間を描く。人の足で歩いて、あのお城に入れるかどうか試してみる。塔に登って、もしも本当に小さな女の子がいたら、話しかけて事情を聴かなくちゃならない。小鳥じゃ、そんなことできないからさ」

「それはそうだけど」

急に何だよ。

「あんなに慎重だったのに、どうしたんだよ。怖がってたじゃないか。深入りするのは危険だって言ってたじゃないか」

「危険だと思うよ。だからあたしが行って、確かめてくる。あたしは平気だから」

平気だよ。いいんだ。

「あたしなら、いいんだ。もしも行ったっきり帰ってこられなくなったってかまわない。何も問題ないからさ」

そういうことかい。

真は目を瞠って黙っていた。風が染みて辛いのに、それでもできる限り大きく両目を見開いたまま止まっていた。

先日、両親を驚かせるほどの大食いをしてみせたときと似ていた。飢えみたいなものが身体の内側から押し寄せてきて、出口を探している。それをぶつける相手を探している。求めるものを探している。

先週は、それは食べ物だった。今は違う。

帰ってこられなくたって、かまわない。

怒りが、悲しみが、肉体的な動作を伴って表出したがっているのだと、真が自覚するよりも早く、身体の方が動いた。

真は城田の頭から赤いニット帽をむしり取った。城田が驚いて目を剝くのにかまわず、ベンチから立ち上がると、ニット帽を握りしめ、力一杯遠くへ投げ捨てた。

やわらかなニット帽は、丸まったまんま空に弧を描き、その途中で広がって失速して広場の地面に落ちた。色のない広場に、たったひとつの赤い点。枯れて寂れた絵のなかに、画家の筆先から間違って滴った、活《い》き活《い》きとした赤い色。

真はぜいぜい喘いでいた。全力疾走したみたいだった。手も膝も震えていた。

「何すンのよ」

問いかける城田の声も震えていた。

「ったく、腹が立つ」

真の声は荒い呼気に紛れてしまう。それが嫌で、思いっきり怒鳴った。

「何を勝手なこと言いクサってんだよ！」

城田が文字通り縮みあがるのを、真は初めて見た。一瞬、痛快だった。

「行ったっきり帰ってこられなくてもかまわないって？　はいそうですかって、ンなわけいくかよバカ女！」

真っ直ぐに見据える城田の右の黒目までが、縮んで小さくなっている。

「どっか行っちゃって消えちゃいたいなら、オレと関係ないとこでやってくれ。あの古城を使うのは、ぜったいぜったい許さない。あれはオレが見つけた場所なんだ。おまえの好きにさせてたまるか！」

城田珠美が、城田珠美という人間を捨てる場所にさせてたまるか。

そこで声が保《も》たなくなった。息が続かなくなった。肩を上下させて呼吸し、激しく喘ぎ、胴震いしながら、真は拳を固めて突っ立っていた。

「――行くんなら、オレも一緒に行く」

城田の右目がまばたきした。

「二人で一緒に行って、一緒に帰ってくるんだ。そうじゃなかったら駄目なんだよ、城田珠美のアホ！」

真の怒声の残響は北風に混じり、城址公園の広場を囲む雑木林を吹き抜けていった。

「尾垣君」

「何だよ」

真はまだ胴震いが止まらない。

「自分のこと、オレっていうこともあるんだね」

そうだよ、悪いか。傍目《はため》にはどんな軟弱な男子だって、自分のなかじゃ〈僕ちゃん〉じゃなくて〈オレ様〉になったっていいだろうが。ティーンエイジャーの自我ってもんには、それぐらいの権利はあるだろうが。

「けど、あたしのことを〈おまえ〉って呼ぶのは、馴《な》れ馴《な》れしいからやめてよ」

そうだったかな。

「――ごめん」

すると城田は微笑んだ。頬か鼻筋が痛そうな、不自由な笑みだった。

「あたしもごめん」

「え？」

城田の笑みが、彼女の目の底にまで届いて、そこに小さな灯をともした。

「帽子、拾ってきてよ」

入念に準備しなくてはいけない。

何よりもまず城田に、古城のスケッチのなかに真と城田のアバターを描いてもらわねばならない。

「今、あのスケッチ持ってる？」

「うちに置いてきた。帰りに寄ってよ。すぐ渡す」

城田はビニールバッグのなかに水筒を入れていた。中身は蕎麦《そば》茶だ。少し温《ぬる》くなっていたけれど、この冷え込みのなかでは有り難い。真は少しずつそれをすすっている。城田があんまり寒そうに見えないのは慣れているからかと尋ねたら、背中に使い捨てカイロを貼ってあるという。

「そうだ、そういうことも大事だね」

アバターの服装と装備だ。

「山ツバメになって飛んだとき、あのお城を囲む空気は冷たかった？」

さっぱり記憶がない。

「――鳥って、羽根を着てるだろ」

「覚えてないんだね。じゃあいいや。とりあえず、暑かったら脱げばいいように、何枚か着せとく」

足元は運動靴がいちばんだ、という。

「先に言っとくけど、あたしは写実派。この際だから実物より恰好よく描いてくれとか、逆三角形の体形にしてくれとかリクエストされても無理だから」

そんな皮肉な言い方をしなくたってよさそうなもんだ。

「別にオレ、見てくれはどうでもいいけど、向こうでは戦士になってた方が何かと心強いんじゃないかなあ」

城田は鼻を鳴らした。「どうやら絵の世界そのものに何らかの意志らしいものがあって、入り込んだ者のエネルギーを吸い取るんだよ。そんな相手とどうやって戦うの？」

まあ、そうだけどさ。

「矢でも鉄砲でもエクスカリバーみたいな大剣でも、描くことは描けるよ。でもそもそも使えなきゃ意味ないし、敵みたいなものが現れたとき、そういう攻撃が通用する場所かどうかもわからない。だったら、あたしたちが使い慣れてる自分自身の身体を描いといて、いざというときは、一目散に逃げられるようにしておくのがいちばんの得策」

敵みたいなもの、か。真は漠然と、あの城と塔を警備する騎士団みたいなものを想像してみる。

「アバター描くのに、どれぐらいかかる？」

「明日一日あれば充分」

「じゃ、日曜日には決行できるな」

うん、と城田はうなずいた。

「場所はやっぱり〈スケッチ広場〉がいいと思う。まわりに人がいっぱいいる。あたしたちが二人してイーゼルの前で何時間も固まっちゃってたら、誰か一人ぐらい、様子がおかしいなって思ってくれるでしょ」

君たちどうしたのと声をかけ、それでも真と城田が動かなかったら、肩ぐらい叩いてくれる——かもしれない。

「それがあたしたちの緊急帰還スイッチになるよ」

「わりかし、あなた任せだなあ」

「二人してあっちへ行っちゃうってことは、そういう危険をおかすってこと」

「だったら、もう少し積極的にそのスイッチをセットしとこう。タイマーを使うんだよ」

キッチンタイマーで用が足りる。

「セットしとけば、時間がきたら自動的に鳴るだろ。〈スケッチ広場〉の人たち、雑音や私語にめちゃめちゃ厳しかったからさ、そんなもんが鳴り出したら、一〇〇パーセント誰か寄ってきてくれる」

「名案だとは思うけど」

城田はちょっと驚いている。

「それなら、携帯電話のタイマー機能を使えばいいじゃない。尾垣君、ケータイ持ってないの?」

ものすごく恥ずかしかった。

「高校に入るまでは駄目だって言われてるんだよ」

そう、と城田はうなずいた。「ご両親、ちゃんとした人なんだね」

「城田さんはケータイ持ってるの?」

「お父さんと話したいときのために、買ってもらったんだ」

真はコメントしなかった。城田もそれ以上は説明しなかった。

「何時間後ぐらいにセットしとく？　〈スケッチ広場〉って、何時まで使えるんだろう」

「午前九時から午後五時まで。でもさ」

城田が言いよどむ。

「何だよ」

「こっちに残ってる身体は、意識はないけどちゃんと生きてるわけだよね」

「当然だよ。オレ、今もちゃんと生きてる」

「そうすると、時間が経つと生理的欲求ってもんが生じてくるんじゃない？」

トイレだ。

「最大、三時間が限度だと思うんだ。あたしも一応は女子だから、緊急帰還したらお漏らししてましたっていうのは」

「わかったわかった！」

それより、真にも提案がある。

「このあいだあっちから戻ったとき、オレ、へろへろだったろ？　家に帰るまでのあいだに何度もしゃがみこんじゃったんだ。でも、飯を食ったら治った。要するにエネルギー不足だったわけだから」

「戻ったらすぐ補給できるよう、食べ物を用意しといた方がいいってことだね」

真はぽんと胸を叩いた。「引き受ける。弁当を持ってくよ。うちはレストランだから、旨《うま》いよ」

「何て言って作ってもらうの?」

「これから考える」

決行は日曜日の午前十時。事前に朝食をしっかりとってくること。打ち合わせを済ませ、帰ろうと立ち上がったら、

「一緒じゃまずい」

と城田は言う。

「尾垣君の家って、どのへん? 場所を教えてくれたら、十分ぐらい遅れて行くよ。窓からあたしが見えたら、スケッチを持ってきて」

つくづく慎重なヤツだ。真が場所を説明すると、

「〈パイナップル〉? だったら知ってる。看板を見たことある。向かいに〈蓬萊《ほうらい》〉ってラーメン屋があるでしょ」

「行ったことあるの?」

「美味《おい》しくなかったけど」

「だろ? あそこは駄目だ。店主の腕がヘボなんだ。城田さん、何であっちへ行って、うちの前は素通りなんだよ」

「何となく」

真は先に帰り、古城のスケッチをクリアファイルごと大判の封筒に収めて待った。窓

から外を見ていると、本当に十分後に、城田は前の道の反対側の歩道を歩いてきた。外に出て道を渡り、封筒を差し出した。城田はそれをビニールバッグにしまいこむと、〈パイナップル〉の看板と日除《よ》けを見上げた。

「いい匂いがするね」

風に乗って、このへんまで匂ってくる。

「あたし、月にいっぺんぐらい、お父さんと二人でお昼を食べられるんだ」

父親と話すために携帯電話が必要で、一緒に食事をするのは月に一度。それも、ただ食べるのではなく、〈食べられる〉。

「〈蓬莱〉にも、それで来たんだ。お父さんがラーメン好きだから」

「そっか」

「今度は〈パイナップル〉に来てみる」

感心な発言だ。こっちの世界での先のことを考えている。

「ぜったい来てよ。味は保証する」

「うん」

遠ざかってゆく城田の姿が小さくなるまで、真は歩道に立って見送った。どれぐらい離れると、あの古城のスケッチにちょうどいい縮尺になるのかな、と考えながら。

5

自称・写実派でも、距離感を間違うことはあるらしい。

森の木立のなかに、真と城田は飛び降りた。大した高さからではない。一メートルぐらいか。それでも、予期していなかったから驚いた。真は着地できたけれど、城田は尻餅をついた。

顔をしかめて立ち上がる城田に、真は言った。「一ポイント減点」

「ごめん。あのスケッチ、森の裾の方は描かれてなかったから、木立の高さの見当がつかなかったんだよ」

城田はパンパンとズボンの尻をはたいている。その動作はごく自然だ。驚異的に自然で滑らかだ。

真は両手をぶらぶらさせ、その場で足踏みしてみた。首をぐるぐる回してみた。まだ確かめようのない味覚以外の感覚はすべて正常に働いている。森の木立の穏やかな囁き。風はしっとりと湿気を含み、かすかに苔《こけ》の匂いがする。

城田、やっぱり腕がいい。

二人は近所の丘にハイキングに行くような出《い》で立ちだった。それぞれリュックも背負っている。衣類の柄まで描き込んでないから、ジャンパーもズボンも運動靴も無地だ。

ただ、色はついている。安っぽいアニメの背景の人物と同程度のありふれた色合い。言い換えるなら、すべてこの森の雰囲気を損なわないくらいの無難な色合いだ。

ジャンパーは、真の方はスタジアムジャンパーで、城田のはフードがついている。さらに城田は、あのニット帽をかぶっている。ちゃんと赤い色の帽子だ。

「その帽子だけ色を塗ってなんかなかったよな？」

城田は驚いたように帽子を取って、確かめた。「あ、あたしのだ！」

「だから訊いてるんですよ」

「そんなズルしてないよ。尾垣君だって見たでしょ」

大事そうに両手で帽子をかぶり直す。

「これをかぶって行きたいっていうあたしの気持ちが通じたのかもしれない。だとしたら、ここ、ホントにすごい場所だ」

自ら意志（らしきもの）を有し、侵入者の意志も解する。あるいは、その心を読む。

城田の顔に眼帯はない。頬にも鼻筋にも傷はない。アバターは、いつもの城田の顔だ。その目でしっかりと周囲の様子を確認する。

森の向こう、二人の正面に、あの古城の一対の尖塔と、ドーム形の屋根の上部が見える。

「けっこう遠いね」

「はいはい、またあたしの計算違いってことにしとく」

古城に向かって歩きだそうとしたら、城田が真の背中のリュックを引っ張った。

「ちょっと待って。まずリュックの中身を回収しなきゃ」

そうだった。城田は古城のスケッチの向かって左隅に二人のアバターを描き、そこから少し離して携帯品を描き込んでいたのだ。

「同じとこに描いときゃよかったのに」

「こっちに移動してきた瞬間に、足の甲の上に懐中電灯が落ちてきたりしたら嫌でしょうが」

全部目見当《めけんとう》で描いてンだから——と、口を尖らせて言った。

ぐるっと見回した限りでは、森のなかの手近な場所、木立の隙間から降り注ぐ日差しの下に、二人の携帯品が散乱しているなんてことはなかった。

「そっちもけっこう遠いってことだね」

城田は真顔になってうなずいた。「お城の規模がわからないから、あたし、根本的に縮尺を間違えてるのかもしれない。山ツバメのときは、もともと小さい生きものだから気にならなかっただけで」

とにかく方角はあっちだというので、城田の指さす方向に行ってみた。ここらには、真が見かけた小道は通っていない。立ち並ぶ木々の根はそれがまた別の生きものであるかのようにうねうねと盛り上がっているけれど、土の部分は軟らかく、苔や下草に覆われていて、踏みしめると心地よかった。

「この森、いい匂いがするね」

城田は歩きながら深呼吸した。

「森林浴だよ」

「よく言うよ。怖がってたくせに」

笑ってごまかされた。

しばらく歩くと、前方の下草の上に、ペットボトルが落ちているのが見えてきた。二人は駆け足で近寄った。

「あった！」

城田はほっとしたように声をあげた。

ペットボトルの水。携帯用のビニールの雨合羽《ガッパ》。小さなチョコレートとクラッカーの箱。使い捨てトイレキット。懐中電灯と使い捨てカイロ。各自にひとつずつだ。

城田は真っ先に懐中電灯を拾い上げ、スイッチを押した。光が点《つ》いた。

「ちゃんと点くよ」

古城のスケッチの上では、人形の家の備品みたいに小さく描かれていた品々だから、実は真も（大丈夫かな）と思っていた。

「あたし、うっかりして電池を別に描かなかったんだ。だけど点くってことは」

懐中電灯の底蓋《そこぶた》を開けて確認している。

「――電池も入ってる」

下草の上に膝立ちになり、城田はあらためて感嘆した。

「ここ、ホントすごい」

真も確認作業をした。クラッカーとチョコレートの箱には中身が入っている。雨合羽はちゃんと広がる。袋に入れた状態で、そのラベルにピンの先っちょで書いたみたいな字で「雨合羽」と書き込んだだけだったのに。

確かにすごいというか、親切な異世界だ。それともこれも何かのルールに則《のっと》っていて、今のところは真と城田がそこから外れていないというだけなのだろうか。

リュックに中身を収納し、二人は古城の尖塔とドームの見える方向へ向かった。想定していた以上に森は深く、距離は遠いようで、進んでも進んでも目に入るのはしんとした木立の群れと、苔と土と下草。たまに小花が咲いている。古城は一向に近づいてこない。真が発見した小道にもぶつからない。

「——水音がする」

城田が足を止め、右手の方を振り返った。

「川があるのかも」

勝手にどんどんそっちへ行ってしまう。しょうがないから真もついて行った。その先で、森の地面が緩やかに上がっていた。

それを上って下りると、確かに川が見つかった。真でも城田でも、一足でまたぎ越えることができそうな小川だ。古城の方から流れてきている。城田が無造作に近づいていってしゃがむので、真は声をあげた。

「滑るから気をつけて」

言ってるそばから滑って、また尻餅だ。落ちて溺《おぼ》れるような川じゃなくてよかった。ついでにそのまま座り込み、城田は手をさしのべて流れに触れる。

「冷たい」

澄み切った水だ。底は浅く、木の根が張っているのが見えた。

「魚とか、いないね」

「こんな細い小川だから」

「そういうことではないと思うよ」

城田はひと息入れるように座り直し、頭上を仰いだ。

「さっきからずっと、鳥の一羽も見かけない。鳴き声もしない」

ここには生きものがいないんじゃないか、という。

「虫もいないじゃない？　普通、こういう場所にはいっぱいいるよ。まずクモがいる。枝と枝のあいだに巣を張ってる」

言われてみればそうだ。

「——嫌いなのかもしれないね」

この絵の作者。

「虫が嫌いなのかも」

「そこまで細かく描いてないだけだよ」

「じゃ、下草や小花や苔は？　スケッチにも、そんなものはなかった。でもここには存在してる。本物の森には存在するものだから」

だが、虫や小動物はいない。

「そうすっと、獣の類《たぐい》もいないいかな。だったら安心だ」

真は本気でそう言ったのだけれど、城田はイヤぁな笑い方をした。「わかんないよ。熊とか狼は好きかもしれない」

「や、やめてくれよ」

「まずかったなぁ。あたし、赤頭巾《ずきん》だよ」

「帽子だろ。頭巾じゃない」

城田にからかわれているのだと気づくまで、ちょっとかかった。真はムッとした。

「冗談やめろよ」

城田は笑顔で立ち上がる。何でこんなに嬉《うれ》しそうなんだか。

「ここはホントに、作者の魂のなかなんだ」

噛みしめるように、城田は言った。

「こういう場所を存在させることができるくらいの腕を持つ人が、ここを描いたんだ」

目を輝かせている。

「城田さん、調子いいなあ。あんなにビクビクしてたくせに」

「過去にこだわるのは男らしくない」

小川のせせらぎに沿って、二人はまた古城を目指して歩き出した。

空は晴れている。空気は美味しい。だが、進んでも進んでも変わらない森の景色に、真が少しずつ不安を覚え始めたころ——

ぴ～。

二人は同時に跳び上がりそうになった。

指笛だ。真には聞き覚えのある音色だった。

家で初めてこの世界を覗き込んだとき、確かに耳にした。高く澄んでよく通る音。

真は城田と顔を見合わせた。真はたぶん、

——あっちへ行っていいかな？

という顔をしていた。城田は確実に、

——あっちに誰かいる。

という顔をしていた。断定形である分、城田の方が決断が速かった。背中のリュックを揺さぶりながら、指笛が聞こえてきた方向に向かって走り出した。

「ちょ、ちょっと待てよ、城田さん！」

出遅れた真は追いかける。城田は振り返りもせず、大きな声で前方に向かって呼びかけ始めた。

「お～い、お～い」

この場合、〈女子〉として「お～い」でいいのか。

「誰かいますかぁ〜？　そこに誰かいるんですかぁ〜」

ずっと聞こえていた指笛が、この呼びかけに呼応して止《や》んだことに、真は気づいた。

その先で、森はまた緩やかな斜面になっていた。苔の色が濃い。今度は真の方が足をとられてよろけてしまい、また城田との距離が空いた。

斜面のてっぺんまで行くと、城田は何かに打たれたみたいに停止した。真は慌てて追いついた。

斜面を下った先に、小道が通っている。森のなかを斜め右に横切る感じだ。道に沿って、黄色いラッパ水仙が群れて咲いていた。

そこに、ラッパ水仙の黄色をそのまま映したような出で立ちの男が一人、ぽつんと佇《たたず》んでいた。

城田は息を切らしていた。真の動悸も速い。だが、こちらは走ったせいではない。

黄色い作業服。いわゆる〈つなぎ〉だ。ポケットが多い。腰に巻いた太いベルトにはたくさんの金具がついており、そこにいろいろなものをぶら下げていた。工具か道具だろう。日差しを受けて金属質に光っている。

頭には黒いキャップ。小太り、丸顔。こっちの二人とあっちの一人との距離はおおよそ十メートル。顔立ちまでは見てとれない。ただ、大人の男だということは間違いない。

そして、あっちも驚いているということも。

その状態ですくんだように観察し合うこと数秒間。出し抜けに、

「ぴ〜」

黄色いつなぎの男がまた指笛を吹いた。城田がびくりとした。

「こりゃまたこりゃまたこりゃまた」

男はそう声をあげると、真と城田に向かって駆け寄ってきた。丸っこい身体でころころ走る。近づいてくると、手放しで笑っているのが見えた。

「やあやあやあやあやあやあ！」

気合いを入れているのではなく、挨拶《あいさつ》しているのだとわかったのは、男が転がり上がるように斜面を上ってきて、真の両手を取ったからだ。手を握って、忙しなく上下に振る。

「やっと会えたよ！　やあ、君たち！」

城田は文字通り目を丸くしている。

「どこから来たの？　どうやって来たんだい？　二人だけ？」

真の手を離すと、今度は城田の手を握った。今度は握手の形で、また上下に揺さぶる。

「嬉しいなあ」

一人で喜色満面で、ぽかんとしている城田の手を離したかと思うと、つなぎの胸ポケットから何か取り出した。メタリックな、うんと小型の携帯電話みたいなものだ。

そのスイッチを押し、口元に近づけて、つなぎの男は陽気な口調でしゃべった。

「探検十回目にして、初めてほかの旅行者に遭遇。ティーンエイジャーの二人組だ。え〜と、君たち名前は？」

真も城田もまだ口がきけない。と、男はせっかちに、あくまで上機嫌に続けた。

「詳しいことは後でまた。とにかく、やっと仲間を見つけた。この喜びを記録しておく」

スイッチを切る。そのころになって、真はやっと理解した。あのメタリックなものはICレコーダーだ。

「失礼しました」

胸ポケットにICレコーダーをしまいこむと、つなぎの男は真と城田に向き直り、とってつけたように一礼した。

「挨拶抜きで、いきなりごめんよ。でも嬉しくってさぁ。ここには僕しかいないのかなあって、諦《あきら》めかけてたところなんだ」

こうして間近に見ると、四十歳を超えていそうな——いや、感じからして五十に近いかもしれない。髭《ひげ》の剃《そ》り跡が濃いのに、眉毛には白髪が交じっている。全体に太り気味だけれど、たるんだ体形ではない。固太りのタイプだ。

黄色いつなぎは年季物だ。くたびれているし、あちこちに染みがついている。今、真の目に入る範囲内でベルトからぶら下がっているのは工具袋に、ひと巻きのロープと懐中電灯。足元を固めている真っ黒なブーツは、たぶん安全靴だろう。

「僕は佐々野《ささの》といいます。銀行の窓口と病院の待合室以外の場所じゃ、久しくそう呼ばれたことはないんだけど」

真はまだ反応できない。城田も気を呑まれているのか、目が開きっ放しだ。佐々野という男は委細かまわず、開けっぴろげに自己紹介を続けた。

「ほとんどの人は、僕のことを〈パクさん〉って呼ぶんだ。僕もそっちの方が慣れてるから、それでよろしく」

またペコリとする。そのときは丁寧にも、右手で黒いキャップをとった。頭のてっぺんが、きれいに円く薄毛になっていた。

この古城の世界の先達は、マジでおっさんなのだった。

第三章　探索仲間

1

「立ち話も何だから、僕のベースキャンプにおいでよ」

自称〈パクさん〉は、真と城田の先に立ち、ラッパ水仙の小道を案内してくれた。三人で一列になり、緩やかな下りの道を歩んでゆくと、ほどなく、森のなかに黄色い四角錐《すい》が見えてきた。

テントだ。真新しい。四隅にきちんと杭《くい》を打ち、白いロープがぴんと張ってある。

テントの脇には、〈飲料水〉というラベルのついた四角いポリタンクや、シャベルやバケツや長靴などがひとまとめにして置いてあった。防水シートをかぶった大きめのものがあるので、何だろうと覗《のぞ》き込んでみたら、真の目には正体不明の機械だった。自動車のエンジンか？

現実世界のなかで、中学三年生が二人で森へ行き、パクさんみたいな風体の中年男性に声をかけられて、ほいほいと後にくっついていったとしたら、無防備に過ぎると叱られてしまうだろう。今だって本当はそうなのかもしれないし、真はいくらか緊張しているのだけれど、城田はどうかと顔色を窺《うかが》うと、開けっぴろげに楽しそうだ。

「とっても上手ですね」

前置き抜きで、パクさんにそう言った。

「これ、ポータブル発電機でしょう？」

防水シートをめくり、件《くだん》の正体不明の機械に軽く手を触れている。パクさんは嬉《うれ》しそうにうなずいた。

「そう。前回、初めて描き込んでみたんだ。でも、この森のなかでギンギンに電気を点《つ》けるのは、何か申し訳ないような気がしてね。音もけっこう喧《やかま》しそうだし。だから、まだ使ってみたことはないんだけど」

どうぞと、パクさんは黄色いテントの入口を開け、二人を招いた。ご丁寧に黒いキャップをとり、恭しく一礼する。城田は警戒するふうもなく、お邪魔しますと身を屈《かが》めて入っていく。

「すみません」

真の挨拶《あいさつ》は意味不明でぎこちない。

テントの内側は、二畳分ぐらいのスペースだった。寝袋があり、カセットコンロがあり、小鍋《こなべ》があり飯盒《はんごう》がありランタンがある。古風な据え置き型のラジオまであった。まさか電波が来てるわけないのに。

「座って座って。コーヒーしかないけど、いい？」

「はい。お砂糖とミルクはありますか」

「たっぷりあるよ」

城田、警戒できないならば、せめて少し遠慮したらどうだろう？

パクさんは白いコーヒーポットを使い、ちゃんと紙フィルターでドリップコーヒーを淹《い》れてくれた。パクさんは黄色いマグで、真と城田には白いコーヒーカップだ。

「じゃ、乾杯！」

パクさんと城田はカップを合わせた。真は気まずくてうつむいていた。

「僕の腕前を褒めてくれるところを見ると、お嬢さんたちは、このお城の世界の仕組みを呑《の》み込んでるんだね？」

お嬢さんと呼ばれた城田は、真にとっては空前絶後のことをした。はにかんだのだ。

「あたしは城田珠美です」

「城田さん。初めまして」

パクさんがこっちを向いたので、真はうつむいたままもごもご言った。「僕は尾垣です。尾垣真」

パクさんは律儀に「初めまして」と繰り返した。

「僕が親からもらった名前は一郎《いちろう》っていうんだ。佐々野一郎。パクさんって呼ばれるのは、何でも好き嫌いなしにパクパクよく食べるからなんだ」

だから小太りなのかな。

「君たちは、タマちゃんとシンちゃんのコンビだね。二人とも絵を描くの？」

「絵描きはあたしです」

城田、〈タマちゃん〉と呼ばれてオーケーであるらしい。

「タマちゃんもいい腕してるよねえ」

「ありがとうございます。けど、あたしじゃ、あんなふうに発電機を描くのは無理です」

「でも中学生――だよね？」

「はい、三年生です」

「その若さじゃ、やっぱ平均よりはるかにいい腕前だよ」と褒めてから、パクさんは急に目をぱちぱちさせた。

「ていうか、僕、呑気《のんき》なこと言ってるかな」

はい、すごく呑気だと思います。

「中三の三月だろ？　高校受験は？　こんなとこにいていいのかい？」

何だよ、そっちの方の心配か。

「尾垣君もあたしも、二月のうちに進学先が決まってたんです」

「ってことは推薦入学？」

城田がうなずくと、

「すごいなあ。二人とも秀才なんだね」

僕なんか勉強はからっきしだったと、パクさんは頭を掻《か》く。

「小学校でも中学校でも成績表は常にオール1。たまに2とか3があると、おふくろが嬉し泣きしたくらいだった。そんなんだから、高校も中退しちゃってさ」

ケロッとして言っていいことなのかなあ。

「ところで、先に訊《き》いとくけど、二人はどこからここに来てるの？　この質問の意味、わかるよね？」

生身の身体はどこに存在しているのかという問いかけだ。城田が〈スケッチ広場〉とタイマーのことを説明した。

「じゃあ、あんまり心配要らないね。僕は家《うち》のパソコンから来てるんだけど、安全装置として、やっぱりタイマーをかけてあるんだ。六十分経つと、暗転するようにね。そうすると接続が切れるから、僕は家に戻される」

左手首にはめたごつい腕時計を示しながら、「今、こっちに来てから二十八分三十秒を経過したところ。でも、現実世界でも同じだけの時間が経過してるわけじゃない。戻って確かめてみればすぐわかるけど、向こうではまだ、せいぜい五分ぐらいじゃないかな」

え？　城田も意外そうに目を瞠《みは》る。

「あたしたち、身体ごとここに来るのは初めてなんです。だから、まだ何もわからないんですけど」

「そっか。今まで出会わなかっただけじゃなく、君たちはホントに初めてなんだね」

パクさんは少し真顔になった。年長者らしくなったと言い換えてもいい。

「それじゃ、もうひとつアドバイス。ここにいるとすごくエネルギーを消費するよ」

「あ、それは知ってます。最初に山ツバメで試したときに」

城田が真に顔を向け、促すような目をした。

「現実に戻ったら、腹が減って腰が抜けちゃったんです」と、真は言った。僕の方は〈タマちゃん〉ほどフランクに貴方に馴染《なじ》むつもりはないんです、貴方を怪しんでます、そこんところヨロシク――という言外の念が伝わるように、素っ気なく。

それに気づいたのか気づかないのか、パクさんは忙《せわ》しなくうなずく。「よくわかる。ものすごくよくわかる」

でも山ツバメ？　と笑う。「最初、鳥になってみたの？」

「はい。空から様子を見た方がいいかと思って」

「タマちゃんのアイデア？」

「――そうですけど」

「賢明だなあ。僕なんか、いきなりこの姿で入り込んじゃった。タイマーだけは短く設定したけど、自分以外のものになるなんて、考えてもみなかった」

そうか鳥かぁと、一人で感じ入っている。

「僕もそろそろ、いろんな移動手段を描いてみようかなあと思ってたんだけど、翼のある生きものをアバターにするという発想はなかったなあ。タマちゃん、偉い！」

発電機以上に正体不明のこの人は、よく感心するヒトであるらしい。

真はちょっとお腹の底に力を入れ、切り口上になった。「佐々野さん、おしゃべりは後にして——」

「うん、わかってる。だけど僕は怪しい人間じゃないよ、シンちゃん」

真がはっきりと嫌な顔をしてみせたので、パクさんは言い直した。「怪しい人間じゃないよ、オガタ君」

「オガキです」

「ごめんね、オガキ君。もしかして君、おかきって綽名《あだな》で呼ばれたことないかい？　僕が同級生だったら、きっとそう呼ぶけど」

城田がクスクス笑うので、真は気を悪くした。「どうでもいいです」

パクさんは悪びれない。愛想のいい笑顔のまま、ちょっと座り直して真と城田に軽く頭を下げると、続けた。

「あらためて自己紹介します。ワタクシ佐々野一郎は四十七歳、独身。プロの絵描きです——といっても画家じゃない。僕ね、漫画家のアシスタントなんだ。業界的には〈アシさん〉って呼ばれる存在」

キャリア三十年だ、という。

「で、二十一世紀になってからは、ずっと一人の先生のとこで働いてる」

パクさんが挙げた漫画家の名前を聞いて、真も城田も仰天した。何となればその漫画家は、世界的なヒット作を生み出している超有名作家だったからだ。

「ホントに本当ですか？」

「ホントに本当だよ。現実世界に戻ったら、ちょっと先生の名前で検索かけてみて。僕、先生のファンのあいだではよく知られてるから、ウィキペディアにも書かれてる」

そこで急にバツが悪そうになった。

「もしかしたら、僕が先生と衝突してクビになったって書いてあるかもしれないけど——先生の事務所で、僕が内紛を起こしたってね。それ、嘘だから。カンちゃんが書き換えとくって約束してくれたから、もう直ってると思うけど、僕は先生に逆らったりしていない。ずっといい関係だったし、僕は先生を尊敬している」

真の記憶が確かであるならば、件の漫画家はまだ四十そこそこのはずだ。パクさんの方が年長だろう。でも、「先生を尊敬している」というパクさんの口調にも表情にも、嫌みはなかった。

「個人的な事情があって、今は休職させてもらってるんだ。僕の我《わ》が儘《まま》だから、先生には本当に申し訳ないんだけど、許してもらって感謝してる。けど、その事情をオープンにすると、あんまり勝手な理由だから、僕が戻りにくくなるんじゃないかって、先生が心配されてね。まわりには伏せてくれたら——」

「おかしな臆測《おくそく》をされて、逆効果になっちゃったんですね」と、城田が言う。「ありがちなことですよ」

「タマちゃんって大人びてるねえ。もしかして人間関係で苦労してる？」

「キャリア三十年のアシさんなら、腕がいいわけですねぇ」

「あれ、タマちゃん、僕の質問をスルーしたけど」

「その黄色いつなぎ、何か意味があるんですか？」

城田はてきぱきと問う。パクさんは、つなぎの胸元を引っ張ってみせた。

「これね、五年前、先生の作品が初めて実写映画化されたときの、主人公の衣装のひとつなんだ。記念にもらったの、ずっと愛用してきたんだ」

僕の普段着、という。

「工具も小道具ですか」

「こっちは自前の本物。うちにあるのを見て描いたから、ちゃんと使えるよ」

「このテントも？」と、城田がテントのてっぺんを指さした。ひまわりみたいなテントの色が映って、城田の顔もこころなし黄色い。

「僕、アウトドア趣味はないから、テントは持ってなかったんだ。近所のホームセンターまで行って、スケッチしてきた。色はつなぎに合わせたんだ」

目立っていいでしょ、と胸を張る。

「さっき、家のパソコンから来たっておっしゃいましたよね？　パクさんは、ここのお城の絵をパソコンに保存してるんですか？」

丸顔をさらに丸くして、パクさんは笑った。「タマちゃんって言葉遣いも適切だね。偉い！　だけど僕にはタメ口でいいよ」

「了解。パクさんはあの絵をパソコンに入れてるの？」

「うん」

「そんなのおかしいよ」

真は横から口を挟んだ。

「げ、現物は僕が持ってるんだから」

パクさんの丸い目が大きくなった。「オガキ君、現物を持ってるのかい？　もしかして、銀行から盗んできちゃったの？」

「盗んじゃいませんよ！」

「公共の場にあるものを無断で持ってくることを、普通は盗むって言うよね？」

「だってあんなもの――」

「ちょっと、大きな声を出さないで」

真を叱りつけて、目元を引きしめると、満を持したように城田は身を乗り出した。

「質問を変えます。それならパクさん、あのお城の絵――この〈場〉をつくっている絵は、あなたの作品ですか？」

そうか！　その可能性、真は考えていなかった。

パクさんはゆっくりとかぶりを振った。

「僕はただ、あそこに展示されていたのを写真に撮って、パソコンに取り込んだだけだよ。すごく気に入ったから、壁紙にしたいと思ったんだ」

城田がふうっと息を吐《つ》いた。「そうですか……」

「ねえ、君たち。ここはひとつ年長者の僕に仕切らせてよ。まず、君たちがここに来るに至った経緯を教えてくれない？ その方が話がスムーズに行きそうだ」

城田も真にうなずきかけてきたので、仕方がない、真は説明した。事実関係は的確に、心情的な部分はすべてカットして。

「なるほどねえ」

パクさんは、黄色いつなぎの胸元で腕組みをする。

「さっきはごめんよ。訂正する。オガキ君は絵を盗んだんじゃなくて、むしろ保護したというべきだね」

真は黙って口を尖《とが》らせた。

「踏んづけられた足跡は、どんどん薄くなってきてるんです」と、城田が言う。「あの絵は、自分で自分を修復することができるみたいなんです」

「ぜひ、現物を見てみたいな。僕は絵がきれいな状態のときしか知らないから」

でも不思議じゃないよ、と言う。

「僕の手元でも、僕が絵にもたらした変化を、絵の世界が受け入れてくれてる。この世界は固定されたものじゃなくて、可塑性があるんだね」

なんて、あっさり納得していいのかな。

「だけど、あの城の塔の中に人がいるとは知らなかった」

「お城に行ったことは？」

「何度も近づいたけど、城門が閉まってるんで、中には入ってない。もちろん塔の内部の様子も見てない。僕は空を飛ぶことまでは思いつかなかったから」

初めて、パクさんの明るい顔に影がさしたように見えた。

「まあ、とりあえずその件は脇に置いておこう。今度は僕の側の話だね」

パクさんが古城のスケッチに遭遇したのは、真が絵を〈保護〉した前日のことになる。

「木曜日の午後だったから、間違いないよ。僕、使ってない口座を解約するために、あの支店に行ったんだ」

ずっと以前から休眠状態になっていた口座なのだが、面倒《めんどう》臭くてほったらかしにしてあった。ふと思い立って解約に出向いたのだという。

「そしたら混んでてさぁ。しかも、解約だってんで嫌がらせされたのかなあ。めちゃめちゃ時間がかかって、待たされたんだ」

嫌がらせというのは考え過ぎだろうが、よろず手続きに手間がかかるのが今の銀行だ。

「それでロビーをぶらぶらしてて、〈ぼくのうち　わたしのうち〉の展示を見てね、あの絵に出くわしたわけさ」

やっぱり、端っこの方にセロハンテープで貼りつけられていたというから、真が遭遇したときと同じ状態である。

「一目惚れしちゃったよ。なんていい絵なんだろうって、突っ立ったまんましばらくのあいだ見惚《みと》れてた」

あとでわかったことだが、パクさんがそうやって見惚れているあいだに、窓口で呼ばれていたのだそうだ。だからなおさら時間がかかったんじゃないのかよ。

「それでね、スマホで写真を撮ったんだ」

城田が何か言いたそうな顔をした。

「わかってるよ」と、パクさんは言う。「タマちゃんの言いたいことはわかる。僕もプロの表現者のもとで仕事している人間だからね。あ、今は休んでるけど」

いちいち律儀だ。

「普通は、ああいう場所に展示されてる作品を、無断で撮影したりするもんか。必ず主催者とか、展示場所の人に『よろしいですか』って許可を求める。だけど、あのときは事情が違った」

古城のスケッチは、明らかに正規の展示物ではなかった。

「まず子供の描いた作品とは思えない。ほかの絵とはレベルが違う。で、端っこにちょろっと付け足しみたいに貼りつけられてる」

パクさんは心配になった。ロビースタッフなり、窓口の行員なりに声をかけ、撮影許可をとろうとしたら、かえってまずいことになりはしないか。

「あら、これは展示物じゃありませんって、剝《は》がされちゃうんじゃないかと思ってね。悪くすると捨てられちゃうかもしれない」

それには忍びない。だから無断でこっそり、こそこそと撮影したのである。

「で、うちに帰ってきてパソコンに取り込んだんだ」

少しデザイン処理をして、壁紙にした。そのとき、その状態でモニターに触れると、絵の内部に〈入れる〉ということに気がついた。

「びっくりしたよ。最初は、どっか具合が悪くて目眩《めまい》がしたのかと思った」

その感じは真にも理解できる。壁だと思っていたら、その向こうに手が突き抜けた。そんな感覚だ。

「現物じゃなくて、パソコンに取り込んだ画像でも、触れば同じ効果が起こる――」

城田は顔をしかめて呟《つぶや》いている。

「筋が通らないと思う？　複写されたものが、オリジナルと同じ力を持ってるなんて」

パクさんの問いかけに、城田は無言のままうなずいた。

「だけどね、絵とか画像とか、そういうものはすべて、それを見る目があってこそ意味を持つものだよね？　たとえば、銀河の果ての宇宙空間にピカソの絵が浮かんでいたとして、それって、カンバスに絵の具が塗られた物体としてはともかく、絵画として〈存在〉することになるんだろうか」

誰も見る人がいないのに。

「見る人がいてこそ、絵は絵になり得る？」

城田の反問に、パクさんは大きくうなずく。

「紙やカンバスと絵の具やインクの組み合わせを、ひとつの作品に、ひとつの世界にするのは、それを創る人だけの力じゃない。それを見て、心に容《い》れる人の力も必要なんだ」

鑑賞者が世界を象《かたど》る？

「だからさ、屁理屈《へりくつ》かもしれないけど、あの古城のスケッチが、それを見る人の目を通したものならば、どんな形態であってもオリジナルと同じ力を発揮できるのは、別におかしいことじゃないんじゃない？」

真には返事ができない。城田は考え込んでいる。

「僕はずっとコミックの世界で食べてきた人間だ」と、パクさんは続けた。「先生が創り出す作品を、それが創造される現場で見てきた。先生のイマジネーションが生み出したキャラクターが、彼らの息づいている世界が、たくさんの読者に共有されて、まさに〈実在〉となっていくのを、ずっとずっと目の当たりにしてきたんだ」

だから信じられる——という。

「人間が心に思い描くことが、形を得ることはあるよ」

もちろん、誰にでもできることではない。

「うちの先生みたいな創作と創造のパワーを持ってる人でなきゃ不可能な、これは一種の魔法だからね」

「だったら、ここの作者も？」

城田はまたテントのてっぺんを指さした。

「パクさんの先生と同じくらい力量のあるクリエイターだってことですか？」

パクさんはちょっと詰まった。「うん……力量ということになると、うちの先生には遠く及ばないけど」

そりゃまあ、いきなり比べる方が乱暴だ。

「ただ、僕がここの絵に惹《ひ》かれたのは、ただ技術的に巧《うま》いってだけじゃなくてね、何ていうかなあ」

髪の薄い頭頂部を掻きむしるというか撫《な》で回して、パクさんは少しのあいだ煩悶《はんもん》した。

「ベタな言い方だけどさ、〈心を込めて描きました〉って感じが伝わってくる。そこがよかったんだ」

真はそこまで感じなかった。ただきれいで、リアルだと思っただけだ。

「そういう〈感じ〉って、どうやって見分けるっていうか、感じ分けるんですか。何か根拠があるんですか」

声に出してみたら、意図した以上に詰問的な訊き方になった。パクさんはちょっと困ったような顔をした。城田は、もっとはっきり（失礼だよ）という顔をした。

「――すみません。でも、僕にはよくわからないので」

「僕も上手《うま》く説明できなくて。オガタ君が疑問に思うのは当然だよね」

またくるりと自分の頭を撫でると、パクさんは手を下ろした。

「五年ぐらい前になるかな。うちの先生、ちょっと身体をこわしたことがきっかけで、半年間仕事を休んだことがあるんだよ。連載中の作品も、エピソードとしてはキリがよかったんで、そのときは中断させてもらって」

パクさんを含めて五人いるアシスタントも、その半年は休暇ということになった。

「てんでん勝手に——海外旅行に行ったり、武者修行だっていって他の作家の仕事を手伝ったり、自分の作品を描いたり、いろいろやったんだけど、僕はね」

知り合いに頼まれて、絵画教室の講師を務めたのだという。

「知り合いが自宅でやってた子供向けのお絵かき教室だからさ。講師ったって、たいそうなもんじゃないの。生徒は、小学生が十人ぐらいいたかなあ。お受験の準備のためとかいうのでもないから、のんびりしたいい教室だったんだよ」

その教室ではときどき、

「子供さんだけじゃなく、お母さんも一緒に絵を描きましょうってね」

母子《おやこ》で協力してひとつの作品を描いてもらうこともあれば、別々に描いて、あとで見せ合うこともあった。

「それ、楽しくってね」

最初のうちは、学校を出て以来、絵なんか描いたことありませんとか、絵は苦手ですと渋ったり恥ずかしがったりしていたお母さんたちも、講師が親切に指導していくと、だんだん熱が入ってくる。

「僕がいちばん好きだったのは、お母さんたちに、子供さんにプレゼントする絵を描きましょうってリクエストするの。そうするとね、わたしは絵心がなくってダメですって自己申告してたお母さんでも、ものすごくいい絵を描くんだよ」

思い出すだけで楽しいのか、パクさんはとろけるような笑みを浮かべた。

「子供さんが知らない、お母さんが生まれ育った町の絵を描いたり、ペット禁止のマンションに住んでるからって、子供さんが飼いたがってる猫の絵を描いたりね。もう、ぱっと見ただけで胸を打たれるような作品。上手い下手じゃないんだ。わかってもらえる？」

わかりますと、城田が応じた。声音はやわらかいけれど、大真面目な目をしている。

「この世界をつくってるお城の絵――あの絵にも、そんな感じがあった。心を込めて描きましたっていうのは、そういう意味」

誰かに見せて、喜ばせたいという気持ちがこもっている。

「ここに入り込んで探索を始めてからも、同じ感じを受けることが何度かあったよ」

きれいだなあというだけではなく、

「居心地がいいなあ、安らぐなあって。僕はずっと一人きりで、ここはこんなに広いのに、寂しいと思ったことは一度もないし」

「でも、指笛を吹いてましたよね？」

「うん。もしも誰かいたら、聴きつけてくれるかなって思ったから」

実際、そのとおりになった。

「あたしたち、まだあちこち歩き回ったわけじゃないんですけど」と、城田が言い出した。「今まで気がついた限りじゃ、この森、虫がいませんよね」

パクさんはぱっと目を瞠った。「そう！　タマちゃんも気づいた？　やっぱりそうだよね。僕の勘違いじゃないよね」

「この世界の主《あるじ》は虫が嫌いなのかなって思ったんですけど、もしかしたらパクさんが言うとおり、この世界の主がここを見せたいと思う相手が、虫とか苦手なのかもしれない。だから排除してあるのかも」

そんな意見を聞かされたら、真としてはどうしても考えてしまう。

「僕が目撃したような小さい女の子は、きっと虫とかクモとかトカゲとか嫌いだよな」

短絡的だと叱られるかもしれないと思ったら、城田は「うん」とうなずいた。

「ここ、天候も安定しているんだよ」と、パクさんが言う。「暑くもなく寒くもない。春というよりは秋の感じだけどね」

「雨はぜんぜん降らないんですか」

「僕が経験したのは一度だけ。優しい雨だった。テントを叩《たた》く雨音を子守歌に、居眠りしちゃうような」

城田は天然ものの眉《まゆ》をひそめて呟く。

「尾垣君が見た女の子は、塔のなかに閉じ込められてるんじゃなくて、単にここに住んでいるのかもしれない。お城のなかに」

清潔で安全で快適な居住空間。

「でも、独りぼっちだ」

「ひょっとしたら、この世界の主はその女の子で、誰か遊びに来てくださいって、外の人間を招待してるとか」

「いや、それはないと思う」

今まで、城田の言うことには感じ入ってばかりいたパクさんが異を唱えた。

「オガタ君が見た女の子は、小学生ぐらいだったんだろ？」

また真の姓を間違えて呼んでいる。

「――たぶん。それも低学年だと思います」

「それじゃ、あの絵を描くのは無理だ。いくらお手本があってもハードルが高すぎる。それぐらいの歳だと、自由に描くよりも、むしろきっちり模写する方が難しいくらいだし」

真は城田と顔を見合わせた。パクさん、何を言ってるんだ？

「それって、あの絵にはお手本があるってことですか」

「うん。さすがのタマちゃんにもわからなかった？」

実在する建物だ、という。

「正確にはお城じゃないんだ。修道院なの。ドナウ川流域のワッハウ渓谷上流にある、ベネディクト会修道院。十八世紀のバロック様式の建物なんだよ」

ドナウ川流域の古城群は、世界遺産に指定されている。何と、ここは有名な建築物がモデルだったのだ。

「白と淡い黄色の外壁に、丸屋根や尖塔《せんとう》にはいい感じに緑青が吹いてるみたいで、美しい建物だよ」

フォルムはここのお城と同じだという。

「但し、ある角度から撮影された写真で見る限りのフォルムは、という意味だけど」

それが〈お手本〉になった写真だろうと、パクさんは言う。

「そっくりだからね」

「世界遺産なら、写真集とかいっぱい出てますもんね」

「カレンダーもある」

実は真の家にもひとつあるのを思い出した。洗面所にかけてある。

「そっか。完全な創作じゃないんだ……」

城田はまた考え込んでいる。

パクさんはちらりと腕時計に目を落とすと、城田の手から、空になったコーヒーカップを取り上げた。

「さてと。君たち、記憶力いいよね？」

「は？」

「僕の電話番号を教えるから、二人で暗記してよ。ここから物を持ち帰ることはできないから、メモしても意味がない。ケータイ、持ってきてないみたいだし」

真と城田に携帯電話の番号を覚えさせると、パクさんは腰を上げた。

「初回なら、君たち、そろそろ限界だと思うよ。今日はもう帰った方がいい。引き止め過ぎちゃったくらいだ」

テントの出入口を持ち上げる。

「帰れって言われても、僕ら自力じゃ帰れません」

「扉があるから大丈夫」

さっさと外に出ていってしまう。

「扉？」

「まあ見てごらんよ。こっち来て」

リュックをつかんでパクさんのあとを追っていくと、テントの先のちょっと小高くなっている場所を越えて、そこだけ森が切れ、原っぱが広がっていた。そのど真ん中に、木製の扉が突っ立っている。

城田が裏返ったような声を出すのも無理はない。唐突に場違いに、草っぱらのなかに
「ホントに扉だ」

木製の扉が突っ立っている。上部が円形になっていて、ぐるりに彫刻がほどこされている。近づいてみると、花と蔦《つた》と小鳥を組み合わせた、なかなか凝った意匠だった。ノブはガラス製で、握りの部分が六角形にカットされている。

「これ、パクさんが描いたんですね」

「うん。駄目元で描き込んでみたら、ちゃんと機能してくれた」

パクさんが、彼がもたらした変化を絵が受け入れてくれていると言ったのは、このことだったのか。

「だからさっき、タイマーは〈安全装置として〉だって言ったんですね」

細かいことを、城田はよく覚えている。

「そういうこと。現実世界からこっちへ来るときも、扉にタッチすればここに着くから、迷わずに済むんだ」

パクさん、さすがにプロの絵描きである。

「実は、僕の手元では、あの絵はもう二次元じゃなくて、立体化してあるんだよ。3Dのモデリングソフトを使えば、そんなに難しい作業じゃなかった」

テントもその3Dモデルのなかに配置した。確かに、そうでなかったら、描き込む場所によってはテントが宙に浮いて落っこちる。

「ついでに面倒な縮尺計算の手間も省けるようになったから、一石二鳥だ」

今のところ、パクさんがそうやってもたらした変化を、この世界が拒絶する様子はないという。

「もちろん、慎重に少しずつやってるけどね。あのテントだってそう。最初は山小屋を建てようかと思ったんだけど、遠慮してテントに留《とど》めたんだ」

しゃべりながら、パクさんは真と城田の背中を押した。

「君たち、戻るとしんどいよ」

今まででいちばん真剣な眼差《まなざ》しだ。

「僕もいまだにそうだけど、ここから現実の世界に戻ると、ここが異世界で、本来は僕たちなんかが来るべき場所じゃないんだってことを思い知らされる。だからね、二人とも」

真と城田の肩に手を置いて、

「ここの世界の主――この呼び方はいいね、タマちゃん。採用させてもらう」

「あ、はあ」

「ここの世界の主に申し訳ないから小さい声で言うけど、君たちがもう二度とここには来たくない、来るのはやめようと思っても、それはちっとも不思議じゃない。だから、僕からは連絡しない。また一緒に行こうよって、君たちを誘ったりしない。君たちの自由意志を尊重する」

現実世界に戻り、それでもまだここを再訪しよう、探索しようという気持ちが残っていたならば――

「そのときは、さっき教えた番号に電話してくれ。じゃ、気をつけて」

思いがけず強い力で、パクさんは真と城田を回れ右させた。

「オガキ君、こういうときは男の子がドアを開けて、女の子を通すもんだ」

やっと正しく姓を呼んでくれたことと、うむを言わせぬ教育的指導の迫力に、真は六角形のノブを握って扉を開けた。

草っぱらのなかに突っ立った扉の内側に、そこだけベタで塗り潰《つぶ》されたみたいに、ぽっかりと闇が存在していた。

――こんな真っ暗なところに？

踏み込むのはイヤだよと抗議する間もなく、どんと背中を押された。

「会えて楽しかったよ！」

パクさんの明るい声が、余韻を残さずぷつりと切れて、何も聞こえなくなった。

真は転がり出た。

〈スケッチ広場〉の一角、城田と二人で確保した場所。傍らには携帯用の折り畳み椅子があり、城田が立てたイーゼルがある――と思ったら、そのイーゼルごと城田が真におっかぶさるようにして倒れ込んできた。

二人とも、身体はここに残していた。古城の森に出かけていたのは中身だけ、精神とか魂だけだったはずだ。なのに、戻って来たときには身体ごと、何だか放り出されたみたいだし、高いところから落下してきたみたいでもある。

――椅子から転がり落ちたんだ。

城田も同じだろう。その拍子にイーゼルを倒してしまったのだ。

右側を下に、ちょっと捻《ねじ》れた感じの俯《うつぶ》せに、真は倒れている。城田は真の上にかぶさり、上半身は真の背中側に、下半身は真の胸の側に、ぐったりとのびている。

重たい。城田ってけっこう体重があるのか。息苦しい。

「城田さん――」

呼びかけた途端に、声と一緒に胸の奥底から猛烈な吐き気がこみ上げてきて、真はげえっと呻《うめ》いた。

重いのは城田の身体ではない。それ以前に、真の身体全体が重いのだ。脱力している。おまけに寒い。濡《ぬ》れた毛布で包まれたみたいだ。手足がうまく動かないのに、寒気でがたがた震えている。

今日は、〈スケッチ広場〉に集う人たちの目から丸見えではまずいと、立ち木と植え込みがいい具合に目隠しになっている場所を選んでいた。それが幸いした。真と城田のこの姿、この恰好《かっこう》、この体勢。良識ある大人の目に触れたら、めちゃくちゃ誤解されそうだ。

「し、城田さん、しっかりしてよ」

このままでは顔が見えない。身体ごと揺さぶって、ぐったりした彼女を地面に下ろそうとするのだが、真も脱力しているからうまくいかない。

「城田さん、城田さん、大丈夫？」

ちょっと強めの声を絞り出すと、悪寒とともに吐き気の大波が寄せてきて、真は身震いしながら酸っぱい胃液を吐き出した。

げぼっという音がした。これは真ではない。城田だ。続いて、溺《おぼ》れて蘇生《そせい》した人みたいに、城田が空気を求めて咳《せ》き込むのが聞こえてきた。

よかった、生きてる。

げぼげぼっと苦しげな濁音を発して、城田が吐いている。

「ああ、イヤだ」

声も濁っていた。

「こんなの、イヤだ」

真もまったく同感だ。

「城田さん、動ける？　僕の上から下りてほしいんだけど」

うっかり第三者には聞かせられない台詞《せりふ》である。

「イヤらしいこと言うなぁ」

「でも苦しくって」

城田は身をよじって真の上から下り、地面に長々とのびた。芝が枯れ、かちんこちんに固まった地面に、二人で転がっている。

「もう、イヤだ」

城田は苦痛を訴えているのではなく、怒っている。

「これ何？　いったいぜんたいどういうことよ？」

パクさんの警告は正しかったということだ。

前回、山ツバメのアバターを使い、古城の森をごく短時間飛んだだけでも、真はへろへろになった。でも、あれはまだマシだったのだ。たったあれだけだったから、へろへろで済んだのだ。実物どおりのアバターを使ったら、ここまでひどくなるのだ。ただ消耗しているだけではない。真も城田もカンペキに具合が悪い。この感じ、乗り物酔いに似ている。

「頭ががんがんする」

城田がだみ声で言って、起き上がろうともがいている。

「じっとしてた方がいいよ。目が回ってまた倒れると危ないから」

横になっていれば、何とか話はできる。呼吸は少しずつ楽になってきた。

「尾垣君、時間わかる？」

真は腕を引き寄せ、腕時計を見た。こんな状態でなければ、ちょっと跳び上がってしまいそうなほど驚いた。

「僕らが絵のなかに入ってから、十分しか経ってないよ」

これまたパクさんの言うとおりだった。

城田は真に背中を向けて、何かしている。何か擦《こす》るみたいな音がする。

「城田さん、何やってんの」

すぐには返事がなく、やがて、城田が濁った声で数字を読みあげ始めた。

「間違いない？　あたし、ちゃんと覚えてたかな」

パクさんの電話番号だ。真はやっとこさ寝返りを打って城田の方を向いた。腕をついて身体を起こしてみる。

城田は、イーゼルを倒したとき一緒に落ちた筆箱からエンピツを取り出し、その尻《しり》で地面にパクさんの電話番号をメモっていたのだった。

「ねえ、この番号で合ってる？」

城田珠美、諦《あきら》める気なんか毛頭ないのだ。

真はまたげえっと呻き、目をつぶって地面に伏した。お願いだから、今はまだ休ませてください。

2

パクさんこと佐々野一郎は、こう言った。

——君たちがもう二度とここに来たくないと思っても不思議じゃない。

真はその気分だった。

パクさんと遭遇して帰還して自宅に帰ったその夜、トイレで真は仰天した。少しだけど血尿が出たからだ。これ、内臓にもダメージが入ってるってことじゃないのか。

震えあがってしまった。もう嫌だ。

だが、しかし。

「あ、そう」

城田はのっぺりした顔でそう言うと、真の前に手を出した。

「尾垣君はリタイアするんだね。だったら、あのスケッチはあたしがもらうから」

月曜日、給食が終わった昼休みである。城田が鞄を提げて、真の教室の脇の廊下をことさらのろのろ通り過ぎてゆくのを発見し、すぐあとを追ってきた。と、城田は図書室に入った。まわりには一、二年生たちが数人いるが、三年生の姿はなかった。

二人で奥の書架の陰に隠れて、ひそひそ話している。

「ま、まだリタイアするって決めたわけじゃないけど」

「びびってるんでしょ」

「だって昨日の今日だよ！」

「だからこそ、あたしは早くパクさんに会いに行きたい。探索の続きをするんだから」

「パクさんの都合だって訊いてみないと」

「もう訊いた。今朝、電話してみたら、いつでもいいからおいでって言ってたよ」

そうか。城田は自由に使える携帯電話を持っているんだった。

「パクさん、一人暮らしなんだって。そのうえ休職中だから、暇なんだよ。今日も探索に行くけど、あたしたちも行くなら、待っててくれるって」

城田は両手を腰にあてる。真はうなだれる。

「――わかったよ。オレも行くよ」

「いやいや来るなら来なくていい」

邪魔だから、と言い捨てる。さすがに真もかちんときた。

「何だよ、その言い方。そもそもこの件には、オレが最初に遭遇したんだよ。城田さんは」

「そう、あたしは尾垣君に巻き込まれた。だからどうしたの」

なぜそんなに短兵急なんだ。

「城田さん、大丈夫？」

間近に見る顔は今日も無愛想で、天然ものの眉毛の下の目は暗い。白目がちょっぴり充血している。

「オレ、昨日ちょこっとだけど血尿が出た」

城田の目が細くなった。

「城田さんはどうだった？〈スケッチ広場〉に戻ってきたときは、オレよりしんどそうだったじゃないか」

「大きなお世話だよ」

城田が目を細めたのは、気を悪くしたからだということが判明した。はっきり、声が尖ったからだ。

「尾垣君、クラスの女子にもそんなこと訊ける？　血尿が出なかったか、なんてさ」

真は絶句した。いや、この局面で、そんな方向につむじを曲げられたら、立つ瀬がない。

「仲間だと思うから心配してるんだ。だから遠慮しないではっきり訊いてるんだ。別に、城田さんのことを女子扱いしてないわけじゃないよ」するとと城田は急に、そして素直にひるんだ。「あたしだって、そんな意味で言ったんじゃない」

図書室の隅で気まずくなった。

城址《じょうし》公園で、真が城田の赤いニット帽をつかんで投げ捨てたときは、気恥ずかしかった。でもそれは不愉快な感情ではなかった。今の気持ちはそれと似ているけれど違う。〈気まずい〉と〈気恥ずかしい〉の違いを二十字以内で述べよ。

この設問は解けない。パスしてしまおう。真は下を向いたままぼそぼそと早口で言った。

「オレも鞄を取ってくる。待っててよ」

城田は真を追い抜くようにして書架の陰から出た。「じゃ、通用門のところにいる」

城田が先、真がその後ろ。二人の間は一メートルまで離れていないが、五〇センチ以内ではない。七〇センチ以内でもなかったはずだ。が、図書室から廊下へ踏み出した途端に、真は最悪の光景を見た。

尾佐と仲間たちだ。男子が五、六人でだらしなくたむろしている真ん中に、女王様の江元栞奈がいた。何が面白いのかバカみたいに大声を出してしゃべり、騒いでいる。その喧騒《けんそう》が、城田と真を見た途端にぴたりとやんだ。

それから尾佐が、まるで見世物小屋にでも入ったみたいに、調子っぱずれに嬉しそうな声をあげた。

「うへぇぇぇぇぇ〜！」

仲間の男子たちも騒ぎ始める。ひゅうひゅうと口笛を鳴らすヤツもいる。

「おまえら、そういうことだったのぉ」

「モアイとオカキのデート現場、激撮！」

一人の男子がカメラを構えてシャッターを切る真似をした。城田は無表情だから、

〈モアイ〉なんて呼ばれてるのか。

城田はすべてを完璧《かんぺき》に無視した。尾佐たちがたむろっているのは、階段のそばだ。城田は確かな足取りで廊下を進むと、音がしそうなほどかくりと九十度に曲がって、階段を下り始めた。その背中に野卑な野次が投げかけられる。

「モアイ〜、おめえもオトコ好きだったりすンだなぁ」

「一応、女子なのねぇ」

「オトコオンナでも生理あンの生理。アンネパンツって知ってるかぁ〜」

真は総毛立った。怖いのではない。もとい、怖いだけではない。驚きのせいだ。城田はクラスでいつも、こんな野次を飛ばされながら生活しているのか。尾佐が城田を転ばせてその顔を蹴《け》った事件の根っ子には、こいつらのここまで腐った心性があったのか。

城田のようにてきぱきと歩くことはできない。真は震える足を押し出した。一歩、また一歩。階段は下りない。知らん顔をして、こいつらの前を通過する。モアイとオカキはデートしてたわけじゃない。全部、おまえらのそそっかしい勘違いだ。脳みそなんか

欠片《かけら》も持ってないおまえらの空騒ぎだ。

視線を動かすまい。肩を落とすまい。反応しては駄目だ。こいつらの思うつぼだ。

廊下を歩いていく真の横顔に、尾佐たちの視線が襲いかかってくる。なぜか野次は飛んでこない。誰も騒がない。固唾《かたず》を吞んでいる。見世物小屋にさらされた哀れなフリークスが、何か芸をしてみせるのを待っている観客みたいに。

そのとき、江元栞奈が尾佐に顔を寄せて、舌足らずに甘ったるく囁《ささや》くのが耳に入った。

「見てよ。オガキ、漏らしそう」

真の頭が沸騰した。恥と怒りで身体が爆発しそうだ。それなのに足は規則正しく動き、身体を前に運んでゆく。聞こえなかったふりをする。何も気づいていないふりをする。

廊下を端まで歩いて、そこから階段を下りた。途中から駆け足になった。教室に戻って鞄をひっつかむ。大声で叫びそうになった。城田はモアイなんかじゃねえぞ！　ちっとも似てねえ！　おまえら、どこに目ン玉つけていやがんだよ！

教室を出ていく真を、クラスメイトたちは目にとめもしなかった。


「パクさんは、もともとあたしたちの地元のヒトなんだってさ」

南北線という路線の電車内で、吊《つ》り革につかまって揺れながら、城田が言った。

「実家が隣町にあって、去年の冬まではお母さんが住んでたんだって。それでパクさんも、実家からあんまり遠くないとこ、城址公園のそばのアパートに住んでた時期があったから、あの銀行に口座を持ってたんだ」

しかし、そのアパートから先生の事務所兼仕事場に通うのは不便なので、都内にマンションを借りて引っ越した。もう十年前のことだそうだ。

「吉祥寺《きちじょうじ》って、有名な漫画家がいっぱい住んでる街だろ」

ダイヤハウス吉祥寺三〇五号室。それがパクさんの住まいだった。

「そうなの？　あたし、コミック関係にはあんまり詳しくないんだ」

真も、雑誌でちらっと得た情報だ。

車内は空《す》いていた。学生の姿はほとんどない。それでも尾佐たちに出くわした後遺症で、真は城田から乗客二人分のスペースを空けて立っていた。席は空いているのに、座る気にはなれない。二人で並んで座るのも、一人でさっさと座るのも。

「一度、乗り換えないといけないね」

城田は乗降口の上の路線図を仰いでいる。

「パクさん、先生の仕事場に通うには便利だけど、実家に帰るには面倒なところにいるんだ」

「そんなに手間でもないんじゃない？　大人になって独立したら、実家に帰るなんて正月ぐらいだろ」

「へえ、尾垣君はそうするつもりなんだ？」

城田が急にこっちを見たので、真はへどもどした。

「ふ、フツーそうじゃない？」

「そんなもんかなあ」

「城田さんはそうしないの」

「あたしには実家がないから」

お父さんがいるだけ、と言う。

「どこに住んでもよくなったら、どこに住もうかなあ。吉祥寺っていい街かな」

そんなことをさらりと言うのは、あたしはさっきのことなんか気にしてないよ、今の環境に負けてなんかいないよ、先のこと考えてるから平気だよ、というサインだろうか。

二人とも、吉祥寺の街を訪ねるのは初めてだった。想像以上ににぎやかで、でも渋谷《しぶや》とか新宿とは勝手が違い、少し駅から離れると、生活感がむんむんしていた。

ダイヤハウス吉祥寺は、駅から徒歩でたっぷり三十分は離れていた。途中で迷ったから、なおさら時間がかかったにしても、遠い。

「パクさんは、路線バスに乗るように教えてくれたんだけど」

五階建てのこぢんまりしたマンションを前に、今ごろになって城田は首をすくめた。

「帰りの電車賃もかかるし、お金は節約した方がいいと思って」

実は真も、今朝登校するときはこんなつもりではなかったから、千円しか持ってない。学校には財布など持っていかないから、母さんが交通安全のお守りに入れて、「何か急に必要があったときのために」と持たせてくれているお札が一枚だ。もっとも、本当に

「何か急な必要」が生じたら、千円で足りるかどうかわからない。

エレベーターを使わず、外階段をのぼった。三階の共用廊下に出ると、すぐ先のドアが開いて、そこからパクさんが顔を覗かせていた。

「やあ、遠いとこ、いらっしゃい」

今日は黄色い作業着姿ではなく、黄色いとっくりセーターに、ぶかぶかのジャージを穿《は》いていた。

コンパクトな2LDK。家具は少なく、書籍は大量にあり、すべてきっちり整理整頓《せいとん》されて、掃除が行き届いていた。客が来るから急いで掃除しましたというレベルではない。

ひとつだけ、部屋の隅に転がしてある大きな黄色いボールが妙に目立った。座っているだけでフィットネスできるという、バランスボールだろう。しかし、使われているかどうかは怪しい。だいぶエアが抜けているみたいだし、表面に何か落書きしてある。

「きれい好きなんですね」と、城田が言った。素直な感嘆の眼差しに、パクさんは照れくさそうな顔になった。

「僕、自分の家で仕事する習慣がないからね。それに先生がきれい好きなんで、自然と見習うようになったんだ」

「台所もきれいですね。ていうか、何にもないけど」

「料理は苦手でさぁ。近所に美味《おい》しい定食屋さんとか弁当屋さんとか、たくさんあるし」

城田が台所を検分しているあいだ、真は大量の書籍に見惚れていた。もちろんコミックが多いが、小説やノンフィクション本も山ほどある。スライド式の書棚が五台、満タンの状態だ。一台だけ、ガラス扉のついた高級な書棚があり、そのなかにはコミックの単行本だけが整然と並んでいた。

「パクさんの作品ですか」

　インスタントコーヒーを淹れながら、パクさんはかぶりを振った。

「僕がアシスタントした先生方の作品」

「パクさん、独立しようと思ったことはないんですか」

「アシスタントが独立するって、その表現はおかしいけど――いいよいいよ、好きなとこに座って」

　手伝おうとする城田をリビングの方へと促して、パクさんは湯気の立つマグカップをテーブルへ運ぶ。城田はリビングの椅子のひとつに座ると、窓際の机の上に載せてあるパソコンをしげしげと眺める。

「そりゃあ僕だって、漫画家になりたいって夢は持ってたよ。この業界に入って――最初の二、三年？　う〜ん、四、五年くらいだったかな。そのくらいはね」

　自分のことなのに、あやふやな言い方をする。

「けどさ、駄目なんだ。何度チャレンジしても、ネームが通らなくて」

　ネームというのは、作品のストーリーをざっとコマ割りして描いた下書きみたいなものだという。

「新人は、まず担当編集者にそのネームを見てもらって、オーケーが出ないと先へ進めないんだ。僕にはその壁が厚くって」

「絵はあんなに上手いのに」

目はパソコンに向けたまま、城田のその投げ出すような言い方では、褒めているように聞こえない。

「そ。僕は画力はあるけど、ストーリーやキャラを創る発想力がなかった。何度もボッをくらって、編集さんにもそう言われたし、自分でもわかった」

だから、あっさり諦めた。

「優秀なアシスタントになって、才能のある漫画家をサポートしようって。もともと、裏方とかお手伝い役って好きなんだ」

縁の下の力持ちってヤツ？

「自己顕示欲のベクトルが歪《ゆが》んでるって言われたこともあるけど、まあ、そんなのどうでもよくって」

仕事、楽しかったから――と言う。

「アシスタントだって、経験を積んで実績を残せば、いいお金が稼げるようになるしね」

そうなんだろうな。室内の様子からして、パクさんがお金に困っているとは思えない。

「僕は若いころからこんな風采《ふうさい》でね。デブっててマンガおたくで、運動神経はゼロ以下で、何ひとつパッとしたことがなかった。けど、いいアシになれたら人生が変わったっていうか、人生が開けた」

　天職を見つけたってことか。

「そんなにいい仕事を、どうして休んでるんですか」

　城田の質問に、パクさんの笑顔がしぼんだ。

「うん……それはちょっと、ね」

　ごまかすように頭を掻いて、

「僕のことなんかどうでもいいよね。余計なおしゃべりだった。それより、パソコンを見てよ」

　据え置き型ではあるけれど、見るからにハイスペックのマシンでございます、というシロモノではない。どこの家庭にもありそうな、普通のパソコンのセットだ。プリンター以外の周辺機器がいくつかつないであるところだけが、少しだけプロっぽい。

　パクさんが電源ボタンに触れると、モニターがぱっと明るくなった。

　あの古城のスケッチだ。壁紙になっている。

「もう今は、ここからアクセスはしていない。こっちの」

　と、マウスを操作しファイルを開いて、

「3Dモデルの方を使ってる」

　期せずして、城田と真は「わぁ……」と声を揃えてしまった。

　あの古城——正確に言うならベネディクト会修道院の偉容が、そこにあった。しかもこちらはカラーだ。

「最初は、写真を参考にして色を着けたんだけどね」

パクさんの言葉に、城田が机のまわりを見回し、足元のラックに入っていた大判の写真集を取り上げた。『世界遺産写真集　ヨーロッパ古城編』だ。

「そう、それそれ」

マウスを操作して、3Dモデリングされたベネディクト会修道院をいろいろな角度から見せてくれながら、パクさんは続ける。

「何度か行って帰ってくるうちに、実物とは微妙に色合いが違うところがあるって感じてさ。ちょこっとずつ修正してる。僕の3Dモデル――というか、あの世界の主の好みの方が、実在する建物よりイエローが強くて、全体に明るい感じがするんだよ」

「なぁるほど」と、城田がうなずく。

膝《ひざ》の上に載せた写真集を開き、目的のページを探し出すと、「これ」と、真にも見せてくれた。

見開きいっぱいに、あのスケッチにそっくりの写真が載っている。見比べてみると、確かにパソコンの画像の建物の方が、ひまわりみたいな、タンポポみたいな黄色みが強いようだ。

「あの世界の主、黄色が好きなのかな」

「だとしたら僕と趣味が同じだ」

黄色いとっくりセーターの襟元を引っ張りながら、パクさんはくつくつ笑った。

「単に明るくしたいのかもしれないけど。森のなかも木漏れ日がいっぱいだったよね」

モニターのなかのベネディクト会修道院も深い森に囲まれているが、向かって左端に森を抜ける道が描かれており、その先の少し開けた場所にあの黄色いテントがあり、さらにパクさんの扉があった。そのすぐ傍らに、昨日と同じ服装の真と城田が立っている。小さいけれど、ちゃんと3Dになっている。

「あそこからは何も記録を持ち出せないから、記憶に頼るしかなかったんだけど、この3Dモデリングでいい？」

「もちろんオーケーです」

さすがにリュックは背負ってないが、城田が原画の方に描き込んだものを、またそのまま使えるだろう。

「パクさんはどこにいるんですか」

「今日はね、僕のアバターは、このあと取り込むの。君たちと相談してから」

お楽しみに――と、含み笑いをする。

パクさんが席を譲ってくれて、城田がマウスを使い始めた。パクさんに操作を教えてもらいながら、画面の隅々まで、食いつきそうな目で観察している。

「この建物が完全に作者の想像で描かれたもので、スマホで撮った写真だけが手がかりだったら、僕のパソコン力《りょく》じゃ3D化はできなかった」

「仕事では、あんまりパソコンを使わないんですか」

「そこそこね。だから、このお城のためにずいぶん勉強したよ」

城田が椅子を回してパクさんを見た。

「原画、見ますか」

パクさんは生真面目に、「僕が見てもいい?」と問い返す。城田は笑った。

「いいも何も、あたしたちのものじゃないし、あの世界の主が今までパクさんを嫌がってないんなら、見ていいんだと思いますよ」

城田は立ち上がり、リビングの入口に置いた鞄のところへ戻った。もったいぶった様子も、劇的なそぶりもなく、「はい」と、差し出した。

あのスケッチは城田の手で新しいクリアファイルに移されていた。ファイルから絵がはみ出さないように工夫してあるらしい。さらに、ファイルの口は几帳面《きちようめん》にメンディングテープで封じられていた。

パクさんは両手でファイルを受け取った。絵の部分に触れないよう、熱い鍋を持つみたいに、両端をつまんでいる。

「では、拝見します」

身を折って一礼し、大真面目に正座した。可笑《おか》しい。でも、真もちょっぴり緊張した。

パクさんは無言でスケッチに見入っている。真も城田も黙って見守った。そのうちに、パソコンのモニターが落ちた。省電力モードに切り替わったのだ。

「感激の再会だよ」

パクさんは呟き、長々と息を吐いた。

「本音を言うと、あのとき、この絵を持ってきてしまいたかったんだ。あんなところにぶら下げておくのはもったいないと思って。でも、そうしなくてよかった」

「どうして？」と、城田が訊く。

「絵を持ってきちゃってたら、君たちに巡り合えなかったじゃないか」

仲間と出会えなかった、という。四十七歳のオトコにしては、パクさんの言うことはときどき少年っぽい。いや、少年コミックっぽい。

「この古城の世界、きれいで居心地がよくて、僕は大好きだけど、一人きりだと寂しかった。この不思議を誰かと分かち合いたいとも思ったし、独り言を言わない限り、肉声がまったく聞こえない世界って、こんなに寂しいんだなあって思って」

だから指笛なんか吹いていたのか。

城田が訊いた。「ICレコーダーに向かってしゃべってたのも、そのせいですか」

パクさんは今さらのように照れくさそうだ。「うん。タマちゃんも試してごらん。あいうふうにしてないと、独り言を言い続けるのって、至難の業だよ」

「あの録音、こっちで聴けるんですか」

「まさか。あそこからは何も持ち帰れないんだってば」

城田は考え込むような顔でうなずいて、天然ものの眉をほんの少しひそめた。

「そのスケッチ、汚れてないでしょう。靴底の跡、きれいさっぱり消えましたから」

それは真も初耳だ。「ホント？」

「うん。昨日、うちで確かめたら消えてた」

大事そうにスケッチを捧《ささ》げ持つパクさんに近づいて、真も横から覗き込んだ。城田の言葉どおり、汚れは消えていた。まっさらに戻っていた。

スケッチを凝視したまま、パクさんが言う。

「そうだね。汚れも傷も見当たらない。昨日、一度に三人も訪問したことで、いい補給になったんだろうなぁ」

驚いて、真は城田を見た。城田は、真と図書室で言い合いをしたときみたいに目を細め、詰問口調で訊いた。

「それってどういう意味ですか」

「だってさ、ここへ行って帰ってくると、餓死寸前ていうくらいに腹が減らない？」

「はい、それはそうですけど……」

「僕、初めて行って帰ってきたときには、もう立ち上がれないくらい腹ぺこでね。とりあえず冷蔵庫の牛乳を飲んで、チョコレート食って、宅配ピザを注文したよ。配達を待ちきれない感じでさ」

ラージサイズのピザとポテトとナゲットとシーザーサラダを一人で平らげてしまったそうだ。

「そっか。この世界は、アクセスしてくる生身の人間の身体にダメージを与え、エネルギーを吸い取って——」

城田が呟く。マウスに触ったので、モニターが復帰した。真は一瞬、城田の指からパソコンを経由して、この3Dモデルがエネルギーを吸い取り、明るくなったような錯覚を抱いてしまった。

「どうやら、そのエネルギーを使って、自分自身をメンテナンスしているみたいですね」

「そういうこと。ただ、メンテのためだけじゃなく、この世界を存続させることそれ自体のためにも、ある程度は外部からのエネルギーが必要なのかもしれない」

スケッチを捧げ持ったまま立ち上がろうとして、パクさんは見事にコケた。

「あああ、足がしびれちゃった」

正座してたからだ。まったく、このヒトは大人なんだか子供なんだかわからない。

「絵、大丈夫かな。曲がってない？　折れてない？」

真は、慌てるパクさんからクリアファイルを救い出した。

「どこも何ともないですよ」

「よかった。アタタタタ」

足を抱えて転げるパクさんを見おろして、城田が天然ものの眉をひそめる。

「そんなふうに認識していながら、パクさん、怖いと思ったことないんですか」

ダンゴムシみたいに丸まったまま、パクさんは意味不明の「う〜ん」という声を発した。肯定なのか否定なのか。

「パクさんは、あたしたちよりずっと頻繁にこの世界へ出入りしてるわけでしょ。そのたびにダメージを受けるし、エネルギーを奪われる。命が縮んじゃうと思いませんか」

ダンゴムシのパクさんは、膝を抱きかかえた恰好のまま、ぱたりと横に倒れた。ただ小さいのではなく、〈ちっこい〉という表現がぴったりの両目をちまちまとまたたかせ、その姿勢のまま言い出した。

「僕はね、そっちの心配をするよりも、むしろ不思議でしょうがないんだ」

この古城のスケッチの世界を訪れた生身の人間は、
①エネルギーを奪われて腹ぺこのヘロヘロになる。
②肉体的なダメージを被る。
「①と②に直接的な相関関係があるとは思えない。誰でも、腹が減りすぎてくらくらしたり、胃が空っぽになって胸焼けしたり、痛くなったりすることはある。けど、あの世界から戻ったときに僕らが受けるダメージは、その程度のものとは種類も程度も違うよ」

パソコン椅子から軽く身を乗り出して、城田が床の上のパクさんにうなずいた。

「あたし、今朝起《こ》きたとき、手の指がみんな強張《こわば》っちゃって曲がらなくて、びっくりしました。膝も股関節も痛くて、ぎしぎし軋《きし》むみたいだった」

「あ、僕もそういうことがあった。タマちゃんの言うとおり、僕は君らよりもアクセス回数が段違いに多いから、多彩なバージョンを経験してるんだけどさ。昨日はここに帰ってきてトイレに行ったら、おしっこが真っ赤だったよ」

真が何か言う前に、城田が応じた。「尾垣君も血尿が出たそうです」

「ふむむ。実は、僕は血尿は二回目。だからそんなに驚かなかった。ものすごい胃痛で吐血したこともあるし。でも、今までいちばん驚いたのは、お城から帰って一晩寝て起きたら、白目が黄色くなってたときかな」

それ、黄疸《おうだん》だ。

「掛かりつけの病院へすっ飛んで行って、検査して診察してもらったら、感染症とかじゃないのに、肝機能ががくんと落ちてるっていうんだ。ところで僕、お酒は飲まないし煙草も吸わない」

それまで、その病院で年に一度受けていた健康診断では、肝機能検査の結果は常に〈異常なし〉だったそうだ。

「お医者の先生もそれを知ってるから、首をひねっちゃってね。もっとよく調べたいから入院しなさいって。けど、手続きして、パジャマ取りにうちに戻って、病室が空くのを待ってるうちに、白目の黄色が消えちゃった」

それでも一晩入院し、翌日また血液検査をしたら、肝機能は正常に戻っていた。

「何かわかんないけど息苦しくて、ぜいぜい喘《あえ》いじゃったこともある。だんだん視界が狭くなって、気が遠くなっていって。そのときは病院に行かなかったけど、肺がしぼんじゃったみたいな感じ？　レントゲンを撮ったらわかったかもね」

そしたら、また入院騒動だったろう。

「それ、肺機能の低下が原因かどうかはともかく、血中酸素濃度が下がってたんですよ」

城田がいかにも病院の娘らしい発言をしたので、真は急いでフォローした。「城田さんの家、病院を経営してるんです。お父さんは外科医で、その病院の医局長」

「そんなことはどうでもいい」

城田は真に目もくれずに言い捨てた。

「パクさんの言うとおりだと、あたしも思います。あたしたちは普通の健康体なんだから、短時間で急にお腹が減ったくらいで、そんなふうに身体の機能が変調を来すのはおかしいです」

パクさんがころりと起き上がり、城田に顔を向けた。「タマちゃんのお父さん、お医者なんだ」

「はい」

「今話してたみたいな症状がいっぺんに複数重なって出ると、人間は死ぬ？」

城田はちょっと詰まった。「――かなり危険だと思いますけど」

多臓器不全ってことだから、と言う。

「多臓器不全か。その言葉、知ってる。誰か有名人の訃報《ふほう》で、それが死因だって」

一人で納得するみたいにうなずいている。

「この世界が、存続するために生身の人間のエネルギーを必要としているのだったら、さらっと吸収すればそれで足りることだろ？　なのにどうしてダメージまで与えるのか、僕には解せなくてさ。①だけで充分なのに、なぜ②まで引き起こすのか。せっかくのエネルギー供給源である訪問客が、嫌がって逃げちゃうかもしれないのに」

怖くはない、でも解せないと言う。こんな風体でこんなしゃべり方をする人ではあるけれど、パクさんという人間には意外と硬い芯《しん》がある。

ひょいとはずみをつけて、パクさんは立ち上がった。芯は硬いが出っ張ったお腹はやわらかそうで、たぷんと波打つ。

「ちょっと代わって」

パソコンの前に座り、マウスを使う。と、画面が切り替わって、別の映像が現れた。

「こういうものを描き込んだらどうなるのかなあと思ってね、作るだけ作っておいた3Dモデルなんだけど」

思わず、真もパソコンに近づいてしまった。城田は椅子の背もたれにつかまり、大きく目を瞠っている。

「ペガサスだ！」

翼ある、天翔《あまがけ》る馬。神話やファンタジーのなかに登場する架空の生きもののなかでは、もっともポピュラーでなじみ深い。

「グリフォンにしようかとも思ったんだけど、身体を覆っている羽根のモデリングが難しくてさ。結局こっちに落ち着いたわけ」

「これで空を飛ぼうっていうんですね」

「うん。オガタ君が目撃した女の子を捜しに、お城の塔まで飛んでみようよ」

「オレはオガタじゃなくてオガキです」

城田がクスクス笑い出した。「名案だと思うけど、でもパクさん、なんで黄色いペガサスなんですか」

身体も翼も、ふさふさした尻尾《しっぽ》の先まで、タンポポかひまわりみたいな色なのだ。

パクさんはニコニコした。「白いペガサスじゃきれいすぎるし、黒は恰好よすぎるんだ。だからつなぎの色とお揃いにしたわけよ。僕のアバターにはふさわしいだろ？」

「じゃ、パクさんは、このペガサスになるつもりなんですね」

ならば、ペガサスの背に乗って空を飛ぶのは――

「君たち二人で頑張ってよね。いい？」

いいも悪いも、試すしかないじゃないか。黄色いペガサスには、手綱も鞍《くら》も鐙《あぶみ》もしっかり付けてある。

「オガキ君、山ツバメになったときも、意識はもとのままだったって言ったよね？」

「はい。身体はツバメだけど、意識はオレ本人のままでした。あと、オレはオガキじゃなくてオガタです」

あれ？　と思う間に、城田にぴしゃりと背中を叩かれた。

「尾垣君、混乱してるよ」

パクさんに大受けだ。笑いながらジャージのポケットを探り、スマートフォンを引っ張り出して、ちょいちょいと何か操作すると、机の隅に置いた。

「じゃあ僕も、ペガサスになっても僕のままだね。ちゃんと君たちとコミュニケーションしながら行動する」

さあ、準備はいいか？

「食べて飲んでトイレを済まして、帰還したときに味わう苦しみのことは、今は忘れておこう」

真は、クリアファイルに入った古城のスケッチをパソコンのモニターの脇に立てかけた。城田がひとつ息をついてから、モニターの隅に表示されている時刻を読みあげる。

「現在、午後四時十三分」

塔のなかの姫君を捜しに、出発だ。


ぶるるん、ぶるるん。

鼻息が荒いタンポポ色のペガサスの手綱を引き、城田が慎重に一歩一歩進んでいく。扉から外に出て、黄色いテントが目印のベースキャンプはすぐ目と鼻の先だ。

パクさんペガサスが――たぶん嬉しいのだろうけれど――興奮していて、しきりとステップを踏んでいる。前に進んだかと思うと後ろに下がり、ぽんと飛んだり、横によれたり。天馬に限らず、馬って実物を見るとでっかい生きもので、けっこう圧倒される。

城田はパクさんペガサスが跳ねるたびに振り回されそうになり、ハンドリングに汗をかいていた。

「どうどう、どうどう」

パクさんペガサスの首を撫でてやって、

「パクさん、落ち着いてくださいよ。空を飛ぶ前に、気分だけ舞い上がっちゃったってしょうがないでしょ」

城田の説教口調が可笑しい。

古城の世界は、今日も好天だった。昨日より少し風があるのか、森がざわめいて青葉の香りを運んでくる。それも心地よくて、真は胸一杯に深呼吸をした。

「この子、本当にパクさんが入ってるのかなあ。言葉が通じてないみたい」

パクさんペガサスは、城田を無視してひょこひょこステップを踏んでいる。二人から離れると、翼を全開にして大きく羽ばたいてみせた。四本の脚が地面を蹴って踊る。

「早く飛びたくてしょうがないんだよ」

この世界の存在にも、ここに関連して起こる出来事にも、まったく恐怖を覚えていないパクさんらしい。

真が近づこうとすると、パクさんペガサスはまた羽ばたき、バランスを崩して倒れそうになった。翼が巻き起こす風をまともに受けて、城田のニット帽が飛んだ。この一対の翼は、つばのあるキャップはもちろん、ニット帽を飛ばすほどの風を生むのだ。

——そうでなきゃ空を飛べないか。

「わかったわかった、嬉しいのはわかりましたから、パクさん」

両手を身体の前に挙げて、真はそろりそろりとパクさんペガサスの脇に回り込み、その艶《つや》やかな胴を掌で撫でた。

「先に忠告しとけばよかったんですけど、あのね、いくらアバターの動物に飛行能力があっても、中身はオレたち人間ですから、すぐには上手く飛べないんですよ。コツがわからないとね。最初に山ツバメになったとき、オレ失速しちゃって、心臓がでんぐり返りそうになりました。だからパクさんも、オレたちを乗せる前に、まず練習してください」

ぶるるん、ぶるるんと、パクさんペガサスが首をよじって真を振り返り、頭を上下させる。「了解！」らしい。

「オレたちは、森を抜けてお城に行ってみます。城門を見つけて、そこから中に入れそうでも、勝手に先には進みません。ここへ戻ってパクさんを待ってますから、たっぷり練習してきてください」

乗せてもらうこちらは命を預けるのだから、万全の状態になるまで練習してほしい。

そう思って、真はふと疑問を覚えた。

——命を預ける？

で、パクさんが失敗したら、預けた命は返ってこない？　真の命も城田の命も？　その理解は正しいのか。

――ここで死ぬと、現実でも死ぬのか。

それともただ現実へ、パクさんの部屋のパソコンデスクの前に帰還するだけで済む？

但し、これまでの苦しみなんか比じゃないほどのひどいダメージにのたうち回りながら。

「どっちにしろ勘弁してもらいたいよ」

城田がそばに来ていて、言った。

「そもそもあたし、高いところが苦手なんだ。馬に乗って空なんか飛びたくない」

「馬じゃないよ。天馬だ」

「どっちだって同じ。ここで死んだらどうなるのかわからないけど、やるしかないよね」

真と同じことを考えていたのだ。

「装備を回収して、早く行こう」

パクさんペガサスは巨《おお》きな翼を羽ばたかせ、蹄《ひづめ》を踏み鳴らし、また踊るようにステップを踏み、頭を振り首をひねり、胸をそらして懸命に飛び立とうとしている。翼の羽ばたきで、乱れたつむじ風が巻き起こる。土埃《つちぼこり》が舞い上がる。蹄が踊ると、下草が蹴散らされる。

「山ツバメが飛ぶより難しそう」

姿勢を低くして、二人は森の木立のなかに駆け込んだ。背後ではまだパクさんペガサスが奮闘していて、木の葉や小さな花々が吹き飛ばされてくる。

城田の方向感覚は大したもので、森を抜け小川を渡り、真っ直ぐリュックとその中身のある場所へ連れていってくれた。

「帰ったら原画の描き込みを消して、パソコンのあたしたちにこれを背負わせてもらおう。手間が省けるから」

森の向こうにそびえるお城の屋根も、一対の尖塔も、陽光の下で輝いている。今日は、これまでにも増して一段と美しく見える。

――昨日、三人分のエネルギーが補給されたからだ。

そして、嫌なことを思いついた。

もしかしたら、帰還後に真たちが味わう苦痛もまた、この世界にとってはエネルギーなのではないか？

真たちの身体を動かし、ものを食べて補うことができるエネルギーは、いわばプラスのエネルギーだ。生きる力だ。だが、人が苦痛によって汗を掻き、呻き、悶《もだ》えるためにも力が要る。命の瀬戸際ぎりぎりまで衰弱してしまったら、人は痛みも苦しみも感じないものだと聞いたことがある。もうそんな力が残っていないからだ。

ならば、〈身体を苦しませる力〉は、マイナスのエネルギーだと考えることはできないか。この古城の世界は、プラスとマイナスの両方、両極のエネルギーを欲していて――あ、でもそれは意味ないか。真たちが苦しむのはあくまでも帰還後であって、この世界にいるときではない。帰還後に現実世界でいくらマイナスのエネルギーを〈発電〉したって、古城の世界の役には立たない。

ひときわ強い横風が吹きつけて、小道をたどる城田と真を吹き倒しそうになった。

「しゃがんで!」

膝をついて屈《かが》みながら、城田が大声を出す。次の瞬間、テントのある方向の青空を背景に、翼を広げた黄色いペガサスが、慌ただしく羽ばたきながら森から躍り上がった——と思ったら、たちまち失速して悲鳴のようにいななき、森のなかに消えた。さほど高く飛び上がったわけではないから、まあ、命は無事だろう。

「苦労してるねえ」

ペガサスを飛ばすには、山ツバメのときとは段違いの熟練度が要るのかも。

「長居はできないんだからさ。焦って無理する必要もないんだし、今日は飛べそうになかったら、適当なところでパクさんを引っ張って帰ろう」

離陸と飛行に練習が要るとしても、ペガサスのアイデアは秀逸だ。おかげで真も城田も足取りが軽い。小道をずっとたどってゆくとお城の正面から逸《そ》れてしまいそうになってきたので、途中からわざと森のなかに戻った。

「こっちが最短距離だよ」

しっかりした足取りで、リュックをはずませ、城田は早足に先へ進む。真はそのあとに尾《つ》いてゆく。

森のこのあたりは下草が少なく、かわりにビロードのような苔《こけ》が隙間なく地面を覆っていて、踏みしめると弾力があって心地よい。苔なのにちっとも湿っぽくなくて、新鮮な野菜のようないい匂いがする。

　お城の塔と、大きなドームが近づいてきた。真は振り返って青空を仰いだ。

「パクさん、飛んでないなあ」

「やっぱり、今日は無理かもしれないね」

「翼のある生きものは難しいんだったら、ヘリコプターを描いてもらおうか」

　城田がすぐ言った。「発電機と違って、ヘリコプターはスイッチを押すだけじゃ動かないよ。誰かが操縦しないと」

　そうなのである。またバツが悪い。

「変なの」

　足を止め、呼吸を整えながらあたりを見回して、城田が言う。真は口を尖らせた。

「うっかりしてたんだよ。ここのルールを忘れてただけ。いちいち突っ込まないでよ」

「何のこと？」

「だから、ヘリコプターの思いつき。いちいち駄目出ししないでくれよ」

　城田は鼻先で笑った。「あたしはそんなこと言ってるんじゃない。距離感が変だって言ってるんだ」

　ちょうどそのとき、森の向こう、二人の背後のかなり遠い場所で、パクさんペガサスがまた森から飛び出してきた。今度は、翼の羽ばたきによって十秒ぐらいは滞空していたが、それが限界だった。また落下。

「パクさんはまだテントの近くにいるみたいだね」

「あの様子じゃね」

「つまり、あたしたちはけっこうよく歩いて、お城に近づいてるはずなんだ」

「現に近づいてるじゃんか」

真は間近に迫ったドームと一対の尖塔を仰いだ。三つの建物は真の視界から青空を切り取り、厳然としてそこにそびえていた。今にものしかかってくるような存在感がある。

「でも、さっきからずっと同じ距離だよ。ずっとこのアングルで、この大きさのお城を見上げてる。尾垣君、わからない？」

「近づいたから、かえって距離の変化がわかりにくくなっただけじゃないの？」

城田はかぶりを振った。「違う。そんな錯覚とかじゃない」

「じゃあ、あの小道から逸れたのがまずかったんじゃない？　遠回りに見えても、そっちが正しいのかも」

パクさんはお城に「何度も近づ」き、城門が閉まっていたから中には入れなかったと言っていた。

「小道に戻って進んでみようよ。きっと城門に通じるルートになってるはずだ」

まっとうな考え方だと思うのに、城田はなぜか渋った。

「パクさんとあたしたちじゃ、違うのかもしれない」

「何が違うのさ」

「この世界の対応の仕方が」

〈おもてなし〉だよ、と言い換えた。「パクさんにはお城に近づくことを許して、城門も見せた。でも、あたしたちはこの世界にとって、そこまでもてなすほど上等なお客じゃないのかもしれない」

何をぐずぐず心配してるんだ、城田。

「行ってみりゃわかるだろ」

今度は真が先に立ち、小花に彩られた小道を歩いてゆく。リズミカルな足取り。気分は鼻歌まじり。だって気持ちいい散歩日和だ。まったく、帰還してからのことを考えないならば、ここは天国だよ――

後ろからぐいっとリュックをつかまれた。

「見てごらんよ、ほら」

我に返った感じで、真は目をしばたたいた。城田が指さしているのは、優美な曲線で青空を切り取るドームと、その両脇を固める鋭い直線の尖塔だ。

遠く離れている。さっきのような存在感はない。書き割りと変わらない、ただの〈景色〉に戻ってしまった。

「律儀に道をたどってきたら、お城から遠ざけられちゃった」

不機嫌そうに言う城田は、息が荒い。そこまで怒ることねえだろうと思ったら、そういう自分の呼吸も速まっている。

「何か、しんどくない？」

城田は肩で息をし始めた。

「う、うん」

「何だろ、これ。警告かな」

これ以上ここにいたら危ないよ。現実に戻ったとき、大変なことになるよ。

この世界の主の警告？　それとも、真と城田の自己防御反応とか、生存本能の発する警報？　どちらだとしても、お城の世界にいるうちから具合が悪くなるなんて、初めてだ。これはいいサインなのか、悪いサインなのか。

「扉に戻ろう」

回れ右をしようとして、城田はちょっとよろめいた。その表情がさらに険しくなる。

「急がなきゃ」

大丈夫だよ。そんなに怖がるなよ。いざとなったらオレ、城田さんをおぶって走ってやるよ——と思う真は、ねっとりした汗を掻き始めていた。胸がむかむかする。

「尾垣君、しっかりして」

城田に腕をつかまれる。これじゃ逆だ。助けられてる。

「方向はわかるから、近道するよ」

城田はまた道を逸れて森に入り込む。ホントか？　ホントに道がわかる？　この状態で迷子になって動けなくなったら、オレら、ここで死んじゃうかもしれない——

出し抜けに、城田が立ち止まった。

吐き気をこらえるために顎《あご》を引いて、真は足元ばかりを見ていた。その下向きの視界のなかで、城田の運動靴を履いた両足が、後ずさりした。

真は顔を上げた。途端に酸っぱいげっぷが出た。でも、そんなことを気に病んでいる場合ではなかった。

城田は凍りついたように身を硬くして、すぐ傍らの樹木の枝を仰いでいる。モミの木みたいな親しみやすい形状の樹木で、深い緑色の葉をみっしりとつけている。地面を埋めている緑色の苔が、部分的に木の幹の半ばぐらいまで覆っていた。

その枝と枝の間から、緑色の葉の群れを押し分けるようにして、ぽっかりと顔が覗いていた。

そう、〈顔〉だ。そうとしか言い様がない。卵形の顔。髪の毛はなく、耳もなく、額がつるりと広い。整った顔立ちの見本だ。

真も城田も嫌というほどよく知っている顔。

江元栞奈だ。

白い頬。つぶらな瞳《ひとみ》。ふくよかな桃色のくちびる。カンナは化粧して学校に来ているという女子たちがいる。確かに、はっきりわかるようにつけまつげをしたり、アイラインやアイシャドウをさしたりしていることもある。が、何もしなくても江元の顔はきれいなのだ。肌は透き通っていて、瞳はつぶらなのだ。夏の体育の授業でプールから上がってきたばっかりだって、江元はこういう顔をしている。

その事実の不条理さと不公平さは、オトコの真にだって不愉快なのだから、女子たちにとってはどれほど辛《つら》かろう。江元のあの腐った性根と、あいつが生まれながらに、何の努力も辛抱もなく備えている美貌《びぼう》の組み合わせ。

「どうして、江元が、ここに」

発声練習でもするみたいに、城田が一語一語を区切って大声で言った。

「江元なんか、ここには、いない」

発声練習じゃない。城田はこうやって自分に言い聞かせているのだ。江元栞奈がここにいるはずがない。

枝葉のあいだで江元の口元がにやりと笑った。枝を離れ、つるりと前に滑り出てきた。それでようやくわかった。なぜ〈顔〉だけの江元なのか。なぜ髪の毛も耳もないのか。顔は江元栞奈だが、頭は違う。身体も違う。

蛇だ。

人の頭ほどの大きさの頭部を持つ蛇。バランスからして、長さも相当あるはずだ。うわばみだ。頭部の下、首のところがちょっとだけくびれて、その先は長々とした蛇体。白い身体に白銀の鱗《うろこ》。するすると音もなく、ほとんど優雅な曲線を描いて枝葉の中から現れ、下降しながら真と城田に近づいてくる。

鎌首《かまくび》をもたげ、一対の目は二人を見つめている。近づいてくる。細く尖った瞳孔《どうこう》が見えるほどの距離にまで。鼻先に、水を取り換えずに放っておいた水槽のような異臭がぷんとよぎる。

まさに蛇に睨《にら》まれた蛙。真も城田も身動きできない。

江元蛇の白い顔が、二人の正面五〇センチほどのところまで迫り、大きな笑みを浮かべた。くちびるがめくれて歯列が見えた。

江元は歯並びもいいし、歯が白い。だが、そこに覗いた歯列は、そんな人間的な表現に値するものではなかった。

捕食者の歯だ。獲物にかぶりつき、貪《むさぼ》り喰《く》らう鮫《さめ》やバラクーダやピラニアの歯。

真の喉《のど》から、潰れた蛙のような声が漏れた。と、江元の顔がついと横に動いて、真の正面に来た。黒目がぐるりと回転する。

そして、甘ったるい声で言った。

「オガキ、漏らしそう」

今日の昼休み、図書室の前で耳にした江元栞奈の声だった。

そのとき、ケモノの雄叫《おたけ》びのようなものが響いて、真の前にあった江元の顔が横様に吹っ飛ばされた。

城田だ。背中のリュックをおろして両手で持ち、武器のように構えている。と、すぐさまもう一発、二発。江元蛇の頭をリュックでぶっ叩く。江元蛇は身をくねらせて逃げようとする。それを追いかけ、踏み込んでもう一発。激しい殴打に、江元蛇が地面すれすれのところまで頭を下げた。

真も我に返った。大声を上げながら突進し、江元蛇の頭を蹴っ飛ばした。頭がのけぞり身体がうねって、木立の幹に巻き付いていた尻尾が離れてしまったのだろう。江元蛇はどうっと地面に落ちてきた。

真はまたその頭を蹴った。頭が逃げて蹴りが逸れ、ばっちり命中しなかった。真は逆上した。江元蛇に蹴りかかる。今度は命中だ。江元蛇の目が白目になる。ぐったりした頭を、真は何度も踏みつけた。

「誰が漏らしそうだってンだよ！　え？　誰だよ？　言ってみろ！　言ってみろってンだこのクソ女！」

「尾垣君！」

城田の悲鳴が聞こえた。真は止まらない。視界が赤く染まっている。逆流した血の色だ。「これでもくらえ！」

渾身《こんしん》の力で踏みつけた。その足は地面を踏んだだけだった。江元蛇は消えた。真はがくりと膝を折り、両手を地面について何とか身体を支えた。

また肘《ひじ》をつかまれる。ぐらぐら揺さぶられる。城田だ。城田が真っ青な顔をしている。

「幻覚だよ。本物じゃないんだ」

真の頭はぐらぐら揺れっぱなしだ。

「あんな怪物がいるわけない。幻覚だよ。この世界の主が、あたしたちに見せたんだ」

何でかわかんない、でもそれしか考えられない。真を揺さぶりながら説きつける城田の声は裏返っている。

「あたしたちを怖がらせて追い返したいのかもしれない。やっぱり、今日はあたしたち、長居し過ぎてるのかもしれない」

城田にすがって立ち上がると、彼女も震えていることがわかった。その目にうっすら涙が溜《た》まっている。

目が合うと、城田は力無く両腕を下げた。リュックは足元に落ちている。

「ご、ごめん」

とにかく、早く扉のところへ戻ろう。現実世界へ帰ろう。

真は城田のリュックを拾い上げ、その手を取って歩き出した。あの不快な怪物への嫌悪感も加わって、いっそう胸がムカつく。

「城田さん、気分悪くない？」

「へ、平気。何とか」

突然、二人の左手前方で、森の木立がざわめいた。今度は何かと真が身構えると、真っ黄色のペガサスが空へと飛び出してきた。

おお、いい感じで羽ばたいてるぞ！　首をしゃっきり持ち上げ、いたずらに脚で空を掻かず、バランスを保ち風に翼を乗せて、滑らかに飛んでゆく。

「パクさん、やった！」

黄色いペガサスは一度、二度と羽ばたくと、空中で旋回して二人に尻尾を見せ、そこから一段と強く翼を上下させて、あの尖塔を目指して上昇していった。

「何とかなるもんだねえ」

城田は額に手をかざし、陽光に輝く尖塔のてっぺんを見上げる。

「尾垣君が女の子を見かけたのは、どっちの塔だっけ」

「たぶん、向かって左の方だと思う」

パクさんペガサスは、一対の塔とドームの周囲を、反時計回りに弧を描いて飛んでゆく。ドームのある建物の窓を覗き、右の塔の窓を覗き、ドームの建物の裏側に回り、それから左側の塔の窓を覗く。その順番になりそうだ。

「あれ？ ちょっとちょっとヤバそう」

右手の塔の横を抜けたところで、パクさんペガサスの翼の動きが乱れた。

「上空、横風が強いんだよ」

山ツバメになったときのことを思い出す。

「上昇気流も吹いていて、うっかりそれに乗っかっちゃうと、とんでもないところまで到達しちゃう」

パクさんペガサスはどうにか体勢を立て直し、建物の裏側へ飛んでゆく。少し高度が下がり、真と城田の視界から消えた。

「さっき、あたしたちがここにいるのが見えたよね？ ひとまわりしたら、ここへ降りてきてくれないかな」

　その方が、一緒に早く戻れる。

「パクさん、パクさん、早く早く」

　澄み渡った青空に、丸い雲がぽかんと浮かんで、ゆっくりと右から左へと流されてゆく。ついさっきまでは、雲のひと欠片もなかったのに。気がつかなかっただけかな。

　パクさんペガサスは姿を見せない。

「向こう側で着陸したのかな」

　あるいは失速してしまったのかもしれない。アバターを操って飛ぶのは、操縦方法のわからない機械を勘で動かすのと同じだ。調子よく飛んでいても、いつ何が起こるかわからない。真は経験している。

「あっちの方へ行ってみようよ」

　土気色の顔で、前のめりに足を踏み出そうとする城田を、真は引き戻した。

「いつも冷静な城田さんらしくないね」

　パクさんはどこにいるかわからない。ここで捜しに行くより、二人で先に現実へ帰還し、パクさんのアクセスを切って連れ戻す方が確実で、速い。

「そ、そうだよね」城田は手で額を押さえ、ふらついた。「あたし、どうかしてる」

「弱ってるんだよ。無理もないよ」

　城田を励まし、途中からは肩を貸して先へ進んだ。木立のあいだに黄色いテントが見えてきたときには、疲労のせいではなく、安堵《あんど》で膝ががくがくした。

「もうひと息だ」

体育祭の二人三脚競技に参加してるみたいに、互いに支え合い呼吸を合わせて歩いていた。テントの横を通過し、ちょっと上って下れば扉に到達する。

パクさんカラーのテントが、ざわりと揺れた。これも風のせいか——

真がちらりと目をやると、テントの入口が開いて、中から真っ黒な影が出てきた。

とっさに、真は城田を背中にかばった。百分の一秒くらいの刹那《せつな》の判断で、こんなものを城田に見せたくないと思ったのだ。本能のアラームを聞いたのだ。

その真っ黒い影は、背中を丸め、頭を下げ、膝を屈め、両腕の肘を外側に張り出し、片方の手には何かを持ち、片方の手は地べたに甲をくっつけていた。

——でっかい猿だ。

真の後ろで城田が息を呑んだ。そのかすかな呼気の乱れを察知したかのように、真っ黒なでっかい猿は、頭を持ち上げて顔を見せた。

これまた百分の一秒ぐらいの間に、真は予想し覚悟をしていた。それでも、その顔は充分に忌まわしかった。

今度は尾佐だ。三年生のなかでもベスト3に入るモテ男、江元の公認カレシの尾佐の顔が、でっかい類人猿の身体にくっついている。

ぐりぐりと落ち着きなく目が動く。白目が黄色い。剥《む》き出した歯も真っ黄色だ。それなのに、目鼻立ちは尾佐だった。

だらしなくニヤついている。その表情も尾佐のものだ。

「ぐぇっへっへ」

尾佐だ。本物の類人猿じゃない。

「モアイぃ〜。オトコオンナでも、生理あるのかぁ？」

嫌らしく濁った声で問いかけ、自分の言葉が終わらないうちに、腹を抱えて笑い始めた。

「おまえなんか存在しない」

震えを噛み殺した真っ直ぐな声で、城田が言った。

「おまえなんか嘘っぱちだ。消えな！」

真っ黒な大猿は立ち上がると、二人を威嚇するように吼《ほ》えたてながら両手で胸を叩いた。そして身を翻して黄色いテントに飛び込み、そのなかで大暴れし始めた。

ものが壊れ、叩きつけられる。テントが揺れる。内側から引き裂こうとしているのか、布を擦る音がする。と、ハサミの先端が飛び出してきた。パクさんの工具のひとつだろう。

「無視していいよ。行こう」

パクさんのテントは無事だ。幻覚には何もできない。

――だけど、この世界の主が本気でオレたちを攻撃しようと思うなら？

何でもできるだろう。でも、なぜ急に攻撃してくる？　今までは無事太平だったのに。

真たちはこの世界にエネルギーを与え、この世界は真たちの好奇心を満たしてくれて、お互い満足してたんじゃないのか。

「尾垣君、行くよ」

城田が扉を開けていた。その奥の真っ暗な闇。昨日は不気味だったのに、今日は懐かしい安全地帯に思える。

とっさに城田と手をつなぎ、真はその闇のなかに飛び込んで——

飛び出した。パクさんのパソコンデスクの前。パクさんの身体を挟んで、真が左側。城田が右側。真ん中のパクさんは、両目を閉じて前屈みになり、右手の人差し指をモニターの一角に押し当てている。黄色いペガサスに。

左右からほとんど同時に、真と城田は飛び付くようにしてパクさんの身体を起こした。アクセスを切るためには指を離せば充分なのに、身体ごとパソコンから遠ざけた。勢いをつけられすぎたパクさんの大きな身体は、もともと少し傾《かし》いで不安定だった回転椅子ごと後ろへひっくり返った。

「わ、ごめんなさい！」

城田がスツールから下り、パクさんに近寄ろうとして、そのままばったり前に倒れた。パクさんのお腹の上に折り重なる。一拍遅れて立ち上がろうとした真も、足が豆腐になって、その豆腐をお箸《はし》で突き崩されたみたいに、へなへなと倒れ込んでしまった。

仰向《あおむ》いて倒れたまま、パクさんは両目をひん剝き、ぜいぜいと喘いでいた。丸く膨らんだお腹が、倒れ伏している城田を乗せたまま上下する。

真も気を失いそうだった。宇宙全体が攪拌《かくはん》されてるんじゃないかと思うほど、目が回る。寒気で歯の根が合わない。

ゲボッ！　パクさんが、仰向けのまま天井に向かって胃液を吐いた。同時に言葉も吐き出した。

「そ、そ、そんな」

声は割れ、しゃがれていた。喘息《ぜんそく》にかかったみたいに喉がひゅうひゅう鳴る。

ああ、駄目だ。真も身体を支えていられない。座っていることさえできない。目の前が暗くなる。

ブラックアウトの直前、パクさんのだみ声、言葉の断片が聞き取れた。

「そんな、ことって」

＊

どこかでベルが鳴っている。

——電車の、発車ベル。

真は目を開けた。たったそれだけの動きで、こめかみがずきんと痛んだ。

何か、目の前が真っ黄色だ。オレも黄疸になっちゃったのかな。

いや違う。これ、パクさんが今日着ているとっくりセーターの色だ。

その認識と同時に、一気に現実感が戻ってきた。真はゆっくりと、このうえなく慎重に、自分の身体を操縦するつもりで起き上がった。頭が痛い。こめかみで血管が脈打っている。でも吐き気は止まった。少し寒い。そしてめちゃめちゃ腹が減っている。

その場に座り、あたりの〈惨状〉を観察した。パクさんは仰向けに倒れてる。椅子はあっちに転がっている。オレはパクさんの横、こっちに倒れていた。パクさんの腹の上には、気絶した城田が覆い被《かぶ》さってる。

このうるさい発車ベルの音はどこから聞こえる？　ここは駅じゃねえっての。

机の隅だ。パクさんのスマートフォンが鳴っているのだった。

「パクさん、起きて」

真はパクさんを揺り起こそうとするのだが、手にも腕にも力が入らず、パクさんの肩をぺしぺしと叩くのが精一杯だ。

「電話が鳴ってるよ」

脱力した真の手が、パクさんの肩から逸れて顎にあたった。パクさんは目を見開いた。

「うおぉ！」

吼えると同時に跳ね起きた。でっかい腹の上から城田の半身が滑り落ちる。城田はメッカに向かって祈る敬虔《けいけん》なイスラム教徒みたいな恰好になった。

「――し、シンちゃん」

オガタ君でもオガキ君でもなく、いきなりそう呼びかけて、パクさんは真の両肩をがっきとつかんだ。

「ぶ、無事だったか？」

パクさんの白目は血走り、くちびるの端には血の混じった泡が溜まっている。

「オ、オレは大丈夫です」

「タマちゃんは？」

「今、パクさんが腹の上から振り落としちゃいましたよ」

「タマちゃんしっかりしろ！」

パクさんが叫びながら城田を抱き起こす。

城田はぎょっとしたように目を開き、悲鳴をあげて両手でパクさんを突き飛ばした。パクさんの巨体が真の方に倒れかかり、城田は城田で後ろの壁に頭をごつんとした。

「ご、ごめんなさい」

ぶつけた頭をさすりながら、城田は半分笑い、半分怒っている。

「い、いきなり大アップだったから」

意識を取り戻したら、目の前にパクさんのでっかい顔があった。真だって突き飛ばす。できるなら今だって突き飛ばしたい。真はパクさんの下敷きになっている。

「――パクさん、重い」

「おあ？　ああ、ごめんごめん」

発車ベル音は止まっていた。

「着信じゃないよ。五時になったら鳴るように、スマホでタイマーをかけておいたんだ」

「何でまた発車ベル音に設定してるんですか。すげぇうるさい」

「あの音が好きなんだ」

普通にしゃべることができる。手足も動くし、五感は正常だ。思考もできる。

城田は座り込んだまま壁によりかかり、パクさんがくれたミネラルウオーターを、身体がそれを受け入れてくれるかどうか注意深く確かめながら、ちびりちびりと飲んでいる。顔色は血の気が失《う》せて真っ白だけれど、ペットボトルの蓋《ふた》は自分で開けられたし、呼吸も普通にしているようだ。

出発したのが四時十三分で、帰還して意識を取り戻したら五時のタイマーが鳴った。古城の世界にいた時間は、昨日よりは確実に長かったと思うけれど、それでも十五分ぐらいだろう。三十分ぐらいは三人とも気絶していたことになる。

そして飢えている。死にそうに腹を減らしているのは昨日と同じだ。

パクさんは唸《うな》り声をあげて身を起こし、キッチンのカウンターのところまでよろよろ歩いた。

「君たち、門限はある？」

尾垣家では特に設定されていない。夕方から閉店までは両親は店の方で忙しく、夕食をとるのもバラバラだ。

「どこどこにいて何時ごろ帰るって連絡しておけば、うちは大丈夫です」

「タマちゃんは？」

「うちも同じです」

返事をして、城田はちらっと真を見た。

「今《こん》さんに連絡すれば、家政婦さんに伝えてくれるから」

そういうふうになってるわけね。

「とはいえ、あんまり遅いのは非常識だよね。じゃ、二人とも九時に帰宅することにしよう。シンちゃんは城田さんの家で、タマちゃんは尾垣君の家で勉強していることにしよう」

パクさんはてきぱき仕切る。

「帰りは僕が車で送ってく。僕、先生の運転手役もずっとやってきたから、安心して乗っていいよ」

パクさんは冷蔵庫までたどり着くと、白い紙箱を出してきた。

「まず甘いもので緊急のエネルギー補給。食べて食べて」

ケーキだ。ショートケーキにモンブランにロールケーキにエクレア。十個ぐらいある。

「二人は、宅配ピザと宅配寿司《ずし》のどっちがいい？」

結局、ピザと寿司を両方頼んだ。配達を待つあいだに、三人でケーキをがつがつ食べた。パクさんと真は手づかみだ。

「このケーキ、今風じゃないですね」

レトロな感じ。エクレアを頬張りながら、城田が言う。

「僕の好きな洋菓子屋なんだ。昔、実家の近所にあったお店のケーキに似ててさ」

モンブランはこうじゃなくちゃいけない。カップケーキの上に、栗風味のクリームが中華麺《めん》みたいにぐるぐる山盛りになってなくちゃ駄目だ。ショートケーキに桃やメロンを入れるのは邪道だ。苺《いちご》オンリーでないといけない。ロールケーキはロールなんだからスポンジでクリームを巻き巻きしてなきゃ失格。真ん中が全部クリームだなんて論外だ。

パクさんは食べながら熱心に語る。真たちが口を挟む隙を与えない。エネルギー補給優先を口実に、わざと関係ない話をして時間を稼いでいる。真にはわかった。

(そんな、ことって)

帰還直後、パクさんは譫言《うわごと》のようにそう声をあげていた。

——パクさん、空から何を見た？

それ、オレたちに話したくないのかな。

ピザ屋と寿司屋が相次いで到着し、ペットボトルの冷たいお茶も追加された。三人は食べて食べて食べまくった。

やがて、城田がお腹を押さえて呻いた。

「まだ食べたいんだけど、胃袋はもう満杯だって言ってる」

パクさんは笑う。「タマちゃんの胃袋はしゃべれるの？」

「以心伝心です」

「シンちゃんはまだ入るだろ？　こっちのデラックスミートピザ、一切れずつ食べて片付けちゃおうよ」

パクさんは普段からよく食べるヒトらしい。〈健啖家《けんたんか》〉っていうんだよな、確か。

補給が済み、後片付けを終えると、三人はリビングの床に車座になった。

「さて、君たちの探索はどうだった？」

真は城田の顔を見て、促した。城田から話してもらった方がいい。尾佐と江元のカップルをどう説明するか、城田に任せたい。

――あたしをいじめてる連中。

城田は、そんなふうに言いたくないかもしれない。

真の視線を無視して、城田はてきぱきと報告を始め、話が江元栞奈の顔をしたうわばみに遭遇したところにさしかかると、「うちの学年の問題児グループの一人」という表現をした。

「素行もよくないし、弱い者いじめをするし、あたしも何度かからまれて、怪我したこともあるんです」

真も気が楽になり、尾佐の顔をした類人猿と遭遇したときのことは、バトンタッチして説明した。

大仏みたいな恰好でじっと聞き入っていたパクさんは、

「僕のテントを荒らすなんて、とんでもない野郎だ」

呟いて、顔をしかめた。

「不愉快だろうけど、もう少し詳しく教えてもらえないかな。その江元と尾佐っていうカップルのこと」

真は城田の顔を見た。今度は、城田も真の目を見つめ返してきた。

「不良グループのメンバーなんだよね？」

「まあ、そうです」

「江元が女王様で、尾佐はその一の子分って感じ」

「女の子のくせに、不良グループのリーダーなのか」

パクさんはますます渋面になる。「僕の中学時代にも、不良はいたけどね。でも、本物の不良は、堅気の生徒には手を出さないものなんだ。おとなしいクラスメイトをいじめたりいびったりするのは、できそこないの不良モドキだ」

吐き捨てるような言い方だった。

「パクさん、あの二人の何が気になるんですか」

城田の血色は、まだ完全に戻っていない。色の抜けたくちびるを軽く嚙《か》みしめている。

「僕も、そのうわばみと類人猿は幻覚だと思う」頭を掻きながらパクさんは言う。「あの世界の主が君たちに見せた幻覚だ。なぜそんなことをしたのか、理由はわからないけど」

今までは平和な森だったのに。

「その幻覚をつくるための情報は、君たちの心のなかにあった。君たちの体験、記憶、感情だ。そうだろ？　探索をしながら、二人で江元と尾佐のことを語り合ってたわけじゃないよね？」

「もちろんです」

あいつらのことなんか忘れていた。

「君たちが知っている人物の幻覚をつくるためには、あの世界の主は、君たちの心を探らなきゃならなかったはずだ」

そして体験を、記憶を、感情を取り出す。

「江元って女子が大きな蛇で、尾佐って男子がケダモノじみた類人猿だっていうのも、君たちがその二人に抱いているイメージが、そのまま使われたんじゃないかと思うんだけど、どうかな」

江元栞奈。カンナだけに、まわりの人間の神経を削る。冷たくて底意地悪く、執念深い。

「江元は確かに蛇みたいです。よく人につけ込むし、騙《だま》すし、呑み込むし」

城田の口調には、真でさえぎくりとするほどの毒気があった。

「尾佐が下品な類人猿っていうのも、あたしのイメージにぴったりです」

「タマちゃんは率直だね」

正直なんだねと、パクさんは言った。

「そうすると、とりあえずはこの仮説でよさそうだ。世界の主の方も、訪問者にアクセスすることができる、と」

あっと思って、真は言った。「だから今回は、あの世界にいるうちから、オレも城田さんも具合が悪くなったのかもしれない」

あの世界の主にアクセスされ、心を探られる。それは一種の〈侵入〉だ。真と城田の生身の身体はそれに抵抗し、アバターに変調を起こすことで、報《しら》せてきたのではないか。侵入者アリ、侵入者アリ。

「そうだね。そうなのかもしれない」

城田が身震いする。やっと戻りかけていた顔色がまた白くなった。

「気分が悪くなってきたから帰ろうとしているところに、あの怪物たちが現れたんだ」

アクセス。情報の検索、抽出。幻覚の合成と出現。その順番だ。

「そんなふうだったのか……」

パクさんは腕組みして、ぼそっと呟いた。

「でも僕は、あっちで具合が悪くなったりしなかったよ」

「幻覚を見てないからですよ」

「それとも何か見たんですか？」

「あれが幻覚だったのだとしたら、見た」

んん？　おかしな言い方をする。

（そんな、ことって）

帰還直後の、あの譫言。

「パクさん、帰還したとき何かにショックを受けてたみたいですけど」

パクさんは腕組みを解くと、大きな掌でつるりと顔を拭《ぬぐ》った。

「君たちがアクセスを切ってくれたとき、僕はあのドームのある建物の裏側にいたんだ。テラスがあってね。そこに着陸してた」

上空の横風でバランスを崩し、慌てて不時着したのだという。

「けど、結果的にはそこはいい場所だった。尖塔を仰ぐと、窓がよく見えて」

真に向き直り、パクさんは言った。

「確かにいたよ。女の子」

真はぽかんと口を開いた。

「あの塔のなかにいた」

十歳かそこら。肩につくくらいの長さの、さらさらの髪。その髪が風に吹かれて、白いほっぺたにくっつく。

「袖《そで》無しの白い服を着てた。シンちゃんが見た時もそうだった？」

どうだったろう。記憶がはっきりしない。

「ぐるっと旋回して飛んでくる僕に気がついて、ずっと見てたのかもしれない」

窓の格子に両手をかけ、格子の隙間から、テラスに不時着した黄色いペガサスを覗いて、「僕が無事だってわかると、にっこりしたみたいだった。僕が翼をバタバタさせると」

女の子は小さな手を振った――

真と城田は目と目を見合わせた。

「ごめんね」と、城田は言った。「尾垣君の見間違いじゃなかったんだね」

「そんなの、もういいよ」

真はパクさんににじり寄った。「それ、幻覚じゃありませんよ。僕はあの子のことなんか知りません。どこの誰かわからない。顔にも見覚えはありません。あの子は僕の記憶から創られたものじゃない」

うん、うん。パクさんは背中を丸めてうなずいている。

「パクさんより先に僕が見ているんだから、パクさんの記憶から創られたものでもない。つまり幻覚じゃない」

だから、あちらのパクさんは具合が悪くならなかった。きっちり筋が通る。

「あの子はあの世界にちゃんと〈存在〉してるんです」

「だけど、僕――」

パクさんの声に力が入り、こめかみから頬にかけてつうっとひと筋、汗が流れた。

「僕はあの女の子を知ってるんだよ。どこの誰だか知っている」

この心の奥で、しっかり記憶している。パクさんは自分の胸を叩いた。だから忘れっこない。

「あの女の子は、十年前の八月に、この現実世界で行方不明になってるんだ」

第四章　城主

1

　翌朝、火曜日の午前七時。

「今日は午前中しか授業がないし、ずうっと自習なんだ。登校しても意味ないから休んじゃおうと思うんだけど、いい？」

　真の母・尾垣正子は、拍子抜けするくらいあっさり、「いいわよ」と言った。

「学校には自分で電話しなさい。病気じゃないんだから」

「わかった」

「部屋を片付けなさいよ」

「わかったわかった」

「まったく、返事だけはいいんだから」

　ちらっと不機嫌そうな言い方をしたけれど、顔は笑っていた。

昨夜、午後九時十五分過ぎに帰宅したときも、母さんは真を叱らなかった。「友達のシロタのうちで一緒に勉強してた」という言い訳に、疑義を差し挟もうともしなかった。お友達のご家族に迷惑をかけなかったか。夕食をご馳走《ちそう》になったの？　ちゃんと御礼を言ってきた？　近いうちに、今度は〈シロタ君〉をうちに呼びなさいね。それだけだ。父・富夫に至っては、風邪気味だからと、真が帰宅する前にもう寝ていた。

真は両親に信用されている。だからこそ、本当に必要になるまでは、あんまり入り組んだ嘘をつくのはやめよう。そう思って、自分で自分の思考にびびった。この先、親に向かって〈入り組んだ嘘〉を言い並べなくちゃならないような事態が発生すると、おまえは思っているのか？

その可能性がなくはない。だって、昨日パクさんから聞いた話は、立派な警察沙汰《ざた》だったのだから。

——僕はあの女の子を知ってるんだよ。

古城の塔のなかにいた、小さな姫君。

彼女の名前は「秋吉伊音《あきよしいおん》」という。十年前の八月二十日の午後二時前後、両親と暮らす二間のアパートから忽然《こつぜん》と姿を消し、以後ずっと行方不明のままだ。当時九歳、小学校三年生だった。

この学校——市立みどり小学校は隣町にあり、パクさんの母校でもある。パクさんが伊音ちゃんの事件を詳しく知ることになったのも、この母校との縁があったからだった。

昨日、真と城田に事情を説明するついでに、パクさんは手元の資料をプリントアウトしたりコピーしたりして、二人にくれた。けっこうな量があった。

——細かいことは、これを読めばみんなわかるからね。この話はけっして僕の妄想じゃない、事実だって、自分たちの目で確かめてくれよ。

で、真は学校をずる休みし、パクさんの資料と向き合っている。まだ眠い。昨日はホント、しんどかった。今日は城田も学校を休んでいるかもしれない。あとで携帯電話にかけてみるか。あいつがお父さんと連絡をとるために持ってるケータイ。

——何か変わったことがあったらすぐ報《しら》せ合えるように、教えとく。

城田はあらためて、古城のスケッチにからむ出来事はただ不思議でファンタジックなだけではない、と身構えているのだ。

伊音ちゃんが行方不明になった当時、地元警察は一週間にわたって大捜索を行った。パクさんの資料には、そのころ作製された伊音ちゃんの似顔絵や、彼女が身につけていたのと同じ衣類をマネキンに着せた再現写真が入っている。これらは近隣住民に配布されただけでなく、全国ネットのニュースでも取り上げられたし、新聞報道もされた。

しかし、伊音ちゃんは見つからなかった。

見つかるわけがないよ。彼女を囲む世間にも、さらに大きな〈社会〉にも、そういう観測が強かった。

だって、親がやったに決まってる。

この〈やった〉からは様々な意味合いを読み取ることが可能だが、その真に意味するところはひとつだ。伊音ちゃんはもうこの世にいない。片付けられてしまった――と。

実際、二百人以上の捜査員を動員して大捜索を繰り広げる一方、警察は連日のように伊音ちゃんの両親を事情聴取している。こちらの方は、捜索の輪が縮小され人員が削減されてからも続いた。警察もまた、世間と同じ観測に強く傾いていたのだ。その様子は、パクさんが集めた当時の週刊誌の記事を通して詳細に知ることができる。

伊音ちゃんの母親・秋吉尚美《なおみ》は当時二十六歳。彼女の内縁の夫は窪田俊《くぼたしゅん》、当時二十三歳の工員だ。尚美が十七歳のときに産んだ伊音ちゃんの父親は、窪田俊ではない。伊音ちゃんは尚美の連れ子で、彼女が事件の舞台となったアパートで窪田俊と同棲《どうせい》を始めたのは、事件が起こる半年ほど前のことだった。

今日日、悲しいことにこの手の話は珍しくないので、真にも容易に察しがつく。伊音ちゃんが置かれた生育環境は、理想的なものからかけ離れていたのだろう。

地元の女子高在学中に妊娠した秋吉尚美は、高校を中退した。伊音ちゃんの生物学的な父親については、自分だと明言する男はいなかったし、当の尚美でさえ、誰なのかわからなかったらしい。つまり、そういう生活をしていたのだ。女子高生としてはもちろん、一人の女性としても、およそ幸福でも健康的でもない生活だ。

尚美は母子家庭の長女だった。父親は早くに病没しており、尚美の母親は女手ひとつで、尚美を頭に三人の子供を育てていた。伊音ちゃんにとっては祖母にあたるこの人は、最初《はな》から疑惑のベクトルが見え見えの記事やレポートのなかでさえ、苦労人の母親として描かれている。

当時、ある記者のインタビューに答えて、母親は尚美を、

「高校をやめちゃったけど、尚美は不良じゃありませんでした。悪いことのできる娘《こ》じゃない」

と、かばうように言っている。

「クラスでいじめられたり、先生にも嫌われたりして学校が辛《つら》かった。少し考えが足りなくて、浮ついたところもあって、男の人に優しくされるとすぐ信用しちゃうんですよ。だからあんなことになってしまった」

あんなことというのは妊娠だが、母親も本人も、腹部がせりだしてくるまでそれに気づかなかったようだ。結果、月満ちて伊音ちゃんが誕生し、それでなくても苦しい秋吉家の生活は、さらに貧窮する。

伊音ちゃんが生後半年を過ぎると、尚美は当時中学二年と小学六年だった妹と弟に子守を任せて、働きに出るようになった。最初は日中のアルバイトだったが、十八歳になると夜の商売にシフトする。スナックやキャバクラなど、いくつかの店を転々としながら複数の〈恋人〉とくっついたり離れたりを繰り返し、窪田俊と出会って、ほどなく結婚を申し込まれる。そして尚美は伊音ちゃんを連れ、彼の住まいに転がり込んで、同棲が始まったのだ。

この時点、九歳になるまで伊音ちゃんの生活を支えたのは祖母であり、育ててきたのは尚美の妹と弟だった。尚美と窪田俊の〈愛の巣〉は秋吉家と自転車で行き来できる距離にあったので、妹弟《きょうだい》はしばしば伊音ちゃんの様子を見にいったという。伊音ちゃんを姪《めい》ではなく妹のように可愛がり、親密に世話してきた二人は、長姉がちゃんとやっていけるのか不安だったのだろう。妹は当時、どんな取材にも応じていないが、弟が地元紙の記者に語った言葉が残っている。

「尚美姉ちゃんは、伊音を可愛がっていた。姉ちゃんが伊音に何かするなんて考えられない。ただ、伊音のことがわかんなかったかもしれないから、心配だった。あの男は自分も子供みたいな奴だったから、ぜんぜん頼りにならなかったし」

これは鋭い観察眼というべきだろう。報道されている限りという但し書き付きでも、伊音ちゃんが行方不明になったころの窪田俊の言動は子供じみていて、事態の重大さも、自分の身に注がれている疑惑の視線の意味も理解している節がない。むしろ、全国紙の記者やテレビ番組のレポーターに取り囲まれ、注目されて浮かれている様子が窺《うかが》える。

アパートは〈ハイツみなみ〉という。安っぽいパネル外壁の賃貸専用の二階建てで、外階段がついている。上下にそれぞれ二世帯ずつ入居できる造りで、窪田俊は一階の二号室を借りていた。キッチン、トイレとユニットバス付きの二間ではあるが、手狭なので、残りの三部屋の入居者は単身者だ。契約条件にも〈単身者に限る〉と明記してあるそうで、だから尚美と伊音ちゃんが同居するようになると、窪田俊は大家から苦情を言われ、立ち退きを迫られていた。

伊音ちゃんの存在を疎ましく思う理由なら、夫婦のどちらにもあった。具体的な目撃証言や状況証拠も、近隣を聞き込みに回る捜査官の手帳が真っ黒になるほど存在した。尚美は（弟が懸念したとおり）、九歳なりの自我が固まるほどに育ち上がり、それまで馴染《なじ》んでいた生活習慣と環境から切り離されて混乱している伊音ちゃんを扱いあぐねていた。しばしば金切り声をあげたり、伊音ちゃんの肩をつかんで揺さぶったりして叱っていた。伊音ちゃんが部屋を追い出され、アパートの前庭で泣いているのを見た人もいる。それも一度や二度ではない。その際、伊音ちゃんが裸足《はだし》だったこともあるそうだ。

一方、窪田俊は伊音ちゃんがまったく懐かないことに腹を立てていた。彼は地元の自動車修理工場で働いていたが、職場でもよく愚痴っていたそうだ。ガキがうるせえ。ちっとも可愛くねえ。新婚気分になれやしねえ。うざったくてたまんねえ。

市立みどり小学校では、学年主任と伊音ちゃんの担任教師が、それまでは（給食費の支払いが遅れることはあったが）おおむね元気で身ぎれいにしており、教室でも友達と楽しそうにしていた伊音ちゃんが、母親と同居し始めると、表情が暗くなり、じわじわと痩《や》せ、着ているものが垢《あか》じみていたり、本人の髪や身体も汚れていたりして、そのせいでクラスでからかわれたりしていることを、深刻に受け止めていた。事実、担任は六ヵ月ほどのあいだに四度も家庭訪問をしている。二度は母子ともに留守、二度は尚美にだけ会えた。後者の場合は二度とも、幼い娘の不在について、「伊音はおばあちゃんのうちにいる」と、尚美は説明したそうである。で、本人は見るからに寝起きで、不機嫌そうだった。

それも無理はなく、尚美は夜の仕事を続けていた。窪田俊の稼ぎだけでは暮らしていけなかったし、彼がパチンコ好きで、その少ない稼ぎでさえもそっちに使ってしまうことが多かったからだ。そのためだろう、二人は同棲後ほどなくから激しく喧嘩《けんか》するようになり、窪田俊は尚美に暴力をふるうこともあったようである。

ホントに嫌になるほど型どおりの、昨今よくあるパターンだ。十年前の話とは思えない。いやむしろ、こういうケースはもっとずっと昔から存在していて、この十年から十五年ぐらいで、それが社会の表層に〈事件〉として浮上してくるようになっただけの話なのかもしれない。

母親にもそのオトコにも、伊音ちゃんを身のまわりから排除してしまいたいと思う動機なら、腐るほどあった。では、〈機会〉はどうか。

窪田俊は、八月二十日当日、職場を無断欠勤していた。珍しいことではなく、工場の社長は苦り切っていて、今度こそクビだと思っていたそうだ。

仕事をサボって何をしていたかといえば、池袋《いけぶくろ》まで出て駅前の繁華街をぶらぶらし、さらに渋谷まで移動して、パチンコをしていたという。警察は彼の証言を裏付けるべく捜査し、いくつかの防犯カメラに彼の映像が残っているのを発見した。池袋に午前十一時前後、渋谷に午後三時前後、そして午後八時過ぎに、彼がアパートに帰るべく、最寄り駅の改札を出たときのものだ。

これでアリバイ成立——と、スムーズにはいかない。なぜなら、伊音ちゃんが姿を消したのが「午後二時前後」だというのはあくまでも秋吉尚美の証言であって、それを裏付ける事実は見つかっていないからだ。そもそも、この内縁夫婦が「子供がいなくなった」と近所の交番に相談に行ったのは、日付が二十一日に変わった後、午前零時過ぎのことなのである。

この経緯についての尚美の説明は、こんな感じだ。

「伊音は午前中は学校のプール教室に行って、帰ってきてお昼をいっしょに食べました。それからわたしは洗濯してたら、二時ごろですけど、台所のテーブルのとこにいたはずの伊音がいなかった。友達のうちか、おばあちゃんちに遊びに行ったんだと思った。わたしは五時に店に出るので、四時半ぐらいにアパートを出るとき、おばあちゃんに電話すると弟が出た。伊音は来ていないと言われて、じゃあ友達のところだろうと思ったので、伊音が行ったら夕飯を食べさせてって言って、仕事に出かけた。帰ったのは十一時ちょっと過ぎで、俊がゴロ寝していたので起こして、喧嘩になった。店で仕事しているあいだに工場の先輩のひとからわたしに電話があって、俊がまた仕事をサボって、社長さんがかんかんに怒ってる、今度はきっとクビだって言われたからです。俊がなんかいろいろ言い訳するからすごい喧嘩になって、もうこんな人と一緒にいれないからおばあちゃんとこに行こうと思って、荷物をまとめてから電話したらおばあちゃんはすごく怒って、伊音は来てない、伊音はどこにいるんだ、お巡りさんにも知らして捜してもらいなさいと叱られたので、そうしたんです」

〈ハイツみなみ〉では、洗濯機は外廊下に置いてある。だから「洗濯していて、部屋に戻ってみたら伊音がいなかった」というのは、おかしくはない。が、警察が調べてみると、窪田俊が尚美と「所帯を持つ」ために買ったまだ新しい洗濯機のなかには汚れた衣類がたっぷり詰まっており、洗面所の脱衣籠《かご》のなかにも、タオルや作業着が山積みになっていた。

この点を問い質《ただ》されると、尚美は渋々、実はその時間は昼寝していたと認めた。

「伊音とお昼を食べてすぐ横になって、目が覚めたのが二時過ぎだったんです。それからまたちょっと寝ました。一時間は寝てない。三十分くらい」

夏休み中だから、伊音ちゃんは登校日以外は家にいる。そのことが、尚美と窪田俊をいっそう苛立《いらだ》たせていたことは、近所の住人たちや大家の証言で、よくわかった。尚美のヒステリックな叱責《しっせき》や、伊音ちゃんの泣き声や、窪田俊の怒鳴り声を、彼らは頻繁に耳にしていた。そのくせ、〈家族〉三人で仲良さそうにどこかへ出かけてゆくこともあり、そんなときには尚美はめいっぱい着飾って、伊音ちゃんにも「あんまり子供らしくない」恰好《かっこう》をさせていたそうだ。

内縁夫婦のどちらにも、はっきりしたアリバイはない。彼らが真実を話しているのか、嘘をついているのか、嘘だとしたらその割合は事実に比してどの程度なのか、推測するしか手立てがなかった。

午前中のプール教室で伊音ちゃんに会った友達は、伊音ちゃんにいつもと変わった様子はなかったという。一緒にビート板を使ってバタ足を習った。だけど、水着姿の伊音ちゃんは、明らかに去年の夏よりも痩せていた。肩までの長さの髪の毛が汚れてこんがらかっていて、臭かったという。

十年前の出来事だ。とっくに過去になっている事象だ。それでも真の胸は痛んだ。パクさんがこの資料をくれるとき、読んで気分のいいものじゃないよと、詫《わ》びるような顔で言ったのも当然だ。

何かスカッとしたものを飲みたくなって、階段を下りて〈パイナップル〉に顔を出し、冷蔵庫から瓶詰めのジンジャーエールを一本もらった。両親はランチの仕込みに忙しい。

「これからちょっと図書館に行ってくる」

県立図書館の方、と真は言った。市立図書館ならバスや自転車で行けるが、県立の方はＪＲに乗って三駅先だ。

「お昼は？」

「マックで済ます」

といって真が片手を出すと、母・正子はレジを開けて千円札を一枚取り出し、真が出した掌をぴしゃりと叩《たた》いてから、くれた。

父・富夫は真剣な横顔を見せて、カレールーの入った寸胴鍋《ずんどうなべ》をかき混ぜている。

「十年前の夏にさ」と、真は言い出した。「隣町のみどり小学校で、三年生の女の子が行方不明になる事件があったんだって。覚えてる？」

富夫はカレールーに集中している。正子は目をぱちぱちさせた。

「さあ、ねえ」

「けっこう、マスコミが騒いだんだよ。テレビも取材に来たみたい。覚えてない？」

「あんたは？」

「オレ、五歳だもん」

「でしょ。母さんも、五歳児を育てながら家計をやりくりするのに手一杯で、テレビなんか観てなかったからねえ」

他人の不幸にかまっている余裕なんぞなかったというわけか。

「あ、そう」

真はその場でジンジャーエールを飲み干し、いったん自分の部屋に引きあげた。

——もしオレが五歳の男児じゃなくて女児だったなら、母さんの記憶も、もうちょっとはっきりしてたのかな。

そんなふうに思うのは、パクさんから伊音ちゃんの話を聞いたときの城田の表情が、真とは比べものにならないほど深刻だったからだ。真だってショックだったし、それはいわゆる〈心痛〉という言葉で表現するのがぴったりだと思う。でも、城田はそれ以上に強く反応していた。やっぱり女の子は女の子同士なんだな、と思った。切実だ、と言い換えてもいいかもしれない。

その城田は今ごろ、もしかしたら、自宅のパソコンに向かっているかもしれない。

パクさんがくれた資料は、ちょうど去年の今ごろ、みどり小学校の現校長に頼まれて伊音ちゃんの似顔絵を描くことになったときにもらったものと、自分でちょこっと検索してみたものだという。事件当時は、パクさんは東京で一人暮らししていたし、アシスタントとしての仕事が忙しくて、五歳児の世話と家計のやりくりに追われている主婦と同じくらい、他人の不幸に目を向けている余裕がなかったから、何も知らなかったのだ。

もっとよくネットを探れば、パクさんが掬《すく》い上げ損ねた情報がまだ見つかるかもしれない。そっちはあたしがやってみると、城田は言っていた。

事件から十年——去年の今ごろの段階では九年経過して、なんでまたパクさんが伊音ちゃんの似顔絵を描くことになったのか。

「伊音ちゃん、元気でいたら十八歳になるからね。その顔を想像して描いて、新しいチラシを作ろうっていうプランだったんだよ」

みどり小学校の現校長は、伊音ちゃんが在学していた当時から数えて三代目になる。リアルタイムで事件を経験していない。だからこそだろう、地域のなかでも学校の歴史としても、不幸な行方不明事件として凍結されたままの伊音ちゃんに、新しい光をあてることを思いついたのだ。

現在のみどり小学校には、伊音ちゃんを知っている教師は残っていない。だが、同級生たちはいる。校長は彼らに、〈十八歳になった伊音さん〉を捜そうと呼びかけた。たちまち十人以上の同級生たちが集まった。

もちろん、この活動に冷ややかな視線を向ける人びともいた。はっきり口には出さずとも、「今さら寝た子を起こすようなことをするな」――もっと身も蓋《ふた》もない言い方をするならば、「死んだ子の歳を数えるようなことをするな」という空気は、みどり小学校のまわりを重苦しく取り巻いていた。

現校長たちがいちばん困ったのは、肝心の似顔絵を描いてくれる絵描きが見つからないことだった。地区の教育委員会がこの活動にいい顔をしなかったせいで、地元の公立学校の美術の先生たちには軒並み断られてしまう。趣旨には賛同しないでもないけれど、自分は巻き込まれたくないという、大人の事情だ。県内には著名な画家やイラストレーターが何人か住んでいるが、面識のない者がいきなり訪ねていって頼めるような仕事ではないし、報酬も払えない。

そんなとき、活動メンバーの一人が、パクさんのことを思い出した。彼はパクさんの〈先生〉の大ファンで、母校の大先輩が超人気漫画家のアシスタントをしていることを、常々誇りに思っていたのだ。

同窓会名簿を頼りに、活動メンバーはパクさんの連絡先を探した。パクさんの昔の同級生たちも、何人かは地元に残っている。忙しいパクさんも、彼らと年賀状ぐらいはやりとりしている。こうして道がつながり、去年の正月明け、パクさんのところにみどり小学校現校長の手になる丁重な一通の手紙が舞い込んだ——というわけだ。

パクさんも、「ほいきた、任せとけ」と引き受けたわけではない。九歳の女の子の当時の写真だけを手がかりに、現在十八歳の若い女性の顔を描かねばならないのだ。そもそも自分は似顔絵の専門家ではない。

正直いって、手に余る。そう思った。いっそ警察に頼んでみたらどうか、あちらにはその道の達人がいるのでは？　なんてぐずぐず考え、断ろうと思っていたパクさんを説得したのが、パクさんの尊敬する先生だった。

——パクさんならできるよ。今までだって似たようなことをやってきたんだから。

漫画家は、ストーリー展開上の必要に迫られて、キャラクターを老けさせることもあれば、そのキャラの子供時代を描くこともある。なるほど、そういう仕事なら、パクさんは今まで何度となく手伝ってきた。

パクさんは校長に承諾の返事を書き、すぐメンバーたちに会って、必要な資料を揃え、当時の様子について知ることができる限りの事実を頭に入れてから、作業にかかった。多忙な本業の合間を縫ってのことだから、一ヵ月近くかかってしまったけれど、パクさん自身も満足し、伊音ちゃんを知っている同級生たちにも納得してもらえる似顔絵が出来上がった。

ひとつ残念だったのは、伊音ちゃんの両親と祖母と叔母《おば》さん叔父《おじ》さんに、この似顔絵を見せられなかったことだ。彼らは現状、どこにいるかわからず、連絡もつかない。

秋吉尚美と窪田俊は、伊音ちゃんが行方不明になってから半年ほどして、夜逃げ同然に〈ハイツみなみ〉を立ち退いてしまった。未払い家賃が三ヵ月分溜《た》まっていたという。その時点ではまだ内縁関係が続いていたらしいが、その後どうなったかはわからない。限りなく黒に近い灰色の状態の二人を、みすみす捜査圏外に逃がしてしまったことを、所轄警察では悔やんだかもしれないが、決め手になる証拠がまったく見つからない以上、どうしようもなかった。

伊音ちゃんの祖母と尚美の妹弟は、伊音ちゃんが無事に帰るのを待ち続け、隣町で暮らしていた。が、行方不明事件から六年後、祖母が病気で亡くなると、尚美の妹弟も前後して東京へ出て行った。二人とも、とうに社会人だ。どこかで吹っ切るタイミングがきたとしても——あるいは、単に待つ力が尽きたのだとしても、責められまい。

このことについては、パクさん自筆のメモがあった。伊音ちゃんと仲良しだった同級生の女の子から聞いた話だそうだ。

「伊音ちゃんのおばあちゃんは、尚美さんが夜逃げしちゃったときに、がっくりきたみたい。近所の人に言ってたそうですよ」

——尚美がホントに、伊音に何もしていないのなら、町から出ていくはずがない。伊音が帰ってくるかもしれないのに、引っ越していなくなっちゃうなんて、できるわけがない。母親なんだから。

それ以来、おばあちゃんは幽霊みたいに影が薄くなっちゃった、という。六年後の病没は、病名はどこにも記されていないけれど、悲嘆死だったのかもしれない。

パクさんの協力を得て完成した〈十八歳になった伊音さん〉の情報提供を求めるチラシを、メンバーたちはあちこちで配った。地元だけでなく、渋谷や新宿駅前にも出かけていった。パソコン上にはホームページを設け、パクさんの描いた似顔絵をアップした。それは今もそこにある。

見るべき成果は挙がらなかった。かすかに期待していた、秋吉尚美本人はもちろん、彼女の妹弟からのコンタクトもなかった。

校長も同級生たちも、パクさんも諦《あきら》めてはいない。次は伊音ちゃんが三十歳になるとき、また新しい似顔絵を描いてチラシを作ろうと、約束しているという。

——それまでに伊音ちゃんの消息がわからなかった場合には、だけどね。

その消息が、わかった。

かもしれない。真は考え込んでしまう。

なぜ、どんな仕組みでそんなことになったのかわからないけれど、資料を見る限り、あれは伊音ちゃんだ。十年前に行方不明になった九歳の女の子が、当時の姿のまま、あの古城のなかにいる——

昨日は真もそう思った。古城の世界が現実とリンクしていたことに、舞い上がっていたのだ。

一晩経って、冷静さが戻ってきた。

——あれはやっぱり、幻覚じゃないか。

それは昨日、パクさんに向かって、真自身が勢い込んで否定した説だ。パクさんに会う前に、パクさんのことを何も知らないうちに、僕はあの女の子を目撃した。だからあの子は幻覚じゃない、と。

だが、そう決めつけるのは早計に過ぎたのではないか。

真が山ツバメになって空を飛び、塔のなかの女の子を目撃したとき、足元の森のなかには、黄色いつなぎのパクさんが散策していたのかもしれない。そのときその場にいなくても、パクさんは既に、何度もあの世界を訪問していた。古城の世界はパクさんのエネルギーを吸い取っていた。パクさんの心に残っていた記憶、悲しみや優しさや願いや祈りのこもった伊音ちゃんの姿形をも、そこから読み取ったのではなかったか。

そして、それを再構成し、幻覚として塔のなかに出現させた。真はそれを見た。そっちの仮説も、充分にありそうではないか。

古城が来訪者に幻覚を見せる意図はわからない。が、真と城田には、江元と尾佐の怪物を見せた。二人が怖がっているもの、嫌がっているものを見せた。つまり弱点を突いてきたのだ。

それと同じことを、パクさんにもやってみせたのではないか。みんなで一生懸命にチラシを作っても、伊音ちゃんの消息はわからないままだ。パクさんは落胆した。伊音ちゃんのことは、パクさんの充実して楽しい人生のなかの、ただひとつの（小さいけれど消し難い）黒点になっている。古城はその黒点を、塔のなかに置いた。

それが誰であれ、あの古城の主《あるじ》は、訪れる者に好意的ではない。身体からはエネルギーを吸い取り、ダメージを与えながら記憶を探って、それを再現して突きつけてくる。

こっちの仮説を城田とパクさんに呑《の》んでもらうには、裏付けが必要だ。古城の世界に働きかけ、真一人だけの記憶、二人の知らない誰かか何かを幻覚として出現させて、目撃させる。それならいっぺんで立証することができる。ホラね？　僕が塔のなかの女の子を目撃したときと同じですよ！

だが、具体的にどうすればいいかわからない。学校で誰かに喧嘩を売って、ボコボコにしてもらうか。それでも、その状態で古城の世界に入ったところで、必ず醜く凶暴な獣の幻覚が現れるという保証はないのだ。

机の上に乱雑に広げた資料のなかに、一枚の写真の拡大コピーと、一枚の似顔絵がある。九歳の伊音ちゃんと、パクさんが描いた十八歳の伊音さんだ。

九歳の伊音ちゃんは、可愛い女の子だ。その年の四月の遠足で撮ったスナップだそうで、ショートパンツにTシャツに、靴紐《くつひも》がカラフルなスニーカーを履いている。髪は丸めておだんごにして、頭のてっぺんにちょこんと載せてある。小学校三年生にしては、おませな髪型かもしれない。でもこの髪型のおかげで、耳の形まではっきり見てとれる。

小顔で色白で、一重瞼《まぶた》だったそうだけれど、瞳《ひとみ》はぱっちりと丸い。身体は華奢《きゃしゃ》だ。並んで写っている友達と比べると、ただ痩せぎすとか小柄というのではなく、発育不良の感じが漂う。だけど笑っている。仲良しの友達と一緒にいると楽しかったのだ。

十八歳の伊音さんは、可愛いというよりは美しい若い女性に成長している。鼻筋がほっそりとして、瞳のつぶらな印象より、切れ長の目尻《めじり》の方が特徴として前面に出ている。耳の形を見せるために、九歳のときと同じ髪型に描いてあるが、パクさんはあと二バージョン、長い髪を肩に垂らしているものと、ショートカットのものも描いたと言っていた。

子供の顔は、大人よりも丸い。顎《あご》や頬骨の出っ張りが少ないからだそうだ。顔のパーツのバランスも、大人とは違う。パーツが小さいので、おでこや頬の面積が広くなる。顔のパーツ同士の間隔も狭くてくっついている。そういうことを勘案しながら、パクさんは〈伊音さん〉を描いた。こうした加工に使えるパソコンソフトもあるそうだが、パクさんは先生の励ましを胸に、自分の手で描く方を選んだ。願いを込め、祈りながら描いた。

こんな伊音さんが、どこかで元気にしていますように。

——時が停まった世界に、九歳のまんまでいるんじゃなくて、ね。

資料を片付け、リュックに入れて、真は出かけることにした。

2

意外なことに、〈ハイツみなみ〉はそのまま残っていた。四室ともふさがっている。伊音ちゃんが両親と暮らしていた一階の二号室の前には、高価《たか》そうなスポーツサイクルが、ものものしいキーチェーンで玄関脇の小窓の格子にくくりつけられていた。

だが、これを意外に感じるのは、こっちの過剰反応だろう。十年前にここで起こったのは子供の行方不明事件であり、子供が被害者になった殺人事件ではない。少なくとも公的にはそうだ。さらに、「ここで子供が行方不明になった」から、「ここに住んでいた若夫婦の子供が行方不明になった」まで、ある程度の幅がある解釈ができる事件だった。〈ハイツみなみ〉は、いわゆる事故物件ではない。

建物は人間と違い、律儀に時の経過を反映する。二階部分の外壁《そとかべ》にペイントされた〈ハイツみなみ〉の文字は薄れ、外階段はあちこち錆《さ》びているし、屋根のパネルも傷んで色褪《あ》せている。その分、家賃は安そうだ。近い将来、真が一人暮らしをする時期がきたら、最初に選択するのはこういう物件だろう。そしてアルバイトして金を貯めたり、初めてつくったクレジットカードのリボ払いを利用したりして、真もやっぱりスポーツサイクルを買うかもしれない。

建物の南面にはフラワーボックスが三つ並べてあるが、なかには黒っぽい土が詰まっているだけで、何も植えられていない。アパートのまわりは灰色のコンクリートで敷き固められている。これは十年前の写真で見る様子と同じだった。当時も今も、真夏は照り返しで暑くてたまらないだろう。

今日はどんよりした曇りだ。足元に落ちた真の影も薄い。それを踏みしめながら、資料の一節を思い出した。

〈アパートの玄関には、伊音ちゃんがその夏、どこに行くにも履いていたお気に入りのサンダルが残っていた〉

のどかな田舎の道ではない。町場の殺風景なコンクリの道だ。九歳の女の子が裸足で出ていって、歩けるはずはない。しかもコンクリは、八月二十日の日差しに熱され、焼けていたはずだ。

秋吉尚美は、ただ単に、そこにサンダルが残っていることを不審に思わないほど駄目な母親だったのか。それとも、伊音ちゃんを〈片付けてしまった〉なら、サンダルも片付けなければ周囲に訝《いぶか》しまれると思えないほど迂闊《うかつ》な人間だっただけか。

「お〜い」

背後から、間延びした声が呼びかけてきた。振り返ると、ジーンズに芥子《からし》色のダウンジャケットで着ぶくれたパクさんが、にっこり顔をして立っていた。額を隠すように目深にかぶったニット帽はひまわり色だ。これこそがパクさんのコーディネイトである。

「やっぱり来たね」

「パクさんも」

嘘ではない。口に出した瞬間に、自分はここでパクさんとばったり会えると思ってたんだ、とわかった。

「シンちゃんは、ここが振り出し？」

「はい。パクさんは？」

二人は並んで立ち、〈ハイツみなみ〉を眺めた。曇り空でも、もう吐く息が白く凍るような季節は過ぎた。寒いのではなく、冷える。

「駅に近いから、窪田俊が働いてた自動車修理工場へ寄ってから来たんだ。挨拶《あいさつ》しようと思ったんだけど――」

びっくりしたよ、と目を丸くする。

「去年、チラシをまいたころには立派に営業してたんだけどね。工場は閉まってて、シャッターに〈建築計画のお知らせ〉が貼ってあった」

マンションになるみたいだ、と言う。

「社長さん、具合でも悪くなったのかな。お歳だからね」

「知り合いなんですね」

「〈伊音さん〉のチラシを作る活動に、寄付金を出してくれたんだよ。あの社長さんは、伊音ちゃんのことをずっと心配してた、数少ない赤の他人の一人だ」

パクさんは両手をダウンジャケットのポケットに突っ込んだ。

「何にもないね。アパートがあるだけだ」

「――そうですね」

ちょっと迷ってから、真はパクさんの顔を見た。「一階の二号室の床下を掘ってみること、誰も思いつかなかったんでしょうか」

パクさんはかすかに笑った。「思いついたよ。大家さんが」

秋吉尚美と窪田俊が夜逃げしてしまった直後だそうだ。

「警察に頼まれたからじゃない。大家さん自身が、このままじゃ気が済まないからって、ちゃんと業者を入れて、重機まで使って、費用はみんな持ち出しでね」

床下からは何も出なかった。そりゃ当然だ。出ていたら、事件はとっくに解決している。

「その件、資料には載ってませんでした」

「あ、そうかもね。ごめん。似顔絵が完成してから聞いた話だったから」

行こうか——と、パクさんは真を促した。

「ここにいてもしょうがないよ。どっかであったかいものでも飲もう。シンちゃん一人で来たの？　タマちゃんは？」

「ていうかパクさん、僕は学校をずるけているわけで」

「あ、そうか。でも無問題だろ？　もう志望校に受かってるんだから」

「まあ、そうですけど」

「すごいよねえ。シンちゃんもタマちゃんも優秀だ。推薦で、一発で通っちゃったんだから」

「城田さんはそうですけど、僕は高望みしなかっただけです」

「シンちゃんは謙虚なヒトだなあ」

住宅地だから、手頃な喫茶店なんかなかった。二ブロックほど先に小さな児童公園があり、道の反対側に自販機が二台並んでいる。パクさんは小銭を出し、

「こういう天気のときには、これだよこれ」

と、真のリクエストをまったく訊《き》かずに、缶入りの甘酒を二つ買った。それを手に、ぶらぶらと児童公園に入った。

真ん中に、お椀《わん》を伏せたような形の滑り台がある。お椀の片側はつるつるで、片側は子供たちが上れるようにでこぼこになっている。横っ腹にはかまくらみたいに穴が開いており、中をくぐることができるようになっていた。

あとはブランコが二つと、三畳ぐらいのサイズの砂場と、アーチ形の低い雲梯《うんてい》がひとつ。公園の四辺にひとつずつのベンチ。砂場のところで、二人の若い母親が、それぞれ二歳ぐらいの子供を遊ばせながらおしゃべりしている。子供同士は友達で、母親同士はママ友なのだろう。

と思ったら、二人の母親が、申し合わせたようにキッとして、真たちの方に視線を飛ばしてきた。未確認飛行物体を発見したレーダー監視員みたいな反応だった。

誰何《すいか》するような視線の鋭さに、真はびびってしまって硬直した。パクさんは愛想良く会釈を返した。一人の母親はそれに応《こた》え、もう一人はじっと見つめ返しただけで、やがて二人とも子供の方に注意を戻した。

「ああいうもんだよね」

笑顔のまま、パクさんは呟《つぶや》いた。

「お母さんって、偉いよねえ。うん、偉いよなあ」

一人で納得している。

真ん中のお椀を挟んで、砂場の反対側に移動することにした。二組の母子の姿は見えなくなり、子供たちのはしゃぐ声だけが聞こえる。真とパクさんは、ベンチに尻を載せた。いい音をたてて、パクさんは缶のプルタブを引いた。

「シンちゃんは、このあとどうするの」

「――はあ」

実はあんまり深く考えていなかったのだ。ともかく〈ハイツみなみ〉を、あるいは〈ハイツみなみ〉があった場所をこの目で見たかったというだけだ。

「みどり小学校へ行って、校長先生と話してみる？」

「でも、何をどう話せばいいのかなあ」

「そうだよねえ。僕にもわからないや」

校長先生に限らない。関係者の誰に会ったところで、事情は同じだ。伊音ちゃんは九歳のまま、現実とは別の、絵の世界のなかで生きています――なんて、うっかり口に出せることではない。

「うちを出るときは、なんて言ってきたの」

「県立図書館に行くって」

すると、飲みかけていた甘酒の缶をおろして、パクさんは「おお」と声を出した。

「図書館！　いいこと言ってくれた。そうなんだそうなんだ、図書館」

でも県立図書館じゃなくて、市立みどり図書館の方、と言う。

「みどり小学校の隣にあるんだ。シンちゃんが伊音ちゃんのことをもっとよく知りたいのなら、行ってごらんよ」

文集があるから。

「去年一緒にチラシを作る活動をしたメンバーが、『伊音ちゃんへの手紙』っていう文集を作ったんだ。それがね、一冊あるんだよ。みどり図書館の開架のなかの、〈私たちの町の歴史〉っていうコーナーに」

校長と親しい館長の厚意で、特別に置いてくれたのだそうだ。

「ロビーの掲示板にチラシも貼ってもらった。十年前に警察が作ったチラシと並べて、今もそのまま貼ってあるんじゃないかな」

伊音ちゃんの事件は、形としては現在も捜査継続中なのだ。

「その文集、資料のなかには――」

「ないない、入ってない。ごめんよ、僕も忘れてたんだ」

パクさんの手元にその文集が届いたのは、チラシ作製と配布が終わって、二ヵ月以上経ってからのことだった。文集に寄稿した人のなかには、〈十八歳の伊音さん〉を捜すチラシ活動には参加していなかった同級生も入っているという。

「いただいたのはいいんだけど、何だか読むのが辛くてね。そのましまっちゃって、それっきり。昨日、資料を片付けていて思い出したんだ」

僕もこれから読んでみる、と言う。

「何となくふらふら出かけてきちゃったんだけど、シンちゃんに会えてすっきりしたから、帰る」

「じゃ、僕はみどり図書館の方に行きます」

さっきの二人の母親が、それぞれベビーカーに子供を乗せて、お椀形の滑り台の向こうに姿を現した。おしゃべりしながら公園から出て行く。二人とも、ちらりと横目でこっちを見たようだった。

底冷えする児童公園は、真とパクさんの貸し切りになった。それで、真も切り出す踏ん切りがついた。

「パクさん、オレ、じゃなくて僕」

「どっちだっていいよ」

「昨日の今日だけど、意見が変わりました」

真は、家で考えてきたことを説明した。古城の世界は、訪問者の弱点を突く。記憶を探って、それを基にした幻覚を見せる。だからあの伊音ちゃんもまた、パクさんの幻覚の可能性が高い——

パクさんは黙って聞いていた。甘酒の缶は空になっている。真の分は、口をつけないまま冷めてしまった。

「シンちゃん、その仮説は間違ってる」

やがて口を開いたパクさんの口調は、重々しく断定的だった。

「古城の世界の主には、訪問者の嫌な記憶や辛い想いを抽出して暴露する意地悪なクセがあるのかもしれない。あるいは、訪問者の身体的エネルギーを吸い取るついでに、直近の生々しい記憶まで吸い取っちゃうので、そっちは幻覚という形で吐き出しているだけなのかもしれない。その二つは、どっちもあり得る。だけど、僕と伊音ちゃんの場合は違う。どっちにもあてはまらない」

「ど、どうして？」

パクさんとはまだ付き合いが浅いけれど、こんな断定的なものの言い方をする人ではなかったように思う。

「僕だって、伊音ちゃんの事件を忘れたわけじゃない。でも日常のなかでは、彼女のことは、季節外れの衣類みたいに、心の引き出しの下の方にしまいこんでいたんだ」

だから直近の記憶でもない。

「それより何より、僕には、伊音ちゃんのこと以上に生々しくて、辛くて悲しくて嫌な記憶があるから。実際、毎日そのことを考えながら暮らしているから。もしも古城の世界がシンちゃんの言うような悪さをしているのなら、そっちの記憶の方こそが幻覚として現れなかったらおかしいんだ」

だから、あの伊音ちゃんは幻覚じゃない。あの子はホントに、あの塔のなかにいるんだ。

「パクさん」

この流れでは問うべきことだが、問うていいのかどうかわからなくて、真は掌に冷たい汗をかいた。

「そっちの記憶って、どんな記憶ですか」

パクさんは、お椀形の滑り台の方へ顔を向けたまま、短く答えた。

「おふくろ」

死んだんだ――と、続けた。

「正確に言うと、死んでいるのを、近所の人が見つけてくれたんだ。去年の十二月三日。実家の台所で倒れてた。その時点で、死後一週間ぐらい経ってた」

朝、八時過ぎだったそうだ。

「お向かいの奥さんが、年末助け合い運動の寄付金集めの回覧板を持ってきて、新聞が溜まってることに気がついたんだ。だけど呼んでも返事がない。それに、その季節でも、もう、ちょっと臭ったんだって」

パクさんの横顔は、表情筋が全部ストライキを起こしたみたいにのっぺりしている。

「変死扱いになるから、解剖されてね。心臓の動脈が詰まったんだって。本人はほとんど苦しまなかっただろうって」

誰かがごにょごにょ何か言っていると思ったら、自分の声だった。真は下を向いてごにょごにょ言った。「――そういうことってありますよ」

「うん、最近じゃ珍しくない話だよね。孤独死とかって、ずいぶん同情されてるよね」

パクさんは、これまた真が初めて見ることをした。顔を歪《ゆが》め、唾《つば》を吐くように吐き捨てたのだ。「失礼な言葉だよ。そう思わないかい?」

「え? えっと」

「確かにおふくろは一人暮らしをしてたけど、孤独だったかどうかは、本人に訊いてみなくちゃわからない。急死ではあったけど、本人がそれを残念がってるかどうかもわからない。うんと長く入院したり、大変な手術をしたりするよりもよかったって思ってるかもしれない」

「パ、パクさん——」

「おふくろの気持ちは誰にもわからない。僕にもわからない。だから勝手に同情したり、ましてや哀れんだりなんかしてほしくない」

パクさん史上最速の早口だった。

「だ、だったら何がそんなに辛いんですか」

パクさんは一度ぎゅっと口をつぐむと、またお椀形の滑り台の方に顔を向けた。

「おふくろは立派なおふくろだった。だけど僕は、立派な息子じゃなかった」

約束を果たさなかったから。

「僕が漫画家になるって言ったとき、おふくろは止めなかった。夢みたいなこと言ってないで、ちゃんと就職しろとか言わなかった。あんたの人生だから、あんたの好きにしなさいって言ってくれた。だから僕は約束したんだ。必ず夢をかなえて、表紙に僕のペンネームが入ったコミック本を、おふくろに持たせてあげるって」

パクさんはゆっくりとかぶりを振った。

「けど、そんな本は一冊もない。僕は漫画家にはならずに、アシスタント稼業一本で生きてきたから」

「その筋では有名なアシさんですよ」

へへっと、パクさんは鼻で笑った。「業界人とファンしか知らないよ。おふくろみたいな普通の人は、僕のことなんか知らない」

だからパクさんのお母さんの小さな本棚には、古いコミック本しか置いてなかった。

パクさんがまだ駆け出しで、ひとつ仕事をするとその雑誌やコミック本をお母さんに送り、あるいは届けに行って、

——ほら、ここと、このコマは僕の仕事だよ。あとこの背景も。

そんなふうに説明することができた時代のものしか置いてなかった。

「おふくろには、先生の作品のどこを僕がアシしているのかわからなかったんだ」

パクさんも、日々の多忙に流されて、あるいはそれを言い訳にして、先生の新作をお母さんに送らなかった。届けに行かなかった。お母さんに電話することすら希《まれ》だった。

「僕は自分勝手に好きなことだけやって生きてきて、おふくろとの、たったひとつの約束さえ守らなかった」

それより、もっといけないのは、なぜ約束を守れなかったのか、理由を説明しなかっ

たことだ。

だいいち、パクさんは約束そのものを忘れていた。お母さんの小さな本棚が、ほとんど空っぽなのを目の当たりにするまでは。

「僕が身勝手だったから、おふくろは一度も、誰にも自慢できなかった。これ、うちの息子の本なんですよって、近所の人や知り合いに見せて、得意になることもできなかった」

自慢された相手がどう思おうが知ったこっちゃない。「これ、息子の本なんです」そこに意味があった。

「おふくろは僕に、いっぺんだって愚痴ったことがない。文句を言ったこともなかった。いい加減に結婚しろとか、あたしだって孫の顔を見たいとか、一緒に住みたいとか、一度も言ったことがなかった」

なのに、僕は身勝手だった。

「僕は生き方を間違った」

パクさん史上最高速の早口で言い切ると、口調のままの勢いで、パクさんはベンチからすっくと立った。

「シンちゃん、僕はちょっとあそこに入ってくる」

どんどん歩き出し、お椀形の滑り台に近づくと、身を屈《かが》め、横っ腹に開いた穴に、這《は》って潜り込んでゆく。

真は呆気《あっけ》にとられてしまい、動けなかった。甘酒の缶を持ったまま、しばらくのあいだ、ベンチに座り込んでいた。

公園の外の歩道を、犬を連れた老人が散歩している。今のところ園内はまだ貸し切りだ。

頭のどこかでぱちりと音がして明かりがついたみたいに、真は悟った。

——パクさんは、仕事を休んでいるんじゃない。仕事ができないんだ。

ベンチから腰を上げ、自分が座っていたところに甘酒の缶を置いて、真は滑り台に近づいた。子供たちがお尻を痛くしないように、滑り台のまわりはぐるりと砂場になっている。覗《のぞ》き込まなくても、子供用のサイズの穴の縁から、芥子色のダウンの裾《すそ》がはみ出しているのが見える。

パクさんは穴のなかでじっとしている。真はお椀形の滑り台に掌をあてる。ひやりとして、手触りは意外とざらついていた。

パクさんは、これまでの生き方が間違っていたと思って、仕事ができなくなってしまったのだ。パクさんの先生にもそれがわかるから、そっとしているのだ。パクさんが戻ってくるのを待っていてくれるのだ。

真は、人が一生のうちでいちばん青臭い小理屈をこねる青春時代にいるから、ちょっと考えてみたりする。ホントのところ、問題はお母さんとの約束じゃなくって、パクさん自身のなかにあるんじゃないのかな、と。

おふくろの気持ちは誰にもわからない。パクさんは自分ではっきりそう言ってる。お母さんはパクさんのことを自慢してたかもしれないし、人には言わなくても自慢に思っていたかもしれない。だから問題はそこにはないのだ、たぶん。お母さんの、ほとんど空っぽの本棚を見たとき、パクさんはきっと、その瞬間、こう思っちゃったんだ。

——僕にも、ここに著作を並べる漫画家になる道があったはずなのに。

その思いが、「生き方を間違った」という結論を導き出して、パクさんは機能停止状態になってしまった。

人が、自分がどういう生き方をしてきたのか、振り返ってその道筋を目の当たりにするのは、親を亡くしたときなのだ、たぶん。

おお、頭でっかち！　自分で笑ってしまった。けど、あたらずといえども遠からずだと思うのは、真が青臭い青春時代を生きているからだ。

「パクさん、僕、みどり図書館に行きます」

芥子色のダウンの端っこは動かない。

「今のうちに出てきた方がいいですよ。パクさん一人でそこに入ってると、ほぼ確実に変質者だと思われます」

ちょっとして、パクさんは窮屈そうに後ずさりして出てきた。ニット帽がずれている。丸い額と頬が赤らんでいる。大真面目な顔をしているけれど、泣いてはいなかった。

両手を擦《こす》り合わせて砂粒を落とすと、ひまわり色のニット帽を取り、ぺこりと真に頭を下げた。

「申し訳ない」

「へ?」

「知り合って間もないシンちゃんに、あんな話を聞かせちゃって、恥ずかしい」

かまいませんとか、いいですよとか、こういう場合に適当な言葉が思い浮かんだけれど、それはただ適当なだけで正しくはない。だから真は黙っていた。

心のなかではぐるぐる思っていた。知り合って間もないけど、僕らは突飛な体験を共にしている仲間なんだから、いいんですよ。

パクさんはニット帽をかぶり直し、そうするとモードももとに戻った。

「じゃ、僕はうちに帰る」

「はい」

「連絡するよ。タマちゃんにも」

「僕んちに電話するときは、忘れずに、軟式テニス部のOBだって言ってくださいよ」

「了解、了解」

公園の出口で、東西に分かれた。自転車で来ればよかったなあと思いながら歩いているうちに、パクさんの言葉が、うんと遠くまで放って、ゆっくりと弧を描いて戻ってきたブーメランみたいに、心の目に見えてきた。

――お母さんって、偉いよねえ。

パクさんは秋吉尚美のことを忘れている。それとも彼女は、〈お母さん〉のうちにカウントされないのだろうか。

みどり図書館の〈私たちの町の歴史〉コーナーも、そこに一冊だけ保管されている『伊音ちゃんへの手紙』も、すぐに見つかった。

平日の午後の公共図書館には、年配の利用者が目立つ。真は閲覧室の隅っこに、静かに腰をおろした。

『伊音ちゃんへの手紙』は、真たちが去年のうちに作ってしまった卒業文集の半分ぐらいのページ数で、文章はパソコンのワープロソフトを使って入力されており、すべて横書きだ。その方が手紙らしく感じられるのは、ここに寄稿した人たちの多くが、まだ十代だからだろう。

表紙にはシンプルな花の絵があしらってある。それをめくると、目次の前のページに、パクさんが描いた〈伊音さん〉の絵があった。

寄稿者は十七名。みどり小学校の現校長と、当時の伊音ちゃんの担任教師、やはり当時の隣町のこども会の会長を除くと、あとはみんな伊音ちゃんの同級生たちだった。

ひとつひとつの手紙を、真は丁寧に読んでいった。手書きではなくて助かった。文章だけで、充分に感情的で感傷的だったからだ。

帰ってきてよと、呼びかけている人がいる。どこにいるのと、呼んでいる人がいる。あなたはもうこの世にはいないと思っていると、明記せずとも行間で悼んでいる人もいる。

どうしてあなたの身にこんなことが起こったのかと、怒っている人がいる。自分の無力を嘆いている人もいる。ただただ、伊音ちゃんと一緒にいたころを懐かしんでいる人がいる。どの文章もストレートで、飾りがなく、いくらか大げさで、充分にしめやかだった。

一通だけ、「新たな情報」という意味で、真の注意を引いた手紙があった。

伊音ちゃんは絵が上手だった——と書いている。三村鈴子《みむらすずこ》という女性で、夏休み前の一学期には、教室で伊音ちゃんの隣の席に座っていたのだそうだ。

〈岡野《おかの》さんと三人で、放課後の教室に残って、よくマンガの回し読みをしましたよね。わたしたち三人とも、『王女様は転校生』というラブコメの大ファンでした。思えばおませな小学三年生でしたが、ヒロインの制服が可愛いし、舞踏会やパーティに着てゆく豪華なドレスが素敵《すてき》で、よく真似して描いたものでした。

あなたはいちばん上手だった。本当に、びっくりするくらい上手に本物そっくりに描くので、そのうちにわたしは自分で描くのをやめて、あなたにねだっていろいろ描いてもらうようになりました。わたしが、大人になったら伊音ちゃんも漫画家になれるよって言ったのを覚えていますか？ そうするとあなたは笑ってはにかんでいました。

一度、ヒロインのと同じ制服を着たわたしと岡野さんを描いてくれたこともあったよね。わたしたち二人が、原宿の竹下通りを歩いているの。背景もちゃんと描かれていて、雑誌に載っていた竹下通りの写真を見て、そのとおりに描いたんだって。あの絵はどこにいったのかしら。わたしと岡野さんがすごく喜んだから、じゃあ色鉛筆で色を塗ってくるって、あなたがおうちに持って帰って、それっきりになってしまった記憶がありです。もしかしたら、おうちでお母さんに叱られて、捨てられちゃったのかな。あなたのお母さんは、あんまり優しい人ではありませんでしたよね〉

かなり長いこと、真はこの手紙のページを開いたまま、閲覧室の椅子の上で固まっていた。

伊音ちゃんは絵が上手《うま》かった。マンガのキャラを、本物そっくりに描くことができた。

この文集を手に取ることがなければ、きっと知らないままだった。

行方不明になった九歳の女の子を捜索するとき、「ちなみにこの子は絵が上手く、マンガのキャラをそっくりに描けます」なんて情報は不要だ。何の手がかりにもならない。だから当時の報道の材料にはならず、誰かの証言としても残らなかった。この文集で掘り起こされるまで。

だけど、今の真たちにとっては重要だ。

九歳のとき既に、好きなマンガのキャラを本物そっくりに描き、ヒロインの制服を友達に着せて、キャラとして描くことができるほどの画力があった女の子。

その子がそのまま、その才能を損なわれることなく十九歳まで成長したら？

カレンダーにも使われている有名な世界遺産の写真をお手本に、その建物を模写するくらいのことは造作もないいんじゃないか。

あの古城のスケッチを描いたのは、伊音ちゃん——伊音さん本人だった？

立ち上がろうとすると、にわかに膝《ひざ》がふにゃふにゃになり、真は机の端につかまった。文集は、紙が傷むのを防ぐために透明なビニールのカバーをかけられ、そのカバーの上に〈禁帯出〉のシールが貼ってある。けど、コピーなら許されるだろう。

母・正子がくれた千円を使い、真は文集のなかの三村鈴子のページをコピーした。作業が終わると急に空腹を感じ、図書館から出て、近くのマクドナルドでハンバーガーとポテトをぱくついた。

そのあいだもずっと、頭のなかには、三村鈴子の手紙の文面が、若い女性の声になって鳴り響いていた。あなたは絵が上手でした。あなたは笑ってはにかんでいました。あなたのお母さんは、あんまり優しい人ではありませんでしたよね——

秋吉伊音は生きているのかもしれない。


夕方、自宅に戻ってかけた電話で、ようやく城田がつかまった。〈パイナップル〉が忙しい時間帯なので、両親は近くにいない。声をひそめずにしゃべることができる。

「何度も電話したのに、何で出ないんだよ」

「学校に行くときは、ケータイはうちに置いてあるから」

「やっぱ学校、行ってたのか。バカ真面目にもほどがあるよ、この非常時に」

城田は腹立たしそうに鼻を鳴らして、

「あのね、昨日の今日であたしたちが揃って休んだら、怪しまれると思わない？　何て噂されるかわかったもんじゃないよ」

「尾垣君が休んでるから、しょうがない、あたしは今日、早退《はやび》けもしないでアリバイつくってきたんだからね」

　あ、そうか。

　この場合、アリバイという表現が適切かどうかはさておき、それは賢明な措置だった。

「そのせいで今、大車輪なんだ。いろいろ調べたいことがあって」

「今、どこにいるんだよ」

「うちに決まってるじゃない。パソコン使ってるんだから」

　パクさんが掬い上げ損ねた情報を求めて。

「ちょっと思いついたこともあるから、あたし、忙しいんだ」

「それはわかったから、聞いてよ。大発見がある」

　真が三村鈴子の手紙について話すあいだ、城田は完璧《かんぺき》に沈黙していた。

「もしもし？」

「――知ってる。パクさんからも、ついさっき電話で聞いたばっかりだから」

　そっか、パクさんも読んで発見したんだ。

「とりあえずは、尾垣君はそれ以上考えるのをやめといて」

「だけどさ」

「そうだ、パクさんがその文章、コピーしてあたしに郵便で送ってくれたんだって。けど待ってられないから、ちょうどいいや、これからファクスで送ってくれない？」

「うちのファクスは店にあるんだ」

「じゃ、コンビニに行って」

了解しました、司令官。

「あ、ちょっと待って。手紙に出てくる〈オカノさん〉って人も、文集に書いてる？」

真も気になったから確認したが、岡野という姓の寄稿者はいなかった。

「そう。じゃあ三村さんのページだけでいい。お願いします」

城田は電話を切ろうとする。真は追いすがった。「伊音さんは生きてるかもしれないって思わないか？　彼女が古城のスケッチを」

城田は絵描きだから、真以上にリアルにこの仮説の信憑《しんぴょう》性を感じ取れるのでは？

しかし城田は素っ気なく、かつ厳しかった。

「だから、今はまだ考えちゃ駄目だってば」

あたし明日は学校を休むから、と言う。

「尾垣君がアリバイをつくってね。早退けもナシだよ。部活に顔を出して、夕方まで学校にいてよ。どっちにしろ、尾垣君にはもうやることがないから」

ずいぶんな言い様だ。

「文集に寄稿した人たちに会って、話を聞いてくるよ」

「それはパクさんがやってくれる。パクさんの方がスムーズに行くに決まってる」

ごもっともです。

「明後日、木曜日の二時に、パクさんのところで落ち合おう。それまでに、あたしも調べ物をやっておくから」

もうちょっと食い下がろうと思っているうちに、切られてしまった。

真は文集のコピーを手に、近所のコンビニに行った。

——城田さんも熱くなってた。

今はまだ考えるなと止めるのも、〈秋吉伊音生存説〉〈秋吉伊音＝古城のスケッチ作者説〉に、真と同じぐらい興奮しているからだろう。だからこそ慎重にいこう、と。

外に出ると、夜風は身を切るようだった。これだから暦の春はあてにならない。

寒さと夜の暗さが、真にふと、今の状況ではゼンゼンどうでもいいことを思い出させた。

——城田さんの、あのスケッチ。

城址《じょうし》公園で初めて声をかけたとき、城田が描いていた、荒涼とした景色を写し取ったスケッチ。

完成したのだろうか。中途のまんまで止まっているなら、未完成になってしまうのではなかろうか。だって、もうあの冬枯れの眺めは消えている。朝晩は底冷えしても、気まぐれに北風が吹いても、冬は退場した。春がゆっくりと、舞台の袖《そで》から出てきている。木々の枝には新芽が宿り、下草は伸び始め、花の蕾《つぼみ》はふくらんでいる。

あんな殺伐とした景色のスケッチ、もう描き上げなくたっていい。城田がそう思っているなら、それでいいけど。

だってホラ。城田珠美にはもう仲間がいるわけだから。オレとかパクさんとか。

もしかして、そこに、秋吉伊音という十九歳のおねえさんが加わることになったら、もっといい――とか思う尾垣真は、自分の仮説や自分の夢想が、どれほど突飛かつ重大な事態に根ざしたものであるのか、てんでわかっていなかった。

3

「会ってきたって……城田さんも一緒に?」

パクさんの部屋である。いつもながらのポジションで、真と城田とパクさんは、パソコンデスクのそばに座っている。

だが、木曜日の午後ではない。今日はもう週末、土曜日の午前十一時をちょっと過ぎたところだ。

あれから何度か、城田からもパクさんからも連絡が入った。二人ともそのたびに忙《せわ》しない感じで、

――まだちょっと調べ物が足りない。

――準備が要るから、木曜日は無理だ。

で、この日時になったのだ。真は不得要領、一人だけ〈蚊帳《かや》の外〉感を覚えつつ、しょうがないから二人の提案に従ってきた。

で、ようやく三人揃ってみたら、いきなりこうだ。三村鈴子さんに会ってきたよ。

「今は女子大生になってる」

きれいな人だったと、城田は言う。

「どうやって連絡をとったの？」

「『伊音ちゃんへの手紙』の奥付に、編集・発行人のメアドが載ってたから、その人に頼んで紹介してもらったんだ」

「パクさんはチラシ作製の関係者だから、連絡をとりやすかったし」

「だけど、事情を説明できたのか？　いきなりあの古城の話をしたのかよ」

二人は顔を見合わせる。

「そこはまあ、大人の判断でさ。ぼかすところはぼかして」

「ねえ？」

真だって、ホントのところはそんな段取りなんかどうでもいいのだ。要は、どうして真を仲間外れにしたのか、それを問い質したい。聞き込みはパクさんに任せるって、城田、自分で言ってたくせに。

城田もそこは察している。「だって、尾垣君にはアリバイをつくっといてもらわないとまずかったから」

またそれかよ。

「くだらねえんだよ、アリバイなんて」

「シンちゃん、そんな顔しないでさ」

本日もひまわり色のコーディネイトで、パクさんが宥《なだ》める。

「むくれないで、ケーキでも食べてよ」

テーブルの上にはケーキの大箱。それを取り囲んで、緑茶や麦茶のペットボトルが林立している。

「常識的には、僕が一人で行くべきだったと思う。でも――」

城田がパクさんを遮って続けた。「あたし、新しい情報を見つけたんだ」

口をへの字に曲げたまんまの真の鼻先に、一枚のプリントを差し出す。

「ネットで拾ったんだよ。伊音ちゃんが行方不明になってから、三ヵ月後の記事。新聞じゃなくて、地元のコミュニティ誌に載ってたんだ」

〈マンスリーみどり〉という月刊のコミュニティ誌だ。市の商栄会が発行していて、内容はショッピングやグルメ情報に、郷土の歴史豆知識。メンバーの経営する店を紹介するコーナーもある。パンフレットに毛が生えた程度の薄いものだ。

「当時はペーパーで出していたんだけど、三年前にメールマガジンに切り替えてね。そのとき、バックナンバーをネット上で検索閲覧できるようにしたんだって」

城田はそれを発見したのである。

「〈今月のエッセイ〉っていうところを見てごらん」

パクさんの丸っこい指先が指し示す。そこにはこんなタイトルと、書き手の氏名が掲げてあった。

『消えた女の子のこと』　林田則夫《はやしだのりお》（書籍文具・くりま堂）」

長い文章ではない。原稿用紙で三枚ほどだろう。真は素早く目を走らせ、顔を上げた。

「これ、ホント？」

パクさんがにっこりする。「ね？　気になるだろ」

この〈くりま堂〉という店は、伊音ちゃんが通っていた学校の近くにあるらしい。書き手は、「うちの店にはみどり小学校の子供たちがよく来てくれる」「店番をしながら、登下校する子供たちの元気な姿を見るのが老いの身の楽しみ」などと綴《つづ》ってある。

それからエッセイは、伊音ちゃんの失踪《しっそう》事件に触れる。事の真相がどういうものであれ、ともかく伊音ちゃんが無事に見つかってくれることを願う、我々地域住民が、臆測《おくそく》だけを根拠に犯人捜しをしたり、伊音ちゃんの保護者を糾弾したりするのは、子供たちに良い影響を与えない――

このくだりを読むなら、林田老人はなかなか冷静な人だ。が、エッセイはその先、意外な方向へ舵《かじ》を切る。

〈今回の事件は、昔風に言うなら「神隠し」である。幼い子供や若い女性が、まさに神様の袖に隠されてしまったかのようにふっつりと姿を消すという現象は、古くから存在していた。また、そのようにして姿を消した人が、何年か経って帰ってくるということもあり、そういうケースでは、その人は歳をとっておらず、消えた当時の姿形のままだという。

ところで、この伊音ちゃんという九歳の女の子は、以前にも何度かこんなふうに不可解な状況でいなくなり、しばらくすると、何事もなかったかのように見つかったことがあるという。伊音ちゃんと仲良しの同級生たちのあいだでは、このことはよく知られているそうである。

臆測に振り回されてはいけないと書きつつ、小生がこうした話を真に受けるような態度をとるのは矛盾しているが、珍しく美しい響きの名前を持つ伊音ちゃんは、特別に神様に愛《め》でられて、今回もまた、その袖の陰に密《ひそ》かにお招《よ》ばれしているのではなかろうか〉

真は口をへの字に曲げたままだった。もう、むくれているからではない。

確かに、これは気になる。伊音ちゃんは、十年前の夏休み中の事件の以前にも、何度か消えていた――

「で、どうだったんですか。三村さんも、このことを覚えてましたか」

パクさんはまた意味ありげに城田と目を見合わせてから、ゆっくりとうなずいた。

「仲良しだったからね」

城田が言う。「三村さんの文章に出てくる岡野さん、岡野由美《ゆみ》さんて人も覚えてた」

「その人にも会えたの？」

「大学が九州だから」

でも、三村さんとは今も友人づきあいが続いているそうで、彼女が連絡をつけてくれたので、話を聞けたのだという。

「伊音ちゃんは、まあその、身形《みなり》がだらしなかったりとか、忘れ物が多かったりとか、いろいろマイナス要素があったから、クラスでいじめられることが多かったんだって。三村さんと岡野さんは、そういうのがイヤでたまらなかったんだそうだ」

しっかりと結びつき、伊音ちゃんを逆風から守っていた、大事な友達。

「三人とも、一年生のときから同じクラスだったんだって。で、三村さんの記憶では、最初に伊音ちゃんが消えたのは、入学して間もなく、四月か五月の初めごろだった」

授業中にトイレに行きたいと手を挙げ、教室を出て行ったきり戻らなかった。

「彼女が教室を出てからその授業が終わるまで、せいぜい十分ぐらいのもんだったそうだ。だから担任の先生も、休み時間になってからトイレへ様子を見に行った」

だが、伊音ちゃんはトイレにいなかった。

「校内を捜し回っても見当たらない。まだ学校生活の決まりに馴染めない一年生のなかには、先生に黙って家に帰っちゃう子もいるもんだから、もしかすると伊音ちゃんも帰っちゃったかなって、自宅に電話してみたんだけど誰も出ない」

担任教師は次の授業を始めることができず、他の先生たちの応援も頼んで捜し続ける。三村さんたちは教室で待機していた。すると、伊音ちゃんがひょっこり戻ってきた。

——どこにいたの？

——トイレ。

「まだヒヨコみたいな一年生だからね。ひどく叱られずに済んだそうだけど、とても印象的な出来事だったそうだ」

その後も、似たようなことはあった。体育の授業が終わり、クラスのみんなで体育館から教室に戻ってくるあいだに、伊音ちゃんだけいなくなり、やがて校庭にぽつんと立っているのが見つかる。休み時間に教室から出たきりいなくなり、授業が始まってしばらくすると、後ろのドアからこっそり入ってくる。

「入学してから、例の事件で完全に行方不明になってしまうまでの二年半ほどのあいだで、三村さんと岡野さんが覚えている限り——学校内の、彼女たちが気づきやすいところで起こったケースだけで、五、六回」

但し、どのケースでも伊音ちゃんが姿を消しているのは短時間で、せいぜい十分くらいのことだったそうだ。

居心地のよくない教室から、子供がちょっと逃げ出してしまう。身体が小さいから視点も低く、大人には思いつかないような隙間や物陰を見つけて入り込んでしまう。本人もそれはいいことじゃないとわかっているし、先生に叱られるのは怖いから、少し経つと自分から出てきて、教室に戻る。

「でもパクさん、〈学校内〉って断るっていうことは、ほかでも起きてたんですね」

「シンちゃんはわかりが早い。そうなんだ。伊音ちゃんは、家のなかでもときどき消えていたらしい」

三村さんは一度、確か二年生の二学期だったというが、伊音ちゃんと遊ぼうとアパートまで迎えに行った際、居合わせた母親の秋吉尚美に、こんなことを言われたのだそうだ。

――伊音、ときどきどっかへ行っちゃうでしょ。学校でもそう？　おばさん、先生に呼び出されて叱られちゃった。

――あんた、ちゃんと伊音を見張っててよ。

真は、三村鈴子の書いた文章を思い出した。あなたのお母さんは、あんまり優しい人ではありませんでしたよね。

「どっか行っちゃうって……」

えらく大雑把な言い方だし、心配しているようには聞こえない。幼い娘の友達に、「見張ってて」と要求するのも、親としてはずいぶんと横着だ。

「三村さんも岡野さんも子供なりに不安で、伊音ちゃんの姿が見えなくなるとすぐ捜すようにしていたし、本人に訊いてみたこともあるんだって」

――伊音ちゃん、ときどき一人でどっか行っちゃうよね。どこ行ってるの？

――わかんない。

仲良しの友達に問われても、伊音ちゃんははっきり答えようとしなかった。

――知らない。

――伊音、どこにも行ってないよ。

「ごまかしてたわけじゃないと思うんだ」と、城田が言った。「まだ小さいからさ、本人にも、自分がどこに行ってるかわからなかったんじゃないかな」

真は顔をしかめた。「それ、どういう意味だよ」

「まあまあタマちゃん、そう先走らないで」

ともあれ、伊音ちゃんがたまに〈ふっつり消えては戻ってくる〉という現象が発生しており、そのことを、学校の先生もクラスメイトたちも認識していたのは間違いない。だからこそ、それが学校近くのくりま堂の親父さんの耳にも入った。おそらくは行方不明事件発生当時、

――いなくなっちゃった子って、前からときどきこういうことがあった子なんですよ。

なんていう、ひそひそ噂話として。

だが、これまで真たちがおさらいしてきた事件の報道記事のなかでは、このことはまったく触れられていない。秋吉尚美の母親失格ぶりについては、それこそ噂レベルのものまであげつらわれているのに、伊音ちゃん本人にまつわるこの話は、欠片《かけら》も出てこない。つまり、公的な情報としては共有・検討されていなかった。警察もマスコミも、まともに取り合わなかったんだろう。

「それ以前に、関係者がみんな口をつぐんでいたんだよ」と、パクさんが言った。

――何より、言いにくかったんです。

と、三村鈴子は話したそうだ。

——当時、学校からうちの母のところに事情を説明する電話がかかってきたり、町内を広報車が回り始めたりしたのは、伊音ちゃんが消えた翌日のことでした。その時点で既に、一晩経っちゃってたんです。

今までのケースとは大違いだ。今度の〈失踪〉は、今までのちょっと〈どっか行ってる〉のとはわけが違う。

——今度は、伊音ちゃんの身に本当に怖いことが起きているのかもしれない。そう思うとわたしも怖くって、余計なことは何も言えませんでした。

その気持ちは真にもわかる。警察官たちがわらわらと捜索に乗り出しているのだ。それまでの出来事とはレベルが違う。

学校の先生たちにとっては、状況はさらに厳しかったろう。うっかり、「伊音ちゃんはときどき消えるクセがあるんですけど、いつもすぐ戻ってきました」なんて言おうものなら、大変だ。ふざけるな、学校は生徒の身の安全を何だと思っている、今までにも似たようなことがあったのに放置していたのか！　と一斉攻撃を食らい、ひとつ間違えば担任教師や校長の責任問題にまで発展しかねない上に、伊音ちゃんの捜索には何の足しにもならない。

「だけど母親は？　秋吉尚美は何か言ってもよさそうなもんだよね」

真の疑問に、城田は苦い顔をした。

「言ったかもしれないよ。うちの子はときどき消えるんだって。でも、それで何になるのさ。言い訳がましく聞こえるだけだよ」

本気で聞いてもらえるどころか、自分にとってまずい事態を、「あの子はときどき消えるんですよ」なんてバカみたいな作り話でごまかそうとしているように見える。いや、現にそう見えただろう。この非常事態にまだそんなデタラメを言い並べる、何と浅はかな母親だろう、と。

秋吉尚美と彼女のオトコ、窪田俊を押し包む、重すぎ、暗すぎ、黒すぎる疑惑。

「岡野さんはね」と、城田が言う。「当時、お父さんとお母さんに頼んだんだって」

——伊音ちゃんにはどっかにお気に入りの隠れ場所があって、今もそこにいるのかもしれないよ。

「そこで何かが起きて、出てこられなくなっているのかもしれない。怪我しているのかもしれない。きっとおなかを空《す》かせてる。だからお巡りさんに、このことを話したいって」

真は素朴に驚いた。「岡野さんだって、そのころは九歳の女の子だろ？　すごいね」

「うん、優等生だったんだって。昨日、あたしたちはスカイプで話したんだけど、見るからに理知的な感じの人だった」

「九歳のころには、褒められるより、子供のくせに生意気だって睨《にら》まれるようなタイプだったろうなあって、僕は思ったけど」と、パクさんは苦笑いする。「僕の同級生にもいたよ、そういう女の子。学級委員だった」

パクさんの回想に用はない。「で、お巡りさんと話せたの？」

城田は首を振る。「やめなさいって、止められたんだってさ」

——どこかに隠れてるだけなら、とっくに見つかってるよ。

——余計なことをすると、お巡りさんの邪魔になるわよ。伊音ちゃんのお母さんをかばうようなことを言っちゃいけません。

——子供にはわからないことなんだ。

ずしんとくるやりとりだ。秋吉尚美をかばうようなことを言ってはいけない。これは岡野さんの両親だけでなく、当時の地域社会の意思を集約した言葉だろう。

「岡野さんは今でも、そのときのご両親の態度に納得がいかないそうでね。子供のころの話をすると、気まずいんだって言ってた」

「ああ、だから文集にも寄稿しなかったのかな」

「ご明察。今さら親と言い合いをするのもイヤだから、やめとくって」

事件から十年。もう十年であり、まだ十年でもある。影は薄れているが、完全に消えてはいない。

「それに、大人になった今では、やっぱり秋吉尚美が怪しいと思うって」

——悔しいけど、うちの両親は常識的な判断をしていたんだと思う。九歳のわたしがしゃしゃり出ていっても捜索の足しにはならなかったろうし、うちの家族が近所の人たちに白い目で見られるだけだったんじゃないかな。

どこかで読んだ覚えがあるが、日常的には使わない言葉を、真は思いついた。同調圧力。異質な意見を排除しようとする、強いベクトルだ。

だけどそれもまた、九歳の賢い女の子よりももっと、伊音ちゃんを捜し出す役には立たなかった。

「この、くりま堂の林田さんて人は？」

この人がエッセイに書いておいてくれなかったら、真たちが伊音ちゃんの〈ときどき消える〉クセを知る機会はなかったろう。

「三年前に亡くなってた。お店ももうなくて、コンビニになってるよ」

「そっか……」

伊音ちゃんは、神様の袖の陰にお招ばれしているのではないか。赤の他人の感傷的な表現だといえばそれまでだけれど、林田老人の優しい願いが伝わってくる。事件の真相が、巷間《こうかん》騒がれているような種類のものではありませんように。母も子も、等しく救われますように。

「——でもさ、結局」

身も蓋もないことを言おうとしているという自覚はあるので、真は小声になった。

「このこと、僕らが直面してる問題と、どう関係してくるんだろう」

九歳の伊音ちゃんは、あの古城のある世界にいる。塔のなかに、一人で。

真の問いかけをはぐらかすように、城田は手近にあったウーロン茶のペットボトルを開けて、口をつけた。パクさんはケーキの大箱を見ている。蓋を開けるのかな、と思ったら、手を出さずにそのまま言った。

「シンちゃんは、伊音さんが生きていると思うんだよね。伊音さんが、あのスケッチを描いたんだって」

「だってすごい画力だから」

「でも、さすがに九歳の伊音ちゃんじゃ無理だ。だから、十九歳に成長した伊音さんが描いたんだと思うわけだよね」

真は髪を掻《か》きむしった。「わかってますよ。ちゃんとした根拠なんかない思いつきですよ。でも、まるっきりあてずっぽうに、どこの誰だかわかんない絵の巧《うま》い人間があのスケッチを描いたんだっていうより、まだしもつじつまが合うような気がして」

「うん、僕もそう思う」

あっさりと同意して、パクさんはやおら身を乗り出すと、ケーキの大箱を開けて中身を取り出した。ショートケーキ、モンブラン、エクレア。テーブルの空いているスペースに並べてゆく。

「食べようよ」と言って、自分はシュークリームをがぶりとやった。

「パクさん……？」

「僕もそう思うって言ったんだ。だからシンちゃん、ケーキを食べなさい」

城田が深々とため息をつき、ペットボトルを足元に置いて、真の顔を見た。

「ここ何日か、この調査をしながら、パクさんといろいろ話し合ったんだ」

「二人でね」と、真はちょっと嫌みに言った。「オレは抜きで」

「うん。それは謝る。けど、いきなり尾垣君に話しても……わかってもらえないんじゃないかと思ったから」

「どうして？」

パクさんが言った。「これは絵描きの感覚だからさ」

口の端にカスタードクリームをくっつけているくせに、やけに果断な口調だった。

「あたしはホンモノの絵描きじゃないけど」

慌ててへりくだる城田にも、きっぱり言う。「確かにタマちゃんは、まだプロではない。けどそれは単に時間と立場の問題で、心は立派な絵描きだ」

真は、城田珠美がはにかむのを見た。喜んでる。立派な絵描きだ。それは、城田珠美にとって最高の褒め言葉なんだ。

「だからタマちゃん、説明しなさい。君ならできる」

って、逃げるのかよ。

城田は目元にはにかみを残したまま、言葉を探すように少し考えた。

「——尾垣君と最初に城址公園で会ったとき、あたし、スケッチを描いてたでしょ」

「うん」

〈荒涼のベンチ〉と表現したい眺めだった。

「あのときね、尾垣君がくしゃみをするまで、あたし、全然気づかなかった」

あたしは、あそこにはいなかったから──と言う。

「いたよ。ベンチに座ってた」

「そうだけど、あたしの中身はね、自分が描いてるスケッチのなかに入り込んでた。だから尾垣君がくしゃみをしたときは、そこから現実に戻ってきたって感じだったんだ」

夢中で絵を描いていると、よくそうなる。

「現実から離れちゃうんだ。自分が創っている絵の世界に行っちゃうんだ」

絵描きには、そういうことってあるんだよ。

「パクさんはプロだからね。仕事に力が入っているときほどそうなるんだろうけど」

「僕は先生が入れ込んでいる作品を手伝ってるときに、そうなる」

ショートケーキのフィルムを剝《は》がしながら、パクさんは、一語一語に力を込めて言う。

「先生の描く世界、先生が表したいと思っている世界に力があると、そっちに吸い込まれる。仕事しながら、まさにそこに〈いる〉感じになるんだ」

体感できるんだ、その世界を。言い切って、ケーキの上の苺《いちご》を食べる。

「その作品がSFだろうが、ホラーだろうが、スポ根ものだろうがラブコメだろうが、同じだ。先生の作品の力に吸い込まれるんだ」

パクさんはパクさんで、このやりとりに照れているんだと、遅まきながら真は気づいた。だからケーキを食べてごまかしている。

「あたしなんか、まだ未熟だからさ」

城田が言って、笑った。恥ずかしそうに、可愛らしく笑った。

「現実から逃げ出したいって気持ちが強いときほど、深く絵のなかに入り込んじゃう。技量が足りてないところを、想いで補っちゃうっていうか」

「謙遜《けんそん》するな、タマちゃん。君はいい腕をしている。ニア天才だ」

「ニアね」と、城田はまた笑う。

「オールモスト天才だ」

「ありがとうございます」

真は疎外感を覚える。クソ。

「ンで？　そういう絵描きの感覚が何なんだよ」

「――伊音ちゃんもそうだったんじゃないかなって思うんだ」

ひょいと消える。そういうとき、伊音ちゃんは、自分の描いている世界に入ってしまっていたのではないか。

「だけどまだ小さいからね。今のあたしよりもさらに技量も集中力も足りないから、長くはそっちにいられないんだ」

だから、長くても十分ぐらいで出てくる。何事もなかったみたいに現実に戻ってくる。

真は目を見開き、わざとらしくまじまじと城田珠美の顔を見た。

「じゃあ、伊音ちゃんが〈消えた〉ときってのは、いちいち絵を描いて、そンなかに入ってたっていうのかよ」

「学校にいて〈消えた〉場合は、いちいちエンピツで描いてたとは思わない。頭のなかで描いてたんだと思う。そういうの、あたしもあるから」

これから描こうとする世界を、頭のなかに思い浮かべる。深く集中すると周囲の現実が消え、自分の頭のなかの世界に入り込むことができる。あるいは、意図しなくても入り込んでしまう。

「そんな」と、真は言った。「スーパーナチュラルなこと言われたって」

「違うんだってば。超常現象じゃない」

「じゃあ超能力者か」

城田は声を強めた。「そンなんでもない。何かに夢中になると、誰にでもあり得ることなんだ。創作に限らない。アスリートにだってあると思うよ。ゾーンに入るとか、言うでしょ？　自分だけの、現実から隔絶された世界に行っちゃうんだ」

パクさんは本物のプロで、本物の天才のそばで仕事をしている。だからそういう経験ができる。でもあたしは——と、城田はちょっとつっかえてから、言った。

「現実逃避したい一心でさ。その点でも伊音ちゃんと似てるって思うんだ」

不幸だから、と言った。ひどく非日常的な響きのある言葉。城田本人も、今度ははにかむのではなく恥じている。

「嫌だね。こういう言葉って、どんなふうに言っても嘘くさい」

指についたクリームを舐《な》めながら、パクさんがむっくり立ち上がった。台所に入り、がさごそやっている。と、ポテトチップスの大袋を持って戻ってきた。

「しょっぱいもんが食べたくなった」

「パクさん、真面目にやってください」

「僕は真面目だよ」袋の口を引っ張って開けながら、「大真面目だ。緊張して興奮しているから、食べずにいられないんだ」

袋が開いて、中身が飛び出す。ポテチが数枚、真の膝の上にも飛んできた。

「シンちゃんこそしっかりしてくれよ。今さら『そんなスーパーナチュラルなこと言われたって』じゃないだろ？　そもそもあの古城のスケッチの存在からしてスーパーナチュラルなんだ。僕らがアバターを通してあの世界に入れるということもスーパーナチュラルなんだ。シンちゃんとタマちゃんがあそこで、学校の不良どもの化身に遭遇したってことも、スーパーナチュラル以外の何ものでもないじゃないか！」

以上のことを演説しながら、パクさんはバリバリとポテチを咀嚼《そしゃく》する。ポテチを食いまくりながら真剣に議論する中年男と対峙《たいじ》するのはこれが生まれて初めての経験だから、真はどんな顔をしたらいいのかわからない。

城田に目をやる。さっきまで笑ったり「ありがとう」とか言ったりしていたのに、泣き出しそうな顔をしている。

「古城の世界を描いたのは、十九歳の伊音さんだよ」と、城田は言った。「そして九歳の自分を助け出して、あそこに運んだ。小さい伊音ちゃんは、あの塔に閉じ込められているんじゃない」

保護されているんだ――

「大人になった伊音さんは、あの城で、九歳の女の子だったころの自分を守ってる」

――ずっとここで暮らそうね。

「ここならもう、誰にもいじめられたりしない。お母さんに叩かれたり、お母さんの男に蹴《け》っ飛ばされたり、ひもじかったり、寒かったり、淋《さび》しかったりすることもない」

――ここにいれば、ずっと幸せだよ。

ペットボトルのお茶を飲んで、パクさんがふうっと息をついた。

「あのお城の世界は、伊音さん自身なんだ」

十九歳の彼女のアバターだ。

「どうして」

真の声が喉《のど》でつっかえた。

「なんで世界遺産の城なんだよ。小さい女の子を保護するなら、普通の家でいいじゃないか。きれいなアパートでもマンションでもいい。お菓子の家だっていいじゃないか！」

「よくないんだ」と、城田は言う。「普通の家じゃ駄目なんだよ。あの古城でなきゃ」

「だから、なんでだよ！」

「あの古城は、伊音ちゃんを囲む現実から、いっちばん遠くかけ離れた世界だからだよ」

——ずっとお城で暮らそうね。

「知ってる人が誰もいない、誰もやって来ない場所だからだよ」

呟いて、城田は黙った。真は膝の上に散ったポテチを見つめる。見ているだけでしょっぱい、これは現実のものだ。

「無理だよ」

真は呟く。ポテチを食べてないのに喉がしょっぱくて、声が変だ。「むりらよ」と聞こえたから、言い直した。

「無理だよ。不可能だ」

よろしい。スーパーナチュラル、上等じゃねえか。生きた人間が絵に描いた世界に入る。オーケー。そして現実から消えてしまう。オーケー。だけどね城田さん、無理ですよ。

「十九歳の伊音さんが九歳の自分自身を助けに行くためには、時間を遡《さかのぼ》らなきゃならないんだぞ」

「そうだね」

シレッとしてる場合じゃないぞ。

「どうやって遡るんだよ。絵に描いたタイムマシンに乗っていくのか？」

Ｈ・Ｇ・ウェルズが怒るぞ。

「うん、僕はそう思ったんだ」と、パクさんは言う。「伊音さんの画力なら、お手本さえあればそれぐらいできるだろうって。けど、絵は描けても、動かし方がわからなかったら使えないよね」

ヘリコプターと同じでさ、と言う。

「それ以前に、パクさん、本物のタイムマシンはまだこの世に存在してないんですよ」

だからお手本なんかない。正しい動かし方なんて、誰が知ってるもんか。

「ん」と、パクさんは唸《うな》る。「だけどタマちゃんには別の意見があった。人は誰でも時間旅行することができるんだって」

但し、チャンスは一生に一度だけ。

「人間は、死に際にね」と、城田が言った。「自分の人生を、走馬灯みたいに全部、くまなく、ありありと眺めるんだって。それって、時間を遡るってことだよね」

真はつくづく呆《あき》れて、口を開いた。

「城田、おまえ大丈夫か」

「呼び捨てはまだしも、〈おまえ〉はやめてくンない？」

クソ、冷静だ。

「城田さん、ついさっき自分が言ったことを忘れてないか？　古城のスケッチを描いたのは十九歳の伊音さんだって」

「うん、言った」

「死んでちゃ描けないだろが」

「伊音さんはたぶん、あのスケッチを描いて、銀行のロビーにこっそり飾って、九歳の自分を迎えに行く準備を整えてから死んだんだ」

たった一度のタイムトリップをするために。

「それって……じゃあ……」

自殺したってことか。

真はあわあわ動揺しているのに、城田もパクさんも落ち着き払っている。この二人は、真より先行しているからだ。水曜日も木曜日も金曜日もさんざん議論して、ああでもないこうでもないと言い合って、気が済んでいるからだ。ずるいじゃないか。

「最初にあの世界に入ったとき、あたし、思ったんだ」

死の世界というものがあるとしたら、こういう場所なのではないか、と。

「静かできれいで、生きているものの気配が全然しないんだもの」

美しいけれど、時が停まっている。

真は声に出して「へ！」と言った。

「根拠はそれだけか？　理屈にもなってないよ。きれいで静かで人気《ひとけ》がないなんて、深い山のなかはどこだってみんなそうだ。遺跡だって――」

そこで気づいた。世界遺産って、要するに遺跡だよな。現役の建物じゃない。保存されているけれど、生きている建物じゃない。

それは、凍結された死だ。

「あたしたち、あの古城の世界に行って戻ってくると、いつも半端じゃないダメージを受けるよね」

「そうだよ。毎回、死にそうなくらいしんどいよ。だからって」

言いかけて、真は言葉を切った。死にそうなくらい。その表現の不気味な適切さ。

「あれもね、そのたびに〈死〉に近づくせいじゃないかと思うんだ。伊音さんが死んでゆく段階を、そのたびにあたしたちも追体験しているっていうか」

「死んでゆく段階？」

城田はうなずいた。「人間の身体って、すべてが一瞬のうちに死んで機能停止するわけじゃないんだよ。意識はなくなっても、機能している臓器はまだあるんだ。それがだんだん停まってゆく。ひとつずつ、中心部の大きなスイッチから、末端の小さなスイッチまで、順番に切れていくみたいに」

そういえば城田は、三人であのしんどい感覚について話し合っているとき、「多臓器不全」とか何とか言ってたよな。

今さらながら、実感する。城田は医者の娘なのだ。

「そんなの考えすぎだ。オレたちはただ、あの世界にエネルギーを吸い取られるだけで」

城田は真を遮った。「確かに、あの世界は、ずっと存在し続けるために、あたしたち外部の生きている人間のエネルギーを必要としているんだと思う」

補給が要るんだよ。

「伊音さんもそれはわかってた。自分が死んでしまったら、あの世界はそんなに長く保《も》たない。だから銀行のロビーなんかに貼って、誰かが興味を持って触れてくれることを期待したんだと思う」

「で？　触れた人間を引っ張り込んでエネルギーを吸い取る？　吸血鬼みたいに？」

毒づくような言い方をした真に、三個目だか四個目のケーキをぱくつきながら、パクさんが苦笑する。城田もうっすらと笑った。

「尾垣君、あの絵は人を引っ張り込んだりしてないよ。忘れたの？　あたしたちは、素のまんまじゃあの世界に入れなかった。ただ触れて、覗くことができただけ」

ご丁寧にアバターを描き、何とかしてあのなかを探索しようと試みたのは、真であり、パクさんだった。つまりはこっちの都合、こっちが好奇心で勝手にやったこと。

「あの世界は、あたしたちを痛めつけようとしてなんかいない。あれは、どうしようもない副作用みたいなものなんだと思う」

進んで死の世界に踏み込んでいく者が払わなければならない代償。

「じゃあ、あの幻覚は何だよ」真はムキになった。「オレたちが出くわした怪物は？」

城田はちょっと首をかしげる。「うん。あれは不可解だね」

そら見ろ。おまえだって全部わかってるわけじゃないんだろ。

「あたしたちの直近の記憶が、エネルギーとしてあの世界のなかに吸い取られてゆくとき、たまたま形になったのかもしれないし」

もしかしたら――と、まだ考え考え言葉を探して、

「あたしたちがあそこにあんまり長居しないように、伊音さんが、ああいう形で警告してくれたのかもしれない」

命ある来訪者よ、エネルギーをありがとう。でも長くここに留《とど》まってはいけない。わたしはあなた方を食べてしまうから。

「バカバカしい」

思いっきり力を込めて、真は言った。

「そんなの、みんな想像だ。勝手に推測してるだけだ」

想像力過剰症候群だ。

「そうかもしれないね。だから、確かめてみなくちゃ」

ウエットティッシュで手を拭《ふ》きながら、パクさんはケロッと言い放った。あんまり普通に発言されたものだから、真はすぐ反応できなかった。

「――どうやって？」

「この際、伊音さんに直接訊いてみるのがいちばん早い」

真はせせら笑った。「だって、伊音さんはあの世界そのものなんだろ？　パクさん、さっきそう言ったよね。あの世界自体が伊音さんのアバターなんだって」

「うん」

「だったらどうやって質問すンの？　お空に向かって、両手をラッパにして呼びかけま

すか？　お～い、伊音さんって」

「お空も森も城も口がきけないから、それは無理だろうね」

パクさんは嫌みなことを言う真の顔を、真っ直ぐに見つめる。

「だから、僕の作った3Dモデルのなかに、十九歳の彼女のアバターを置いてみる。彼女の遺志、残留思念、彼女の心がそのなかに入ってくれれば、会話できる可能性が生まれるだろ？」

真は黙った。城田は手を伸ばし、パクさんのパソコンのマウスを動かす。三人がやりとりしているうちに省電力モードになっていたモニターが蘇《よみがえ》り、古城の姿が現れた。

「うまくいくかどうか、保証はない。こいつは見込みの薄い、危険な賭《か》けだ」

伊音さんの思念は、もう彼女のアバターのなかに入れるほど濃く残っていないかもしれない。もう〈絵に描かれた古城の世界〉として定着しているだけで精一杯かもしれない。

「その定着のバランスを崩すようなことをしたら、あの世界は崩壊してしまうかもしれない。その場合は、僕らも現実に戻ってくることができないかもしれないし」

城田が続けた。「塔のなかの伊音ちゃんも、どうなるかわからないよね」

古城の世界が消失するのと同時に、彼女も消えてしまう？　真たちもその消失に巻き込まれ、虚空に呑み込まれてしまう？

「だから、先に伊音ちゃんをあそこから助け出しておきたい」

まず、囚《とら》われの身の姫を解放する。

「でも、伊音さんがそれを許してくれるかどうか、ね」

城主の望みは、幼い姫を塔のなかに保護しておくこと。あの世界が存続できる限り、永遠に。

――ずっとお城で暮らそうね。

「実際、僕らは地上からあの塔に近づくことはできないまんまだ」

歩いても歩いても、たどり着けない。

「また僕がペガサスになって飛んでいったとしても、伊音ちゃんのいる塔のなかに入れるかどうかはわからない。彼女を連れ出せるかどうかもわからない。この前見た限りでは、窓にはすべて格子がはまっていたし、ほかに開口部は見当たらなかった」

城主の伊音さんが、九歳の伊音ちゃんを進んで解放しようと思わない限り、あの塔も、古城も、あの世界そのものも閉じたまままだろう。森は深く、時は停まったまままだろう。

「だからどうしても、十九歳の伊音さんと話し合う必要があると思うんだ」

どうしても
、、、、
ものところに、力んでいるのではなく、熱意がこもっていた。

真は手近なペットボトルを開けた。天然水だ。口に含むと、妙に苦い。

「もうちょっと現実的な手段をとろうよ」

苦い口つきのまま、そう言った。パクさんと城田が申し合わせたようにまばたきをする。

「オレ抜きで二人で話し合って、やたら盛り上がっちゃってさ。仮説の上に仮説を載せて、あの古城の塔よりも高くなってるぞ」

土台なんかないに等しいのに、感情ばかりが先走っている。

「そもそも、あそこが死の世界なのかどうかもはっきりしてないんだ。二人とも、十九歳の伊音さんが死んでるって決めつけてるけど、ちゃんと調べたわけじゃないんだろ？」

「調べるって？」

「だからさ、若い女性の自殺とか変死だったら、事件として報道されるんじゃないの？　それ、あたってみたのかよ」

古城のスケッチが飾られたのは花田市の銀行のロビーだけれど、十九歳の秋吉伊音が死んだ場所は、どこだかわからない。日本全国どこだって可能性がある。

「それに、名前は〈秋吉伊音〉じゃないはずだ。いる。そうでなきゃ、十九歳に育ち上がるまでに発見されちゃうもんな。でも歳はわかってるんだし、死亡した時期も絞り込むことができるんだから、それらしい記事をネットで検索してみたら――」

パクさんと城田が顔を見合わせる。これで何度目だ？　そのたびに疎外感を味わうこっちの身にもなってくれよ。

「何だよ。オレ、そんなにおかしいこと言ってるか」

ううん、と城田は曖昧《あいまい》な返事をした。

「尾垣君は、SFとかファンタジーとか、あんまり興味ないタイプ？」

「それが何か関係あるのかよ」

「意外とあるかもしれないんだ」

真はあまりコミックを読まない。小説も読まない。両親もそうだから、叱られたことはない。尾垣家は全体にリアリストの集まりで、フィクションには関心が薄いのだ。

パクさんがまたケーキに手を伸ばしかけてやめ、城田は小さくため息をついた。

「あのね、シンちゃん。ちょっとややこしい話になるから、短気を起こさずに聞いててほしいんだよね」

そしてまた二人で視線を交わす。気分悪いなあ、もう。

「あたしたちが今いるこの世界は、秋吉伊音ちゃんが九歳で行方不明になって、あの古城の塔のなかにいる世界なんだよ」と、城田が切り出した。

「わかってるよ」

「伊音ちゃんをそれこそ神隠しみたいにさらって、古城の世界で保護することができたのは、十九歳の伊音さんだけ。これがあたしたちの立ててる仮説」

ほかの人間には無理だ、と。

「そうだよ。しつこいな、わかってるよ」

「その十九歳の伊音さんは、九歳のときに行方不明になったきりの伊音ちゃんとは違うんだよ」

城田は嚙《か》んで含めるように言う。何でそんな、小学生に九九を教えるような言い方をするのか。

「違うって——どうして」

「二人の秋吉伊音が存在している世界は、別々のものだから」

わからん。なぜ〈別々〉なんだ？

「伊音さんは、十九歳まで元気で生きてたんだろ。まあその、幸せだったかどうかはともかくとしてさ」

真も、自分が何となく混乱していることはわかっている。でも間違っているとは思えない。だから声が大きくなった。

「九歳のとき失踪したけど、死んだわけじゃなかった。どっかに連れ去られて、そこで育った」

そこまで言って、閃《ひらめ》いた。思わずぽんと手を打った。

「そうだよ！　十年前の失踪は誘拐とかじゃなくて、それこそ〈保護〉だったのかもしれない。無責任な母親とオトコのもとから、伊音ちゃんはもっといい環境に移されて——」

城田の白い目。パクさんは手で目元を覆っている。

「だったらどうして、今現在、九歳の伊音ちゃんがあの塔のなかにいるのさ」

十年前、伊音ちゃんを〈保護〉したい一心の人物が彼女を失踪させたのだとしたら、十年後の現在の伊音さんの状況がどうなっているかに関係なく、九歳の伊音ちゃんはもう過去のものであるはずだ。

なのに今、古城の塔のなかにいる。

「シンちゃんのその説じゃ、つじつまが合わない。わかるだろ？」

パクさんは残念そうな口ぶりだ。

「二人は、別々の存在なんだよ」

それしか考えられないんだと、城田は言う。

「九歳の伊音ちゃんを古城で保護しようと決めた十九歳の伊音さんは、九歳で行方不明にはならずに、母親のもとで育った。あるいは人生のどこかで母親に捨てられちゃったかもしれないけど、そういう伊音さんなんだ」

別の伊音さんなんだよ、と言う。

「きっと、九歳のときよりも、もっと不幸な伊音さんなんだ。九歳の不幸をずうっと引きずり、その不幸のなかに囚われたままの十九歳の伊音さんなんだ」

だからこそ、命と引き換えに過去に戻り、九歳の自分を保護しようと決断した——

「それはね、違う位相の世界にいた伊音さんなんだ。そして、あたしたちが今こうして認識している世界は、その伊音さんが過去に舞い戻って九歳の伊音ちゃんを失踪させた瞬間に成立した——あたしたちが認識できるようになった世界なんだ」

〈並行世界〉のうちの、ひとつ。

「世界はいっぱいあるんだ。無数の世界が、無数の事象の選択肢の先に同時に存在してる。ただ、あたしたちはそのすべてを認識することはできない。基本的に、自分がいる世界のことしかわからない」

そして今現在のこの世界では、伊音ちゃんは十年前に不可解な失踪をしたきりで、九歳のまま古城の塔にいる。だから、十九歳の伊音さんは存在しない。存在していないのだから、自殺も変死もしない。いくら検索したって、そんな報道記事は出てこない。

「ややこしいけど、そういうことなんだよ」

真は短気を起こしてはいない。一生懸命考えている。

「それって、タイムパラドックスか？」

城田はがっくり首を振った。「違う」

そこまで露骨に落胆しなくたっていいだろ。

「悪い。城田さんの言うこと、オレには理解できないや」

城田とパクさんは、揃ってため息を吐き出した。真はものすごく惨めになり、むかっ腹が立ってきた。

「わけわかんないこと言う方が悪いんだ」

「そうだね。ごめん」

やけに素直に謝る。こっちはもっと惨めになるじゃないか。

「世界の——スイッチを切り替えるみたいなもの？　それで別バージョンの世界をオンにするっていう」

城田は顔を上げた。「うん、その感じ」

「だけどオレたちには、今自分がどのバージョンにいるかわからない。だから世界がどう変わったのかもわからない。伊音さんによってスイッチが切り替えられ、その結果、現在進行している世界しか認識できないから」

「そう」

真は城田をじっと見つめた。

「わかった。よし、わかった」

両手を挙げ、降参。ついでに、戯《おど》けるようにひらひら踊ってみせる。

「わかってないけどわかった。いいよ、やってみりゃいいじゃん。パクさん、十九歳の伊音さんのアバターを作ってよ。古城の森で独占インタビューしましょうよ。そんで彼女を説得してさ、九歳の伊音ちゃんを塔から出してあげようよ。で、何もかも解決だ。ね？」

二人は答えない。じれったいなあ。

「いいよ、やろうって言ってるんだぞ。何が不満なんだよ」

城田が小声で何か呟いた。

「は？　何ですか、聞こえませんでした。もっと大きな声で発言してください」

「——また世界が変わるって言ったんだ」

真たちが古城の塔から伊音ちゃんを助け出したら、九歳の夏の失踪事件は起こらなかったことになる。伊音ちゃん失踪事件が存在していないバージョンの世界がスイッチオンになる。

「それって、もとへ戻るだけじゃないの？」

「そんな単純じゃないと思う。一度起こったことを取り消したわけだから、また別の位相の世界が現れることになるはず」

無数の選択肢のうちの、小さなひとつ。世界全体にとってはバクテリアみたいな九歳の女の子に関わる、微小なサイズのスイッチ。

その切り替えが、真たちのいる〈現実〉を変えてしまう。

「――けどオレたちは、変わったことに気づかないんだろ？」

城田は横目でパクさんを見る。パクさんはへどもどする。その動揺ぶりに、真はにわかに怖くなった。やめ。今の質問、取り消し。

だが、パクさんは答えた。「今度は、気づくと思うんだ」

自分たちでスイッチを切り替えるから。当事者だから。

「世界が変わったことがわかると思うよ」

世界を変えてしまったと、わかる。

「何が、どう変わるんだろ」

オレはどうしてこんなひそひそ声を出してるんだ。もっと堂々としろ。

「大した変化じゃないよね？　世界は広いんだし、人は何十億人もいるんだ。そのなかのたった一人の女の子のことなんだから」

パクさんは首を振っている。

「わからない」

「わかるって言ってよ」

「変化の規模も内容も、まったく予測できない。ごめん、シンちゃん」

謝らなくたっていい。そんな危険なことだったら、やらなきゃいいだけの話だ。常識的な結論。

——だけど、こいつら。

パクさんの困り顔。丸い額の汗。城田の横顔。後ろめたそうに肩をすぼめて。

——やりたいんだ。

真の背中を悪寒が駆け上ってきた。

「そんなに伊音ちゃんを助けたいか？」

あの子を塔から出すことに、そんなに大きなものを賭けてもいいっていうのか。

「オレは嫌だよ。そこまでする義理はない。パッとした人生じゃないけど、オレ、そんなに悪くないと思ってるから」

健康だし、両親も元気だし、〈パイナップル〉は繁盛してるし、高校には推薦で受かったし、真にとってはわりかし上等の人生、上等の世界なのだから。

失いたくない。変えられたくない。

「シンちゃん、申し訳ない」

座り直して、膝に手を置き、パクさんは深々と真に頭を下げた。

「僕もタマちゃんも、これが現状を、僕らの人生を変えるチャンスになるかもしれないのなら、試みたい」

寝不足でむくんだ顔。でも、眼差《まなざ》しはどっしりと揺るがない。

出し抜けに、どんと胸を突かれたみたいに、真は悟った。

そうか。この二人は現状が――

不満足なんだ。不幸なんだ。

パクさんは、ここまでの人生の道のりで、やり直したいことがある。自分だって一枚看板の漫画家になれたかもしれないと思ってる。そうすればよかったと後悔している。

城田は、お母さんの死で人生を変えられてしまった。お母さんさえ生きていたら、今の窮屈で孤独な暮らしはなかった。

九歳の伊音ちゃんを助け出すと、別の位相の世界が現れる。どんな変化が起こるかわからない。大きな変化じゃないかもしれない。いい変化ばかりじゃないかもしれない。でも、現状よりはいい。このままでいるよりはいい。少しでも希望があるなら、変わる方がいい。この二人にとっては。

そうか。むらむらと腹が立つ。

「こんな話だから、オレ抜きでまとめちゃったんだな」

じっとしていられないほど恐ろしい。

「オレは反対するに決まってる。だから邪魔だったんだ。そうだろ？」

絵描きの感覚について、尾垣君にはわかってもらえないかもしれないから言いにくかった——なんて、おためごかしだ。

「ごめんなさい」

うなだれたまま、城田が言った。それはつまり、認めたってことだ。

「オレも、別にいいよ。気にしないよ」

真はバカに陽気な声を張り上げた。背中をひと筋、冷たい汗が流れ落ちてゆく。

「世界の変化？　ンなの、大したことないに決まってるって。パクさん、期待したって空しいだけだと思うなあ」

パクさんはのろのろと頭を掻く。城田が物憂げにまばたきをして、やっとこっちを見た。

「九歳の女の子一人のために、世界がガラッと変わったりしてたまるかよ」

そうだね、と城田は言った。棒読みするような言い方だった。

「オレたちはやっぱり推薦入学で高校受験が済んでて、毎日ヒマでさ。変わるとしたら、そうだな、うちの親の店。〈パイナップル〉じゃなくて〈アップル〉って店名になってたりしてな。カレー屋じゃなくてトンカツ屋。その程度だよ、せいぜい」

「そうだね」

「尾佐が学年トップの優等生で、生徒会長やってたら笑えるけど」

「そうだね」

城田珠美、頼むからそんな顔をしないでくれよ。尾垣君に悪いって、尾垣君に申し訳ないって、そんな目をするなよ。

真は〈パクさんとタマちゃん〉が怖い。

心の血の気が引いてゆく。

わざとらしい笑みを顔に貼りつけたまま、真はぱっと立ち上がり、パソコンデスクに飛びかかった。コードは？　電源コードはどこだ？　引っこ抜いてやる！　モニターをぶっ壊してやる！　ハードディスクを引っ張り出してお釈迦《しゃか》にしてやる！

「シンちゃん、やめてくれ」

大柄なのに、パクさんはすばしこい。今までこんなに機敏に動いたことなんかないだろ？　本気出してなかったのか。

真はたちまち取り押さえられて、ただがなるばかりだ。

「放せよ！　放してくれ！」

「すぐ放すよ。だから暴れないでくれ」

「うるさい！　二人してオレを騙《だま》して」

「落ち着いてくれよ、シンちゃん。あのスケッチは君に返すから」

真はもがくのをやめた。ケーキの大箱がひっくり返り、ペットボトルが倒れている。

座り込んだ城田は、顔が真っ青だ。

パクさんはがっちりと真を羽交い締めにしたまま、息を切らして言う。「あの、スケッチは、君が見つけた。だから、君に返す。でも、３Ｄモデルは、僕が作った。だから、僕が使う。それで、納得、してくれよ」

真もぜいぜい喘《あえ》いでいた。

「城田珠美ぃ」

悲鳴のような声が出た。

「おまえはそれでいいのかよ。おまえ、オレの友達じゃないのかよ」

城田は両手で耳を塞《ふさ》いだ。

「スイッチを切り替えたって、おまえが望むような世界になるとは限らないんだぞ。お母さんだけじゃなくって、お父さんまで死んでる世界になるかもしれないんだぞ！」

「シンちゃん、やめろ」

やめてくれ。パクさんの声が震える。

「タマちゃんに、そんな残酷なことを言っちゃいけない」

そして急に羽交い締めを解いた。真は腰が抜けた。パクさんも脱力して、ゆっくりとへたり込む。

城田珠美は泣いている。

「全部、僕の想像なんだから」

パクさんは囁《ささや》くような声で呟く。

「仮説なんて、もっともらしいものじゃない。全部、バカな空想に過ぎないのかもしれないんだ。だからシンちゃん、タマちゃんを傷つけちゃいけない。君はそんなオトコじゃないだろ」

大きくひとつ深呼吸すると、真の身体の震えが収まった。

「――十九歳の伊音さんの３Ｄモデルは、もう出来上がってるんだ」

パクさんは、後ろから真の背中をぽんぽんと叩いた。

「準備を整えたら、僕とタマちゃんは決行する。シンちゃんは、あのスケッチを持って帰ればいい」

床を這い、パソコンデスクに近づくと、引き出しを開ける。

「ちゃんと、ファイルに入れたまま保管しておいたよ」

何日ぶりだろう。真は古城のスケッチを手に取った。

銀行のロビーで、サラリーマンの革靴に踏まれた跡は消えている。皺《しわ》もない。染みもない。まっさらだ。真たちが注《そそ》ぎ込んだエネルギーで、古城と森は生き続けている。

城田が泣きしゃっくりしながら身を起こし、手で顔を拭《ぬぐ》った。

「――オレも行きます」

スケッチを見つめたまま、真は言った。

「行って、十九歳の伊音さんに会います」

会って、彼女に言ってやる。

「あなたが九歳の自分をここに保護したのは正しい行いだった。今後もずっと保護してあげていいてほしい。そう言います。そのために必要なエネルギーは、オレが注いであげるから心配するなって」

それなら、世界は変わらない。

気が抜けたみたいに、ちょっとほっとしたみたいに、パクさんは笑った。

「つまり、どっちの言葉に説得力があるか、勝負するわけだね」

それでこそシンちゃんだ。今度は、痛いほどばちんと背中を張られた。

4

古城の森は翳《かげ》っていた。

陽が傾いているのだ。空気も冷えていて、つと首を縮めてしまうくらい肌寒い。

「──変化が起きてる」

パクさんが、茜《あかね》色に染まった空を仰ぐ。

「これって、パクさん謹製のアバターを、伊音さんが採用してくれたってことですよね」

緊張のあまりか、城田の声はかすれている。

「ここを維持している伊音さんの思念が、アバターを動かすためにエネルギーを使うから、森を明るくしておけなくなった。そういうことでしょ？」

「まだわからない」

パクさんは、三人が通り抜けてきた扉を振り返る。ノブに手をかけてがちゃがちゃ鳴らし、大きく開閉してみる。

「とりあえず、この扉は無事だ」

三〇センチほど開けたままにして、そっとノブから手を放した。

「とにかく急ごう。ここから先は時間との競争だ」

現実の世界で何があろうが、真たち三人のアバターには関係ない。仲良く探索に取りかかったときと同じ出で立《い》ちで森歩きを始めた。黄色いテントのベースも変化なし。一度も使われたことのない発電機もそのまんま。

ただ今回、城田は妙なものを持っている。上着のポケットから半分はみ出しているので、よく見えた。黒色の太い油性ペンだ。

それ自体はちっともおかしなものではない。だが、城田がパクさんに頼んでこれをアバターに描き足してもらい、わざわざ探索（そして対面）の場に持ち込んできた意図が見えないから、妙なのだ。

この森の木々にマーキングでもしようってのか。以前なら、あっさり笑ってそう尋ねることができた。今は駄目だ。真はきっと、猜疑《さいぎ》心たっぷりの訊き方をしてしまう。オレをハブっといて、また何を企《たくら》んでんだ。そんな嫌みな訊き方を。

これまで真と二人を結びつけていてくれたものが、踏みつけるとぱちんと音をたてて折れる枯れ枝みたいに脆《もろ》くなっている。

まだパクさんにも城田にも腹を立てているのに、その同じ腹の底が、悲しみに冷え切っている。この森では恐ろしいものにも遭ったけれど、探索は楽しかった。緊張することそのものに心がはずんだ。あのひとときは、もう取り戻せないんだ。

三人三様に気が急《せ》いている。なかでもパクさんが、ときどきつまずいたりよろけたりしつつもほとんど小走りになっているのは、出発前に仕掛けてきた、バカげた安全装置のせいだ。こんな状況でなかったら大笑いしてしまうようなやり方だったし、本当に必要なタイミングで機能するかどうかも怪しい。ただ時間制限が厳しくなっただけじゃないか。

「パクさん、そんなに走っちゃ危ない」

城田に声をかけられても、足を緩めない。

「ごめんねタマちゃん。でも僕、自分の腹筋にも背筋にもまったく自信がないからさ」

「だったら、あんな安全装置、やめとけばよかったのに」

「ずいぶん遠いみたいだけど、道を間違ってないんでしょうね？」

城田の後ろからついてゆく真は、たっぷりと棘《とげ》のある口調で割り込んだ。

「パクさん、伊音さんのアバターを置いた場所がわかんなくなってんじゃないですか？」

やっぱり、口を開けばこうなってしまう。

城田が振り返り、諌《いさ》めるように真の顔を見た。真はむくれて睨み返す。パクさんは返事をせずにとっとと先へ進んでいく。

地面が緩やかに起伏しているところにさしかかり、苔《こけ》の生えた斜面を下りると小川が流れている。真の記憶にある場所だ。

が、状況が変わっていた。小川が涸《か》れている。せせらぎの音が絶えている。

城田が立ち止まった。「パクさん、水がない」

「うん、ないね」

パクさんは軽く息を切らしていた。城田は後方を見遣《みや》って、目の上に手をかざす。

「来た道に変化はないみたいだけど」

「来た道より、行く道だよ。迷ってない？　何でこんな遠くへ行かなきゃならないんだ」

険悪に口を尖《とが》らせる真に、パクさんは前方を指さした。森の影が濃くなっている。

「この小川を渡った先に、林檎《りんご》の木をひとつつくって配置したんだ。赤い実をいっぱいくっつけたから、すぐ見つかるよ」

「そんな余計なもんを置いたから、伊音さんに負担がかかってるんじゃないの？」

意地悪な問いかけは、自分の耳にも苦く聞こえた。パクさんも、そんな真とやり合うのが嫌なのだろう。城田に訴えかける。

「林檎の木の下に椅子を置いて、伊音さんのアバターを座らせたんだ。この先だよ。タマちゃんにも見せたよね？」

「ええ、見ました。あたし、場所も覚えてます。大丈夫ですから落ち着いて」

パクさんは慌ただしく深呼吸のふりをする。ぜいぜい喘ぐだけで、ちっとも深い呼吸になってない。城田はゆっくりと肩を上下させ、口をすぼめてひとつ息を吐き出した。

「ここからは、伊音さんの名前を呼びながら行きましょう。それと、もう一度確認です。万が一のときでも、あたしのことは、できるだけギリギリまで待っててください」

「わかってる、わかってる」

二人だけでごちゃごちゃ、お打ち合わせだ。ふん。真は足元の地面を蹴る。スニーカーの爪先《つまさき》が苔の小さな塊を剝がして撥《は》ね上げた。

その塊が消えた。落ちてこない。消えて失《な》くなってしまった。

変化が起きている。森を維持しているエネルギーが減っているからだ。

こいつは危険な賭けだ。バランスを崩すようなことをしたら、古城の世界は崩壊してしまうかもしれない。その場合は、僕らも現実に戻ってくることができないかもしれない。パクさんはシレッとそう言っていたけれど。

――三人ともこの苔みたいに消えちゃうかもしれないんだ。

「あ、ちょっとシンちゃん！」

二人を追い越して、真は駆け出した。林檎の木。実がいっぱい生《な》った林檎の木。早く、早く、早く伊音さんに会わなくちゃ。

僕はあなたを邪魔しません。この森も古城も、そのまま残しましょう。僕はあなたに協力します。あなたが九歳のときのあなたを救おうとした想いはよくわかる。幼い伊音ちゃんを、あの〈ハイツみなみ〉に戻したくないのもよくわかるから、このままにしましょう。だから、僕の世界も変えないで。

それでいいのか、尾垣真。

今のおまえの人生が、それほど価値あるものなのか。

お母さんを失って、城田は孤独に生きている。過去への後悔に苛《さいな》まれ、パクさんは立ち止まってしまっている。二人が現状を変えようと思うのは——ほんのわずかでも変化を起こす機会があるのなら試してみたいと思うのは、無理もないじゃないか。わかるだろ？　察してやれるだろ？　なのに、友達のためにちょっと譲ってあげることもできないのか。

それだけじゃない。真自身の人生だって、もっといい方向に変わる可能性もある。伊音ちゃんを塔から連れ出して帰還したら、新たにスイッチオンになった世界で、真は学年一の優等生かつモテ男になっているかもしれない。マイナス思考ばっかりじゃなくて、そっちの方にも考えられないのか。尾垣真には、そういう冒険心がないのかよ。

違う、違う、違う。真は歯を食いしばって、こみ上げてくる迷いを噛み殺す。どんな目が出るかわからないサイコロを振るのは嫌だ。誰だってそうじゃないか。

尾垣真は常識的な人間だ。テニスの相手に、壁打ちしてるのと同じだって言われるくらい、揺るがない人間なんだ。面白みはないかもしれないけど、分別のあるティーンエイジャーなんだ。突飛なことは願い下げだ。空想は真の守備範囲の問題じゃない。〈壁〉

の尾垣真は、そういうキャラじゃないんだから。

あった！　真はつんのめりそうになりながら足を止めた。

半円形の背もたれのついた、簡素な木の椅子。飾りは一切ない。パクさんが急いでつくった３Ｄモデルだから。

その椅子が、地面に倒れている。たわわに実をつけた、真の背丈よりちょっと高いくらいの林檎の木の下に。

「——伊音さん？」

小声で呼びかけてみる。

立ち並ぶ木々の幹。下草が地面を覆い、その上に枯れ葉が落ちている。

背後からパクさんと城田の足音が迫ってくる。パクさんははあはあと息をしている。

ぽとん。

林檎の実がひとつ、地面に落ちた。枝が身震いしたように、真は思った。

「どうして」

声が聞こえた。

パクさんの声じゃない。城田の声じゃない。真自身の声でもない。

女性の声だ。

「どうして」

赤い靴の爪先が見えた。林檎の実と同じ色合いだ。プレーンな平底靴。

膝丈の赤いドレス。丸襟で袖無し。それもやっぱり、パクさんが大急ぎでつくった3Dモデルだから、シンプルなのだ。

肩先にかかるくらいの長さの黒い髪。すんなりと細い身体。

パクさんと城田の議論は無駄じゃなかった。二人の仮説は的を射ていた。秋吉伊音は、このアバターにアクセスしてきた。ここは彼女の精神世界だ。ピンポン、正解、大当たり。

林檎の木の陰から現れる。人の身体なのに、ちゃんと立体なのに、幽霊のように見える。あまりにも滑らかに肌が白いからだ。つくりものだからだ。

だけどそれなら、ここでは真たちだって同じだ。アバターなんだから。なのに、どうして彼女だけはこんなにもはっきりと、

――死んでいるように見えるんだ?

十九歳の秋吉伊音。

ガラス玉のような黒い瞳が真を見つめる。正対し、視線を合わせているのに、相手の眼差しが感じ取れない。

視線が、生きていないから。

真は後ずさりした。駆け寄ってきた城田とぶつかりそうになる。

「伊音さん」

城田が呼びかけた。走ってきたせいで声が揺れている。

「ああ、よかった」

会えましたね――

パクさんが追いついてきた。息を切らし、ぎくしゃくした足取りで、真を追い越して前に出る。

「あなたは、あきよし、いおんさん、ですね？」

甘ったるく、子供に問いかけるような口調だった。

「僕たちのことは、知ってるでしょう。ときどきこの森に来ていました」

にこやかに笑おうとする。パクさんはまだ息があがっているので、うまくいかない。

「その姿は、僕がつくりました」

さらに半歩進み出て、パクさんは、目の前の女性を抱こうとするかのように両手を広げた。プロポーズするみたいに片膝をつく。

「気に入ってもらえましたか？　本物のあなたと似ているといいんだけど」

反応はない。返事もない。十九歳の秋吉伊音は棒のように突っ立っている。

「あ、えっと、僕は」

にわかに照れて、パクさんは慌てて姿勢を戻し、ごしごしと顔を擦った。

「駄目だなあ、あ、あんまり嬉《うれ》しくて浮かれちゃった。先に自己紹介しなくちゃ――」

「待って、パクさん」

城田が制止した。「ちょっと静かに」

同時に、痛いくらい強く、真の二の腕をつかんだ。真がそれ以上後ずさりしないように引き止めたのだ。真は腰が引けていた。

パクさんがつくった――そう、これこそもっとも正しい意味での人造人間。その黒い瞳。まばたきしない。顔のほかの部分もまったく動かない。

くちびるだけが動いて、言葉を発する形をつくる。

「ど、う、し、て」

確かに女性の声だ。だが、おかしな反響が混じっている。洞窟《どうくつ》のなかでしゃべっているみたいだ。

「どういう意味ですか」

囁くような、城田の問いかけ。真の腕をつかんだまま、目は真っ直ぐ秋吉伊音を見つめている。

「その〈どうして〉の意味を教えてください。あたしたちに何を訊いているの？」

首を回すのではなく、身体全体の向きを変えて、秋吉伊音はパクさんを、城田を、そしてあらためて真を見る。見据える。

パクさんも城田も真も、死者の目で見られている。そんなあり得ない経験をしている。

「どう、して」

反響混じりの声で、秋吉伊音はまたそう言った。

「どうして」

反復再生。繰り返す。

「僕らに何を言いたいの？」と、パクさんが問いかけた。「言ってみて。ちゃんと聞いてますから。僕ら、あなたと話し合いをしたくて、こういう形をとったんです」

秋吉伊音はパクさんに向き直った。パクさんは彼女に、親しげにうなずきかける。僕はあなたを理解しています。あなたの気持ちがわかりますよ。

「伊音さん、あなたはあのお城の塔のなかに、子供のころのあなたを匿《かくま》ってますよね。あなたがなぜそうしているのか、どうやってそんなことをやってのけたのか、僕らは理由を知っています。いや、その、だいたい推察しているつもりです」

しゃべるパクさんの口元があわあわしている。アバターでなく生身の人間なら、冷汗をだくだく掻いているところだ。

「だけどね、伊音さん。九歳の伊音ちゃんをあんなところに閉じ込めたままにするのは、正しいことだろうか。伊音ちゃんにとって、それが本当に幸せだろうか」

「あなた自身にとっても幸せでしょうか」

思い切ったように、城田が呼びかける。ちっとも怖がっていない。ただ必死だ。

「あたしは、どうしてもそう思えない。だって悲しすぎるから。こんなことをするために、あなたは命を捨ててしまったんでしょう。未来も捨ててしまったんでしょう」

城田は敢《あ》えて別の表現をしている。率直な、ストレートな言葉を避けている。

——こんなことをするために、あなたは死んでしまったんでしょう。

真の心に、冷水のような感情が流れ込んできた。この世界をつくっている思念が、真のアバターのなかに侵入してきたのだ。

ここは死の世界だ。目の前に立っているのは死人《しびと》だ。

自分のなかに満ちてくる寒さに、真はがくがく震え始めた。

人の身体はいっぺんに死ぬわけではないと、城田は言った。ならば心も同じではないのか。いっぺんに死んで消え失《う》せるのではない。少しずつ消えてゆく。少しずつ無に溶けてゆく。

どれほど強い心であろうと、どれほど深い無念であろうと、どれほど激しい執着であろうと、消えてゆくのだ。だから、この世界をつくった秋吉伊音という死者の思念も、じわじわと放電する電池のように、薄れつつ消耗を続けてきた。

今、その声に虚《うつ》ろな反響が混じっているのは、アバターという器をぴったり満たすだけの魂が、もう残っていないからだ。

だから彼女は真たちと違って、剝《む》き出しにつくりものに見える。

真たち外来者のエネルギーは、この世界へのささやかな補給にはなり得ても、秋吉伊音の魂への補給にはならなかった。冷静に考えてみたら、そんなの当たり前なのだ。人は皆、個別の人格を持つ独立した存在なのだから。

ここにいる秋吉伊音は、もう、かつて秋吉伊音だった命の残滓《ざんし》に過ぎない。入り組んで深い谷間に響く木霊みたいなものだ。奇跡的に長いこと反響してはいるが、音源はとうにないのだ。

話し合いなんてできるのか。真たちは、最後まで消え残っている、彼女のいちばん強い感情に触れるだけで精一杯じゃないのか。

その、強い感情とは。

「どうして」

ひときわはっきりと、秋吉伊音が真たちに問いかけてきた。

「邪魔をするの」

アバターの身であり得ないことなのに、真のうなじの毛が逆立った。

洞窟のなかを風が吹き抜けたかのように、声の反響が乱れて雑音が増す。

「助けて、くれない、のに」

「助けて、くれなかった、のに」

どうして邪魔をするの？

秋吉伊音がこの世に残したのは、怒りだ。おまえはここで生きろと、置き去りにされた環境への怒り。理不尽な運命の采配《さいはい》への怒り。

何も選択できず、受け入れることを強いられるだけの日々への怒り。理解も、共感も、救済も与えてくれない、彼女を取り囲む現実への怒り。

だから、ずっとお城で暮らそうと思っていたのに。そこへずかずか踏み込んできて、おまえたちは邪魔をする。

彼女の首がぽろりと取れた。同時に身体も傾《かし》いだ。膝が折れている。足首と脛《すね》と腿《もも》がバラバラになり、胴体もウエストのところで二つに分かれた。腕が肩から抜け、落下しながら手首も外れてしまった。

真を押しやるようにして前に出て、城田が叫んだ。「伊音さん、行かないで！」

もう遅い。彼女はアバターから出てしまった。足元に転がっているのは、開店準備中のブティックのマネキン。二つに分かれた胴体を包んで、赤いドレスがぶかぶかしている。店員さん、早く組み立ててくれよ、気味が悪いから。

突然、横風が吹きつけてきた。森の木立が騒ぎ、緑の葉が次々と千切れて舞い上がる。城田の赤いニット帽が飛んだ。

寒い。凍るような突風。いったん通り過ぎ、今度は吹き返してくる。真は腕で顔をかばい、身を屈めた。

「タマちゃん、伏せろ！」

パクさんが叫ぶ。間に合わない。ニット帽を拾おうとした城田は、まともに風に煽《あお》られて転んだ。

地面が鳴動し始めた。森も震えている。立ち木が胴震いし、下草が端から枯れて散ってゆく。あたりがどんどん暗くなる。夕陽が落ちてゆくのだ。あり得ない速さと、あり得ない急な角度で。

「ああ、大変だ——」

パクさんは地面に膝をつき、身を縮めた。

「やっぱりまずかった」

この世界はバランスを崩した。真たちが忍び足の遠慮がちな訪問者であることをやめ、城主に近づこうとしたから。城主がもっとも望んでいることを、やめさせようとしたから。死者の思念をかき乱したから。

「パクさん、空が消え始めてる！」

城田は三人が抜けてきた森の小道の向こうを見遣っている。帰還用の扉と黄色いテントがある方向だ。

真は目を瞠《みは》った。空だけじゃない。森も消えてゆく。中空に波打つ白い曲線が現れ、さざ波立ち、上下に激しく揺れながら、古城の世界を消してゆくのだ。

あれは空白の境界線。この先は何もない虚空だと示す、致命的なラインだ。

声を呑んで立ちすくむ三人の頭上をかすめて、突風にへし折られた木の枝が飛んでいく。

「お城に走れ！」

パクさんが城田の手を引っ張り、駆け出そうとした。壁にぶつかったみたいに、逆風に押し戻される。古城から吹き下ろす冷たい風。真たちを虚空へと押しやろうとする、城主の意志の表れだ。

伊音さんは怒ってる。オレたちを怒ってる。

——ずっとお城で暮らそうね。

その静かな約束を揺るがす者を怒っている。丸ごと呑み込んでやる。喰《く》らってやる！

「シンちゃん、負けるな。もう扉には戻れない。お城に向かうしかない！」

わかってるよ。だけど風が強すぎる。寒くて、凍るようで、手足が思うように動かない。頭を下げ、前屈みになり、突風に逆らって懸命に進む。風は唸り、深い森を破壊してゆく。引きちぎられた無数の木の葉が風の渦に吸い込まれ、宙に模様のようなものを描いては、また散って吹き飛ばされてゆく。

その模様。時には人の顔、時には人ではない異形の顔。つかみかかってくる鉤爪《かぎづめ》の生えた手。鋭い牙《きば》の覗く大口。みんな怒っている。喚《わめ》いている。

砂絵のように、瞬間、瞬間、中空に現れては消えてゆく。崩れてゆくバランス、壊れてゆく世界を立て直そうとあがきながら、伊音さんが描いてみせる、彼女の作品だ。

今さら遅いけれど、真は悟った。

あの大蛇と大猿の怪物。真と城田を脅かした、現実の体験を反映した化け物は、無意識の混沌《こんとん》が幻影化したのではなく、ましてや親切な警告なんかでもなかった。

あれは秋吉伊音にとって、世界を、現実を表すイコンだったのだ。

彼女を囲む現実世界は、あんなものでいっぱいだったのだ。気まぐれな悪意と暴力。蔑《さげす》みと無関心。それらはみんな、伊音ちゃんと伊音さんにとっては怪物だった。

今も真の目の奥に焼きついている、「他人の神経を削る」江元栞奈の大蛇の顔に浮かんでいた、あのにたにたした笑み。秋吉伊音には、まわりの大人たちの笑顔は、ああいう顔に見えたのだ。それが母親の笑顔であってさえ、ああいうふうにしか見えなかったのだ。今は機嫌がいいけれど、次の瞬間には嚙みつきかかってくるかもしれない。尾佐の顔をした大猿の無意味な大暴れも、秋吉伊音にとっては、あれが普通だった。大人はああいうふうにするんだ。男はああいうものなんだ。暴力というのはああいうものなんだ。怖がったって無駄だ。泣いたって無駄だ。理由なんかわからない。

世界は怪物だらけだ。秋吉伊音には、それが事実だった。それしか知らなかった。だから真と城田の心から吸い上げた感情を、そのとおりに表出してみせただけだったのだ。真たちから感じ取ったものを表そうとすると、怪物にするしかなかったのだ。

静謐《せいひつ》で人気《ひとけ》のない古城の世界は、そんなものを寄せ付けない、唯一無二の〈伊音の家〉だった。だが今、それは崩れてゆく。森の静寂は解体され、伊音さんの恐怖と絶望へと分解されてゆく。

――ごめんなさい。

じわじわと迫ってくる空白の境界線から逃れるため、三人は必死で逃げる。パクさんも城田も、時には悲鳴を、時にはわけのわからない大声をあげている。

それに紛れて、真は叫んだ。ごめんなさい、ごめんなさい、ごめんなさい。

あまりに哀れで、痛ましくて、悲しくて。

城田が風に押し負かされて倒れる。赤いニット帽はどこかに消えてしまった。

「タマちゃん、僕につかまれ――」

城田に腕を差し伸べたその瞬間、パクさんが消えた。その腕にすがろうと身を起こしていた城田は、強い横風に煽られる。

「安全装置が働いたんだ!」真は怒鳴った。「最悪のタイミングじゃないかよ!」

パクさんは離脱してしまったのだ。

「パクさ〜ん!」

真につかまって立ち上がり、突風のなかで大声を張り上げ、城田は頭上に呼びかけた。

「尾垣君を引っ張り出してくださ〜い!」

聞こえるわけないだろう。だが城田は声を限りに何度かそう呼びかけると、真を押しのけてさらに先へ進もうとする。

「もうやめろ!」

真は城田の手をつかんだ。

「ここにいれば、パクさんが引っ張り出してくれるよ」

パソコンの前にいる二人の指を、モニターから離すだけでいいのだ。

「ううん。あたしは行く」

城田は真を押しのけ、しゃにむに前進しようとする。背後からは空白の境界線が迫ってくる。ランダムに上下左右にさざ波立ちながら、ゆっくりと、しかし確実にこの世界を消してゆく。

「伊音ちゃんに会わなくちゃ」

「もうそんなの無理だって」

「無理じゃない。だってほら、見て」

世界を根こそぎ吹き飛ばしてゆく強風のなかで、城田の声は逸《はや》り、目は輝いている。

「道が開けてる」

密度の薄くなった森の向こう、びっくりするほど間近に、古城の城壁が迫っていた。真がぽかんと口を開けて見守るうちにも、どんどん視界が開けて、古城全体の景観が露《あら》わになってゆく。

「今ならたどり着ける。行かなくちゃ」

城門を抜け、城内に入り、あの塔のてっぺんまで上るのだ。果敢に身を屈め、城田は歩き出す。

「なんでそんなに……頑張るんだよ」

真はもうへとへとだ。足が動かない。頭を持ち上げているのもしんどいほどだ。

城田は真の顔を覗き込んだ。笑いかけてきた。

「――ごめんね」

そして真を突き放すと、ポケットに突っ込んだ油性ペンをぎゅっと手で握りしめ、前進を始めた。

「城田！」

だったら、オレも一緒に行く。そう呼びかけようとしたとき、真の視界が暗転した。

引き離されて、飛び出す――

飛び出して、いた。

転がっていた。薄汚れた天井が見える。パクさんの部屋だ。帰還したんだ。起き上がるの
身動きする前に、呼吸をひとつする前に、真の胃袋がひっくり返った。息ができない。
が間に合わず、そのまま吐いた。吐物が逆流して喉が詰まる。息ができない。呼
乱暴に引き起こされた。パクさんだ。すごい力で背中を一発、二発とどやされる。呼
吸が通った。真は喘ぎながら息を吸い込み、鉛のように重い身体が前に倒れる。

「うわ、うわ、うわぁ、シンちゃん」

パクさんの顔も真っ白だ。やっぱり吐いたのか、黄色いTシャツの胸元が汚れている。
手も口もわななないている。

「これ、に、頭を載せて」

パクさんが何か引っ張り寄せて、真の背中にあててくれた。

「寄りかかって、横を、向くんだ。そしたら、吐いても、もう喉が詰まらない」

背中にふんわりとあたるものは、パクさんのバカげた安全装置だった。珍しいものじゃない。新発明の機械なんかでもない。パクさんの部屋にあった、だいぶエアの抜けたあのバランスボールだ。座っているだけでフィットネスができるという、樹脂製の大きなやわらかいボールである。パクさんの好きな、鮮やかなひまわり色だ。

一昨年の誕生日に、アシスタント仲間からもらったプレゼントなのだという。運動不

足のパクさん、せめて一日十分間、このバランスボールに座りなさい。だからボールの横っ腹に、マーカーで寄せ書きしてある。〈一日一日コツコツと〉〈継続は力なり〉〈これホントに効くよ、パクさん〉。

だけど、「フィットネス」や「バランス」という言葉は、パクさんの生活辞書からとっくの昔に削除されていた。もらって最初の三日間試した結果、最長でも三分二十五秒しか、パクさんはこのバランスボールの上に座っていることができなくて、それっきりほったらかしにしてあった。

——だから、こいつは最高の安全装置になるよ。

今回、古城の世界に発《た》つ前に、パクさんはそう言って、パソコン机の前から専用の椅子を退《の》けると、このバランスボールをでんと据えたのだ。そして危なっかしくお尻を載せた。

——こいつから転げ落ちてしまえば、僕は否応《いやおう》なしにお城の世界から緊急脱出することになる。その必要がないうちに転げ落ちちゃったら、もう一度入り直して君たちを追いかけるから。

バカみたいだと、真は思った。意外と有効かもと、城田は言った。

本当に有効だった。パクさんがフィットネス好きの健康志向中年男だったら、この手はまったく使えなかった。

へへ——と、真の口から弛緩《しかん》した笑いが漏れた。誓って本当に「へへ」だけだ。次の瞬間には理性を取り戻したから。

「城田！」

脱出させなくちゃ。見れば、城田は小さなスツールにきちんと腰掛けたまま、右手の人差し指をモニターにくっつけている。目が開いて、口も半開きになっている。アバターに入って向こうに行っているとき、オレたち、こんな顔してたのか。中身が抜けて、空っぽになっている。

「城田さん！」

もがいて起き上がる。また吐き気がこみ上げてきた。が、モニターが視界に入ると、そんなことなど忘れてしまった。

モニター上から、古城のスケッチが消え始めている。パクさんの3Dモデルが、もう半分以上も失くなっている。扉やテントはもちろんのこと、真たちのアバターも、既に空白に呑まれてしまった。

しかも、さらにじわじわと消失が進行している。古城を取り囲んでいた森は、もうほとんど残っていない。

「城田、起きろ、起きろ」

切迫しているのに、ふやけた声しか出てこない。身体に力が入らない。懸命に腕を持ち上げて、振り回す。何かつかんで投げつけようか。じたばたしていると、真の背中の下からバランスボールがころんと転げ、そこへパクさんが全体重をかけて体当たりしてきて、真は見事に下敷きにされてしまった。

「何するんだよ」

「まだ駄目だ」

パクさんは唸るように言う。息が湿っていて、汗臭い。

「タマちゃんと約束したんだ。ギリギリまで待つって」

森のなかで「もう一度確認」していたのは、このことか。

真はパクさんをはねのけようと、空しい努力をした。この人、重すぎる！

「ギ、ギリギリって、いつまで」

「お城の塔が残ってる限り」

「そんな無茶《むちゃ》な」

「無茶じゃない」

パクさんはぐううと呻《うめ》いた。「シンちゃん、僕が気絶しちゃったら、タマちゃんを頼む」

「無責任なこと言うなぁ！」

真は平手でめちゃくちゃにパクさんの背中を叩いた。

古城の土台部分が消え始めた。空白が壁面を這い上ってゆく。ドームの下部が消えてゆく。

「タマちゃん、頑張れ」

パクさんの、半分は寝言だ。目が半目になっている。

「パクさん、起きて起きて」

ドームがすべて消えた。向かって右の塔が消え始める。白い服を着た伊音ちゃんがいたのは、左側の塔だ。

「パクさん、気絶するな！」

ぐったりしている。さらに重くなる。モニターの上で、左側の塔も下部から消失が始まった。〈無〉に侵食され、呑まれてゆく。

「城田、戻ってこい！」

真は渾身《こんしん》の力でパクさんの身体を押しのけた。分厚い胴体が真の上で傾き、横様に転がった。たるんだジャージを穿《は》いた足が持ち上がり、ちょうど足払いをかけるみたいに、城田が座っている椅子の脚にぶつかった。

椅子が転倒する。両目を開けっ放しにしたまんま、城田も後ろに倒れてゆく。モニターから離れた手がデスクの脇のブックスタンドをなぎ払う恰好になって、本やファイルがばらばらと落下する。

真は城田を受け止めようとする。手が届かない。パクさんの身体が邪魔なんだ。

城田が椅子から転げ落ちた。真の背中からころんと逃げ出していったバランスボールの上に、背中から落下する。ぼよん、と身体がバウンドした。

途端に、激しく咳《せ》き込み始めた。溺《おぼ》れて息を吹き返した人みたいだ。酸素を求めて喘いでいる。

生きてる。ちゃんと帰還した。

目が回る。真はじっとして目眩《めまい》をやり過ごした。吐き気がこみ上げてきて、引いてゆく。

城田がゲホゲホ苦しそうだ。と思ったら呻き始めた。と思ったら違った。

笑っているのだ。そして何か言っている。

「やったぁ」

やったぁ、やったぁ。どっか壊れてしまったみたいに、その短い言葉を繰り返している。

真は床に手をつき、腹ばいになってから起き上がった。

「城田さん、大丈夫なのか」

城田は仰向《あおむ》けになって目をつぶり、両足を投げ出し、深く呼吸している。その目元が濡《ぬ》れている。

「大丈夫ら、よ」

酔っ払ったみたいに呂律《ろれつ》が回らない。右手を挙げようとする。じれったそうに何度も試みながら、途切れ途切れに言った。

「伊音ちゃん、に、会えた、よ」

あの子は、家に帰った。

そうか。やったな、城田。

真は気がついた。城田の手が汚れている。指の腹や掌の端に、黒い染みがついている。

「それ、何だよ。手にくっついてるの」

城田はようやく顔の前に手を持ってきて、何度もまばたきしながら見入っていた。

「汚れてる、よね」と訊く。

「う、うん」

「これ、油性ペン」

城田は嬉しそうに言う。

「尾垣君にも見える？」

「だから訊いたんだよ」

城田は右手を顔の上にぺちんと落とし、目に蓋をした。そしてまた「やったぁ」と笑う。

何をしてきたんだ、城田珠美。

パクさんのモニターから、古城と森の３Ｄモデルが消え失せた。白く底光りする画面に、今は空のファイルが表示されているだけだ。

それも消えて省電力モードになった。真はまた頭がふらついて、床が目の前に迫ってきた。疲れ切って、重力に逆らう力がわいてこない。

窓からは春の陽光が差し込み、車が行き交う音が小さく聞こえる。

こっちの世界はどう変わったんだろう。どうなっているんだろう。九歳の秋吉伊音ちゃん行方不明事件が発生していない世界は。

パクさんがいびきをかき始めた。城田も眠ってしまったらしい。

さっき城田がなぎ払ったブックスタンドから、追加のようにまた何冊かの本とファイルが落ちた。パクさん、机まわりに物を置きすぎなんだ。

その拍子に、何かがデスクの上から滑り落ちてきて、真の肩に軽くあたり、膝の上にふわりと落下した。

クリアファイルだ。城田がメンディングテープで封をした、あのクリアファイル。

空っぽだ。中身は消えて、失くなってしまった。

これほど消耗していなかったなら、真は泣き出していただろう。声をあげて泣いていただろう。

——ごめんなさい。

すべて終わってしまった。

ああ、オレももう駄目だ。さっきのお返しに、パクさんのクッションのいい身体を下敷きに、真も突っ伏して目を閉じた。

5

〈ハイツみなみ〉は、〈ハイツ南〉になっていた。

建物の外観や、単身者向けの賃貸アパートであるらしいことは変わっていない。名称の一部がひらがなから漢字になっただけ。

古城の世界が消え失せてから、数日が経った。真たちが現実離れしたことに夢中になっているうちに、気がつけば同学年生たちの受験も順調に終わり、それぞれに結果を出していた。明日は卒業式だ。

今日は午前中のうちに卒業式のリハーサルがあった。それを終え、部活に参加していかないかという（尾垣、また壁打ちやってよ）誘いを断り、真は一人でこのアパートを見に足を運んできた。

〈みなみ〉が〈南〉へ。

これが、九歳の秋吉伊音ちゃん失踪事件が起きていない世界で、この数日のうちに、真が見つけた初めての変化だった。

天気予報では、今日は日中の最高気温が二十度に達するという。首都圏の桜は一斉に咲き始めた。冬物の学生服を着込んで日向《ひなた》に佇《たたず》む真は、しばらくすると汗ばんでしまった。

——パクさん、こないな。

初めてここに来たときには、申し合わせたみたいにばったり会えたのに。

あの日、芥子色のダウンで着ぶくれたパクさんが潜っていた児童公園のお椀形の滑り台のまわりでは、幼い子供たちが四、五人、はしゃいだ声をあげて遊んでいる。ベンチでは、子供を見守りながら、若いお母さんたちがのんびりとおしゃべりしている。

あったかくて明るくて、平穏だ。

真の身近な生活空間に、大きな変化は起きていない。〈パイナップル〉は〈パイナップル〉のまま、そこそこ繁盛している。両親は二人とも元気だし、愛想がないけど仲の良い夫婦だということも変わらない。

真自身にも、変化はなかった。モテ男になってたわけじゃない。進学先も同じだった。

では、何が変わっているのか。

自分で確かめたかったから、こっちに帰還して別れた後は、パクさんにも城田にも連絡しなかった。向こうからも接触はない。城田は登校しているのだろうけれど、学校内で会うことはなかった。これだけ顔を見かけないところをみると、意識して避けられているのだろう。

そうしたい気持ちは、真も同じだ。

——何か変わってた？　期待していたような変化は起きてた？

そんなことを訊くのは怖い。

古城の世界は消え失せても、そこを巡って真と城田が対立した事実は変わらない。その記憶も変わらない。

踵《きびす》を返して、真は駅に向かった。

市立みどり図書館の閲覧室は、ほぼ満員になっていた。地域住民が春の読書熱に浮かされたからではなさそうだ。この前来たときは気づかなかったけれど、図書館の建物の裏手には、見事な桜の古木が何本も立ち並んでいるのだ。

そろそろ満開だ。閲覧室の人たちは、みんな書籍ではなく窓の外を眺めている。

真は件《くだん》のコーナーの書架へと歩いて行った。通路を半分も進まないうちに、ひまわり色のパーカーが目に入って、足を止めた。

パクさんが書架の前に立っていた。

まわりに他の利用者はいない。今日のパクさんは、パーカーの下のジャージのラインも黄色、スニーカーも黄色と青色のコンビだ。ひときわ存在感がある。

真が声をかける前に、振り返った。

「やあ、来たね」

そしてにっこり笑いながら、

「ないよ」と言った。

文集、『伊音ちゃんへの手紙』だ。

「検索しても出てこない。存在していないんだ」

「当然ですね」と、真はうなずいた。「だけどやっぱり確かめたくて」

「うん、僕も」

書架に並べられた書籍の背表紙を、真がすっかり確認してしまうまで充分に間をおいてから、

「出ようか」と、パクさんは言った。「桜を見ようよ。あそこ、通り抜けできるんだよ」

桜並木の下はにぎわっていた。ほろり、ほろりと舞い散る花びらを髪や肩に受けながら、そぞろ歩く人たちの表情はみんな優しい。

「——三度目の正直だった」

パクさんは言って、照れくさそうに眉《まゆ》のあいだを指で掻いた。

「今日で三日目なんだよ。やっとシンちゃんと遭遇できた」

真が来るのを待っていてくれたのか。

「最初の二日は、あっちにも行ったんだ。アパートの方」

真はパクさんの丸い顔を見上げた。「表示、変わってましたね」

「うん、漢字になってたね」

パクさんはパーカーのポケットに手を突っ込み、ちょっと肩をすぼめた。

「シンちゃん、何か変わってた？」

真はかぶりを振る。「個人的には何も変わってません」

「そう。僕も同じ」

かすかに目を細める。

「変化が起きているのは、伊音ちゃんに直接関係している事象に限られているみたいだ。少なくとも、現時点までで僕が調べた限りではそうだよ」

二人の前を歩いている若いカップルが、何が楽しいのか、はしゃいで笑った。

「僕は今も、休職中のベテランアシスタントだ。何も変わってなかった」

調子のいい夢を見たけど、夢は夢だ。

「夢で終わった」と言った。「あれで自分の人生を変えようなんて、僕は横着だった」

パクさんの横顔は落ち着いていて、口調も凪《な》いでいた。

秋吉伊音との最初で最後の対面に赴くときは、お互いに感情が高ぶっていたし、なにしろ事を急いでいたから、ゆっくり考える余裕がなかった。だがあれから数日、一人でぽつねんといろいろ思ううちに、真も真なりに冷静になり、公平に考えられるようになった。

だから言った。「パクさんは、まず伊音ちゃんをあそこから救出したかったんですよ」

「いやいや、シンちゃん」

真はパクさんを遮った。「それに、世界を変えて、人生を変えるチャンスをつかむって点では、自分のことより、城田さんのことを思いやってくれたんですよね」

パクさんの丸い目が、じっと真を見る。桜の花びらが一枚、その額にとまった。

「素敵なことを言ってくれるね」

花びらが額から滑り落ち、パクさんの鼻の頭をかすめてひらひら落ちていく。

「――でも、タマちゃんの人生も何も変わってなかった」

その言葉は冬の冷気のように真の身体に染み通り、じんわりと冷やして抜けていった。

「シンちゃんはタマちゃんと話した？」

「全然」

「そっか。僕は話して、確認した。タマちゃんはしっかりしていたよ。実を言うと、さっきの僕の台詞《せりふ》は彼女の受け売りだ」

――あんなことで自分の人生も変えられると思うなんて、あたしは横着でした。

「学校での様子はどうなの」

「会ってなくて、わからないんです。ひょっとすると、今日は休んでたのかもしれません。卒業式のリハーサルで、城田さん、隣のクラスの列のなかにいなかった」

それでひとつ、真は思い出した。

「江元栞奈って女子の話、覚えてますか」

パクさんは素直に嫌そうな顔をした。「タマちゃんをいじめてる女王様だろ」

「けどあいつ、表面的には人気者だし、先生のウケもいいから、卒業生代表の答辞を読むことになってたんですよ」

二月の頭の段階では、答辞は江元で決まりだという噂が流れていた。

「それが、今日のリハーサルでは違ってました。答辞は生徒会長が読んだんです」

江元栞奈の出番はなかった。

「これって――変化なのかな」

パクさんは少し考えてから、首を振った。

「それはさあ、シンちゃんたちの学校の先生にも、少しはまともな判断力のある人がいるっていうだけの話だろ。以前の世界でも、きっとそうなってたさ」

「そうかな……」

「そうさ。その程度の変化を変化と認めるのは甘いと思う」

二人は桜並木の終点まで行き着いた。パクさんはそのまま、図書館の正面玄関の方へと歩き続ける。

「ロッカーに鞄《かばん》を預けてあるんだ。取ってくるから、もう少し付き合ってよ。シンちゃんに見せたいものがあるんだ」

パクさんの鞄は古ぼけたリュックだった。

「よし、どっかで何か食べよう」

近くのファミレスに席をとり、パクさんはさっさとドリンクバーを注文すると、そのリュックから最新型のタブレット端末を引っ張り出した。

「これ、おニューなんだ」

嬉しそうだった。

「すぐ準備するから、ドリンク持ってきてくれる？　僕はアイスコーヒー」

真がアイスコーヒーを二つ持って席に戻ると、パクさんはタブレットから目を上げ、真の方にくるりと回して差し出した。

「見てごらん」

表示されているのは、どこかのサイトだ。〈桜《さくら》ちゃんハウスにようこそ〉

真のおばあちゃんぐらいの歳の女性の顔写真が掲載されている。〈桜ちゃんハウス代表　青木恵美子《あおきえみこ》〉。

その横には大きめの文字で、〈桜ちゃんハウスのこれまで〉〈桜ちゃんハウスの活動内容〉〈桜ちゃんハウスの支援者の皆様へ〉。テキストがびっしり並んでいる。

「画面に触るとスクロールできるよ」

おっかなびっくりそうしてみてから、真は訊いた。「これ、何ですか」

「ＮＰＯ法人」

「それはここにも書いてあるけど」

「伊音ちゃんみたいな子供や、秋吉尚美みたいな状況に置かれたお母さんたちをサポートする活動をしてる」

真はもう一度、画面に目を落とした。

〈お母さんたち　一人で抱え込まないで〉

パクさんはアイスコーヒーをブラックのままでぐびぐび飲むと、グラスを置いた。

「伊音ちゃん失踪事件の一年ほど前に、東京で、水埜《みずの》桜ちゃんという三歳の女の子が餓死する事件が起きたんだ」

二十一歳の母親はシングルマザーで、桜ちゃんの下に生後二ヵ月の男の子もいた。

「お母さんは身寄りがなくて、頼るあてもなくて、夜の商売をしながら二人の子供を育ててたんだけど、生活が苦しくて、いろいろ無理が重なったんだろうね。あるときから桜ちゃんにはかまわなくなっちゃって——」

かまう余裕がなくなってしまったのか。かまうことに疲れてしまったのか。

「結果的に餓死させちゃったんだ」

保護責任者遺棄致死ということで、母親は警察に逮捕され、罪に問われた。

「この代表者の青木さんという人は」

パクさんは女性の顔写真の脇に指を添えた。

「もともと保育所の経営者なんだって。桜ちゃんたちは、彼女の保育所のすぐそばのマンションに住んでいた」

目と鼻の先で、生活と育児に疲れ果てた若い母親が、幼い娘を死なせてしまった。その事件に、青木さんは強いショックを受けた。

「で、桜ちゃんや桜ちゃんのお母さんのような女性を助けたいって、支援者を募って、お金を集めて、スタッフを雇って、このNPOを立ち上げたわけさ」

真は一度、二度とうなずいた。「わかりました。でも、これは――」

「タマちゃんが見つけた」と、パクさんは続ける。「僕らが伊音さんのアバターと最初で最後の対面をする前に、彼女、熱心にネットで情報を集めてただろ？」

伊音ちゃんの事件についての情報を探していたのだ。

「そのとき、たまたまこのサイトを見つけたんだ」

真にはまだ話の筋道が見えない。「はあ。だからそれで？」

「おかしいなあ。シンちゃんは話のわかりが早いヒトのはずなのに」

「すみません」

パクさんはタブレットの端を軽く叩く。

「この〈桜ちゃんハウス〉は、伊音ちゃんが失踪した十年前の八月には、もう活動を始めていたんだよ。サイトも存在していた」

その活動がずっと続いていたから、城田が発見した、と。

「それ、前の世界の話ですよね？」

「そう。だからこそ意味がある」

そこで、やっと真の理解が追いついた。思わず目を瞠る。

「わかったかい？」

パクさんは顔いっぱいに、にんまり笑う。

「サイトのここに、電話番号が掲載されてるよね？」

パクさんが指で指し示す。〈年中無休　二十四時間　いつでもスタッフが応対します〉と書いてある。

「タマちゃんは、古城の塔の伊音ちゃんに会って、〈桜ちゃんハウス〉のことを教えてあげたかったんだよ。そのために、あそこに行ったんだ」

――伊音ちゃんに会わなくちゃ。

「だけど、教えるって言ったって、相手は九歳の子供ですよ？　電話番号なんか、そらで覚えられるかな。メモとか渡しても無駄なんだから」

3Dモデルのなかに描き込めば、古城の世界に物を持ち込むことはできる。が、持ち出すことはできなかった。

「だから、タマちゃんは油性ペンを持っていったのさ」

伊音ちゃんの小さな掌に、直《じか》に電話番号を書き記すために。

真は愕然《がくぜん》とした。思い出す。ポケットに突っ込んだ油性ペンを握りしめていた城田。

――道が開けてる。行かなくちゃ。

「僕も、できたら居合わせたかったな」と、パクさんは呟く。

真は想像してみた。容易にできた。あの塔のてっぺんまで上り、格子ごしに伊音ちゃんの手を握り、油性ペンの蓋をとる城田。

――いい？　おうちに帰ったら、ここに電話するのよ。

――ここに、伊音ちゃんを助けてくれる人がいるからね。

そして、九歳の女の子のやわらかい掌に電話番号を書く。

「伊音ちゃんに、意味がわかったかな」

城田には、ゆっくり説明している時間はなかったはずだ。

「どうしろって言われたのか、ちゃんと伝わったかな」

パクさんはまだにこにこしている。「大丈夫だよ。伊音ちゃんには、しっかり者で優等生の友達が二人もついていたじゃないか」

三村さんと岡野さんだ。

「福祉事務所や児童相談所へ電話しなさいというのじゃ、九歳の子供には無理だ。ハードルが高すぎるよ。話が通るまで時間がかかっちゃうしね。でも、こういう民間団体で、伊音ちゃんのような子供たちを助けるために特化しているところなら、一度でも連絡がつけば向こうから動いてくれる可能性が高い」

城田珠美は、そこに賭けた。

帰還してきて、「やったぁ」と言っていたのは、このことだったのだ。

しばらくのあいだ、真は口がきけなかった。心のなかはひとつの思いでいっぱいだった。

「――ひどいよ」

やっと、それが言葉になって出た。

「ひどいじゃないですか。こういうことをやるつもりだったなら、なんで僕も交ぜてくれなかったんですか。ちゃんと事情を説明してくれなかったんですか」

それなら、真も反対なんかしなかった。城田と一緒に、油性ペンを握ってあの塔を目指して進んで行った。

「シンちゃん」

パクさんは穏やかに言う。

「それでも、伊音ちゃんを救出すれば、世界を変えてしまう危険性はあった。そっちの可能性は変わらなかった」

「だからって！」

「これこれこうやって伊音ちゃんを救出し、〈ハイツみなみ〉の現状からも助け出しますって説明したら、確かにシンちゃんは反対しなかったろう。それでも反対できるほど、シンちゃんは冷たいヒトじゃないからね」

だが、そのやり方は狡《ずる》い——と、パクさんは言う。

「最初からシンちゃんの選択肢を奪っているんだから。僕やタマちゃんとは違って、今の現実を幸せに暮らしているシンちゃんに、その現実を変えてしまう危険を冒せ、そうしないと、あんたは九歳の子供を見殺しにする人でなしになるんだぞって、暗に強いるようなもんだもんね」

だったら、パクさんと城田のせいにした方がいい。伊音ちゃんを塔から解放すれば、我々の不遇な現実も変えられるかもしれない。だからやるんだ、と。

それなら、真が反対するのも、当然でまっとうな反応になる。伊音さんが望むとおり、古城の世界をそのままにしておけばいいじゃないか。伊音ちゃんを塔に保護したままにしておけばいいじゃないか。おまえら、自分の都合で勝手なこと言うなよ、真は怒り、怒ったことに後ろめたさを覚える必要もない。

「タマちゃんは言ってたよ」

——尾垣君は優しいから。

「ほんのちょっとでも、オレは身勝手で冷酷な奴だと思わせたくないってね」

——そう思っちゃうタイプだから。

真は思い出す。城田は言った。

——ごめんね。

あのとき真に笑いかけ、そう言った。

そして帰還してきて、箍《たが》が外れたみたいにふやけて笑っていた。やったぁ、やったぁ。尾垣君にもこの染み、見える？　油性ペンの汚れだよ。

やったぁ。

うなだれている真のおでこを、パクさんは拳骨《げんこつ》でこんこんと叩いた。

「ノックノック。まだ用事があるから出てきてください」

真はどんな顔をしたらいいのかわからない。

「幸い、秋吉伊音ちゃん失踪事件が起きていない今のこの世界にも〈桜ちゃんハウス〉は存在していて、活動している」

パクさんはタブレットの画面に触れて、スクロールさせてゆく。

「そして、前の世界との違いが、ここに表れている。見てみてよ」

〈スタッフ紹介〉のコーナーだった。

顔写真が縦にいくつか並び、その脇に個々のコメントがついている。女性が多い。そのなかでもひときわ若い、この顔。

パクさんがつくったアバターより、頬がふっくらしている。明るい栗色に染めた髪は活発そうなショートカットだ。

〈保育補助スタッフ　秋吉伊音〉

笑顔が満開だ。

〈高校を卒業し、この四月から見習いスタッフとして働き始めました。わたしは、ここ

でお世話になったハウスチルドレンの一人です。今度はわたしがママたちやチルドレンの役に立ちたい。頑張ります〉

「名字は変わってないね」と、パクさんが言った。「お母さんと暮らしているのかな。おばあちゃんや叔父さん叔母さんと一緒なのかな。ともあれ、元気そうだ」

真は、どんな顔をしたらいいのかわからなくても、どうでもよくなった。

秋吉伊音の世界は変わっていた。ただ無事なだけじゃない。ただ生存しているだけじゃない。

自分の人生を歩んでいた。こんなにもいい顔をして。

「ああ、腹減った！」パクさんが陽気な声をあげる。「シンちゃん、何か食べよう。食べて元気をつけよう」

真は何にも言えないままなのに、パクさんはウエイトレスを呼んで何品も注文した。

やがてそれが運ばれてくると、テーブルの上がいっぱいになってしまった。

「いただきます」

手を合わせて料理に一礼してから、パクさんはふと思いついたように真の顔を見た。

「そういえばさあ、シンちゃん、疑問に思ったことなかった？」

何のことを。

「伊音ちゃんの事件を知っている僕が、伊音さんの残したスケッチに出合った。それだけでもえらい偶然だけどさ、そもそも吉祥寺に住んでいる僕が、なんでまたあの時に限ってこっちにいて、銀行に立ち寄ったのか」

言われてみれば、そのとおりだ。

「――そうですね」

「僕も、こうやって落ち着いてみるまでは、突き詰めて考えてなかった。似顔絵を描いた縁で、伊音ちゃんに呼ばれたのかなって思ったぐらいで」

でも、今はそうじゃないと思う。

「実はね、あの前日に、僕、おふくろの夢を見たんだよ」

パクさんの枕元に立っていた。

「何だか知らないけど、すごく淋しそうな顔をしててね。だから僕、気になっちゃって、起きるとすぐ支度して、おふくろの墓参りに行ったんだ」

パクさんのお母さんの墓は、この町の墓所にあるのだという。

「墓参りを済ませたら気持ちが落ち着いて、久しぶりで懐かしいからぶらぶら散歩してたんだけどね。そのうちに、ふっとあの銀行に置きっぱなしにしてある口座のことを思い出したんだよ」

「ああ、それで」

あの支店に行った。そして、〈ぼくのうち　わたしのうち〉の展示を見つけた――

「うん。だから思うんだよ。僕を呼び寄せたのは、おふくろだったんじゃないのかなあ」

この淋しい、独りぼっちで塔のなかにいる女の子を連れ出しておやりよ。まんざら、あんたと縁がなくもない女の子なんだしさ。

「うちのおふくろって、そんな世話焼きのところが、ちょこっとあったから」

お母さんの話をして、笑顔のパクさん。照れ笑いだけれど、瞳の奥が明るい。

「さあ、食べよう食べよう、冷めないうちに食べよう」

照れ隠しみたいに、パクさんはぱんぱんと手を打って、フォークをつかんだ。

「いっぱい食って、僕、今日はこれから先生の仕事場に顔を出しに行くんだ」

真はまばたきした。

芥子色のダウンが黄色いパーカーに変わって、薄手になっただけじゃない。パクさんは、パクさんを押し包んでいたものを何か一枚脱ぎ捨てて、身軽になった。

世界は変わらなかったけれど、パクさんは変わったのだ。


卒業式は滞りなく終了した。

壇上にのぼって卒業証書を受け取るとき、城田珠美はとても緊張しているように見えた。背筋が真っ直ぐ伸びていた。

名前を呼ばれ、城田が「はい」と返事をしたとき、卒業生たちの列の一角で、冷やかすような笑い声があがった。江元と尾佐たちだ。

城田はそちらに目を向けなかった。横顔は凛《りん》としていた。

軟式テニス部員の謝恩会まで、一時間ほど間がある。真は卒業証書の筒を両親に渡すと、校門の前で別れた。

「どこ行くの？」

「うん、ちょっと」

城址《じょうし》公園に向かった。

さびれたこの公園にも春は来る。タンポポや菜の花が咲いている。散歩している人たちもいる。

城田の姿はない。会えないままになるのかな――

「尾垣君」

振り返ると、卒業証書の筒を大事そうに胸に抱いて、城田が立っていた。

「やっぱり来てたね」

真は喉の奥がひっついたみたいになって、無理に息をしたらむせてしまった。

「し、城田さんが来てると思ったから」

城田は、にぎわう花の公園を、眩《まぶ》しそうに見回した。

「この時季はね、ここはあたしの場所じゃなくなっちゃうんだ」

荒涼としていないと、城田珠美の居場所ではない。

「じゃ、なんで来たのさ」

「尾垣君が来ると思ったから」

「そっか」

真はうなずいた。また喉の奥が塞がる。

二人で黙って突っ立っていた。春を味わって歩いている人びとから少し離れて、二本の棒っ切れのように。そこが世界の端っこで、その目印に立てられた杭《くい》のように。

「――パクさんから聞いたよ」

やっと、真はそう言った。

「〈桜ちゃんハウス〉のことも、この世界の伊音さんのことも教えてもらった」

「ちょっぴりふっくらしてたよね？」

「うん」

「美人だった。いいよねえ、きれいだと」

城田さんだって化粧すりゃきれいになるよと言えるほど、真は口が巧くないし軽くもない。

中途半端な間があいて、散歩する人びとのおしゃべりが通り過ぎてゆく。

「あたしは、自分のためにやったんだよ」

淡々と、城田は言った。

「何にも変わらなかったけど、でも、自分のためにやったんだ」

「はいはい」と、真は応じた。わかったよ。そういうことで聞き流してやるよ。

「またきっと、やると思う」

それは聞き捨てならない。「何を？」

城田は真を見ない。公園を見回している。春を見回している。秋吉伊音が幸せな十九歳の若い女性になっている、この春を。

「いつか、あたしが死ぬとき」

臨死状態で時を遡り、自分の人生を走馬灯のように眺めているとき。

「六歳の五月十日に戻るんだ。そして、買い物に出かけていくお母さんに言うんだ。今日は三丁目の交差点を渡っちゃ駄目だよ。スピード違反の馬鹿ドライバーの車が、赤信号を無視して突っ込んでくるからねって」

城田のお母さんは、そういう事故で亡くなったのか。

「そしたら、お母さんを助けられるもんね」

何も言いたくなくて、真は黙っていた。

「いいアイデアだと思わない？」

城田が真に目を向ける。泣いていない。強がってもいない。怒ってもいない。悲しそうに見えるのは、真が悲しいからなんだろう。

「死ぬときの話なんか、するな」

真がむすっと言うと、城田は小さく笑った。卒業証書の筒をぽんぽんと自分の肩にぶつけて、横を向く。

「あたし、お母さんが死んでから、人前で泣いたことなかったんだ」

どんなときも泣いたことなかったんだ。

「パクさんの部屋で泣いたのが初めてだったんだよ」

すごく恥ずかしい、と言う。

「あたしね、自分のそういう弱いところを許せないんだ」

癪《しゃく》に障るくらいハキハキしていた。

「あたしの今の暮らしはね、弱いあたしだと、乗り切っていかれない暮らしだから。あたしは自分の弱さを認めちゃいけないいんだ」

反論の余地のない裁定。

「だから、あたしの弱いところを見た人とは、付き合っていかれないからさ」

お別れを言いにきた。

「尾垣君、いろいろありがとう。さよなら」

城田珠美は、握手を求めるような気取ったことをするタマではない。

「城田さん、変わってないよな？」

出し抜けに訊いたので、城田はちょっと驚いた。「何が？」

「この世界でも、絵を描くのが好きで、巧いんだよな？」

「うん……たぶん」

「それならいいんだ」

真は城田から目をそらし、ついでに背中もそらして深く息をした。

「約束がひとつ残ってるよ」

「え？」

「お父さんと、うちの店に来るんだろ」

城田は返事をしない。真はその顔を見ようとせず、花咲く春の風のなかへ言った。

「すぐじゃなくっていい。いつでもいいよ。〈パイナップル〉は繁盛してるから、そう簡単には潰《つぶ》れない」

「じゃあ、尾垣君が実家を出ちゃってから行くよ」

「そんなに会いたくないか」

「正確には、会われたくない」

日本語としておかしいぞ。

「じゃあオレ、店を継ぐ」

城田は今度こそ本当にびっくりした。「まさか本気？　今までそれ、考えたことあるの？」

いっぺんもない。この場の思いつきだ。でも悪くないと思えてきた。

「オレ、おまえの友達だもん。約束を果たしてもらえるまで待ってるよ」

「呼び捨てはともかく、おまえはやめてくれない？」

「城田、細かいことにうるさい」

城田が短く声をあげて笑ったので、真もそうした。

〈パイナップル〉を継ぐ。父さんと並んでカレーをつくり、母さんと並んで皿を洗う。

その人生、悪くない。こんなふうに楽しく想像できるなら、悪くない。そう思った。

「あたし帰る」

くるりと身をひるがえし、そして城田は言った。

「シンちゃん、とりあえず高校へ行こう。その先のことは、それからだ」

人生は永いんだからさ。

「バアさんのお説教みたいなことを言うんだなあ」

「有り難い教訓だよ。あたしなんか、人生は永いって思ってなきゃ、半日だってやり過ごせないんだから」

その言葉は真の胸を打った。いっときの明るい想像を吹きはらう、冷たい現実の風。

城田が素直に口にした、いちばん重い言葉だ。

城田はそれを背負っている。そして手助けは要らないという。自分の重荷は自分で背負うから、かまわないでくれ。そのかわり、重荷に歪む顔を見ないでくれ、と。

真は言った。「わかった。半日、半日、やり過ごしてってくれ」

オレは、〈パイナップル〉にいる。親の手伝いをして、皿を洗ったりカレー鍋をかきまわしたりしているよ。

「元気でな、タマちゃん」

もう歩き始めていた城田は、憤然という様子で立ち止まった。

「それ、おまえ呼ばわり以上に許せないんだけど」

「さよなら」

手を振って、真は公園の反対側に向かって歩き出した。

振り返らなかった。やせ我慢をして、振り返らなかった。これが城田の望む道だから、振り返らなかった。

真は、城田珠美の友達なんだから。

解説

池澤《いけざわ》春菜《はるな》

宮部《みやべ》みゆきさんを最初に紹介してくれたのは、父だった。

「凄《すご》い小説がある。読むといいよ。きっと君は好きだ」

そう言って渡されたのは『魔術はささやく』の文庫本だった。その本は今もわたしが持っている。奥付を見ると、平成五年とあるから、25年前。

夢中になって一気に読み切った。それ以来、宮部さんの書くもの、とくに子供が主人公のものを楽しみにしている。


宮部さんの描く人物には、欠損がある。外側から否応《いやおう》なく押しつけられた欠損であることが多い。登場人物達は、抗《あらが》ったり、諦《あきら》めたり、拒絶したり、許容したりしながらも、なんとかその欠損を抱えて生きていこうとする。

子供達もそうだ。本書の尾垣真《おがきしん》は、〈壁〉と綽名《あだな》されるほど、目立たない、存在感のない自分を半ば諦め気味に受け入れている。真の葛藤《かっとう》は、欠損と言うほどのものではないかもしれない。ただ将来に対する漠然とした不安、自分に対するもどかしさ、何も変わらない日々への苛立《いらだ》ち。

城田《しろた》珠美《たまみ》の欠損は、過去にある。その歪《ひず》みは彼女を変え、周囲から浮きあがらせ、いじめの対象にしている。世界に背を向けて凛《りん》と立つ城田は、強いが脆《もろ》い。

登場人物唯一の大人、パクさんもまた、叶《かな》えられなかった夢と自尊心との折り合いがつけられない。

そしてキーパーソンとなる秋吉伊音《あきよしいおん》。彼女は一度も満たされたことがなかった。彼女の存在は、この世界に空いた穴だ。気づかず通り過ぎる人がほとんどだが、自分自身に欠けた部分があるものは引き寄せられる。そして捕らわれる。

「おまえが長く深淵《しんえん》を覗《のぞ》くならば、深淵もまた等しくおまえを見返すのだ。（ニーチェ）」

その欠損への向き合い方に、嘘がない。子供らしさを押しつけない。不完全な大人にいたる不完全な存在として今できるせいいっぱいの力で戦う、ずるさも汚さも卑怯《ひきょう》さも弱さも持っている、そういう存在として描いている。だから、宮部さんの描く子供が好きだ。

私事になるが、わたしもまた、いじめられっ子だった。

本が大好きで、変に大人びていて、協調性のない子供だった。同級生は些細《ささい》な悪意でわたしをのけ者にし、傷つくわたしを見て楽しんだ。

でも、わたしが嫌だったのは、一人にされることではなかった。それを外から無理矢理押しつけられ、それに傷つくのだと思われていることが嫌だったのだ。

本が大好きなわたしは、今でも一人で食事をする時は本を読んでいる（それ以外の時間でも、能《あた》う限り読んでいるけれど）。もちろん、人と話しながら食事を楽しむ時間も大好きだ。ただ、一人きりで、誰憚《はばか》ることなく本の世界に潜っていられる時間は、わたしにとって孤独ではない。それは、自由だ。

なのに、それは孤独なんだと決めつけられるのが嫌だった。

ハブられ女子城田の、反応しない、気にしない、大したことではない、という姿勢は、あの時のわたしそのものだ。

わたしの場合は、逃げた。留学という手段を見つけ、イギリスとタイに行った。イギリスの全寮制の学校で、世界中から来た留学生に囲まれ、人は違っていて当たり前なことを学んだ。タイでは何度か死にかけ、周囲１００㎞に日本人がひとりもいないという状況で、本当の孤独とは何かを知った。帰って来た時には同級生の些細な悪意をあっさり跳ね返すだけの鉄面皮を手に入れていた。リアクションがないとつまらないのか、いじめもあっさり止《や》んだ。

人それぞれの逃げ方と向き合い方がある。真の、城田の、パクさんの、そして伊音の選択の、どれがあなたにとって共感できるものだっただろう。

冒頭に引用され、文中でも重要なモチーフとなっているシャーリイ・ジャクスンの『ずっとお城で暮らしてる』について補足を少し。

広大な屋敷で暮らすメリキャット、彼女にはもう姉のコンスタンスと病弱な伯父《おじ》のジュリアンしかいない。かつてこの屋敷に住んでいた両親、弟、伯母《おば》は毒殺され、その容疑は姉のコンスタンスにかかっていた。裁判では無罪となったものの、村人から白眼視され屋敷から出られない姉に代わり、メリキャットはひとりで屋敷を切り盛りしていた。屋敷の中にいれば、いつまでも幸せでいられる。そこへある日、従兄《いとこ》のチャールズが現れ、閉ざされた世界のバランスが崩れはじめる……

ぼろぼろの服を身につけ、人には見えないものを見、少しずつこの世から乖離《かいり》していくメリキャット。世界の全てが悪意を向けてくる、唯一の楽園は屋敷の中だけ。誰かに似ていないだろうか。

『ずっとお城で暮らしてる』は、本書では一度も書かれることがなかった、伊音の内側の物語なのかもしれない。

ちなみに、英語の先生が課題として出すアルフレッド・エドガー・コッパードも実在の作家。『The Princess of Kingdom Gone』は短編、邦題は『去りし王国の姫君』。先生の言う「手頃な文庫でいい新訳版」は、光文社古典新訳文庫の『天来の美酒／消えちゃった』だろうか。こちらは大変美しいファンタジー。

もちろん未読でも本書を楽しむことはできるが、サブテキストとして読んでみるとより深く味わえるかもしれない。

いまさらかもしれないが、宮部みゆきさんの来歴を簡単に。

１９６０年東京生まれ。１９８７年に「我らが隣人の犯罪」でオール讀物推理小説新人賞を受賞してデビューする。ミステリ、ファンタジー、ホラー、時代劇やファンタジーと、ジャンルをまたいでの八面六臂《ろっぴ》。映像化など、メディアミックスされた作品も数多い。

わたしにとっては新刊を楽しみにできる、素晴らしい「裏切らない作家」だ。

さて、ここからは本書を最後まで読んだ人だけ（と書くの、憧《あこが》れてました。読む側としては解説を先に読むタイプなので、この注意書きが出てくると、ものすごく葛藤するけど）。

もしあなたが、真たちのように世界線をずらすことができたら。どちらに転ぶかわからないけれど、現状を揺り動かすことができるとしたら。

あなたは真のように、変えないことを選ぶ？

それとも城田やパクさんのように、変えることを選ぶ？

自分だったらどうするだろう、をずっと考えている。

物語が深く静かに染みこんできて、読む側にも影響を及ぼす。それはたぶん、絵や、漫画と同じような、〈優れた作品が持つ、呪術《じゅじゅつ》的な力〉だろう。

宮部さんの小説もまた、人を虜《とりこ》にする魔法だ。

本書は二〇一五年四月、小社より刊行された単行本を文庫化したものです。

この作品はフィクションです。

冒頭のエピグラフは、『ずっとお城で暮らしてる』（シャーリイ・ジャクスン著　市田泉訳　創元推理文庫）より引用させていただきました。

過《す》ぎ去《さ》りし王国《おうこく》の城《しろ》

宮部《みやべ》みゆき

平成30年 6月25日　初版発行

発行者●郡司 聡

発行●株式会社KADOKAWA
〒102-8177　東京都千代田区富士見2-13-3
電話 0570-002-301（ナビダイヤル）

角川文庫 20974

印刷所●旭印刷株式会社　製本所●株式会社ビルディング・ブックセンター

表紙画●和田三造

ISBN978-4-04-106434-4　C0193

角川文庫発刊に際して

角　川　源　義

第二次世界大戦の敗北は、軍事力の敗北であった以上に、私たちの若い文化力の敗退であった。私たちの文化が戦争に対して如何に無力であり、単なるあだ花に過ぎなかったかを、私たちは身を以て体験し痛感した。西洋近代文化の摂取にとって、明治以後八十年の歳月は決して短かすぎたとは言えない。にもかかわらず、近代文化の伝統を確立し、自由な批判と柔軟な良識に富む文化層として自らを形成することに私たちは失敗して来た。そしてこれは、各層への文化の普及滲透を任務とする出版人の責任でもあった。

一九四五年以来、私たちは再び振出しに戻り、第一歩から踏み出すことを余儀なくされた。これは大きな不幸ではあるが、反面、これまでの混沌・未熟・歪曲の中にあった我が国の文化に秩序と確たる基礎を齎らすためには絶好の機会でもある。角川書店は、このような祖国の文化的危機にあたり、微力をも顧みず再建の礎石たるべき抱負と決意とをもって出発したが、ここに創立以来の念願を果すべく角川文庫を発刊する。これまで刊行されたあらゆる全集叢書文庫類の長所と短所とを検討し、古今東西の不朽の典籍を、良心的編集のもとに、廉価に、そして書架にふさわしい美本として、多くのひとびとに提供しようとする。しかし私たちは徒らに百科全書的な知識のジレッタントを作ることを目的とせず、あくまで祖国の文化に秩序と再建への道を示し、この文庫を角川書店の栄ある事業として、今後永久に継続発展せしめ、学芸と教養との殿堂として大成せんことを期したい。多くの読書子の愛情ある忠言と支持とによって、この希望と抱負とを完遂せしめられんことを願う。

一九四九年五月三日

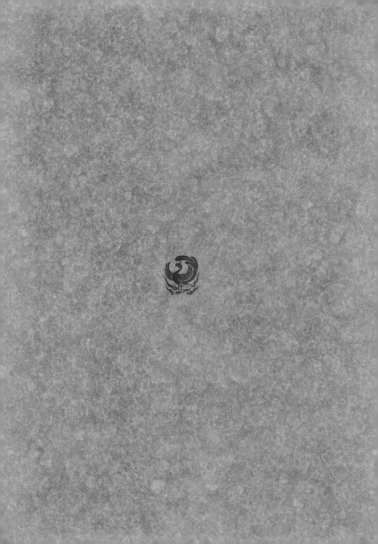